檸檬樹出版

Your Book of Choice

檸檬樹出版
Your Book of Choice

日本文化單字大全

日本人、日本社會，到底是如何？

檸檬樹日語教學團隊・福長浩二　合著

檸檬樹

出版前言

在台灣的這幾年，讓我有機會重新認識自己生長的環境，
相對於台灣的隨興，
日本是一個凡事講求規矩、遵守秩序的國家；

我常聽到台灣人說日本的“好”，
我覺得比較接近事實的是 ——
日本“有秩序”，台灣“很隨興”；
日本人很“辛苦”，台灣人很“幸福”！

—— 本書作者 福長浩二

福長浩二老師在台灣生活了十多年，曾聽他這樣子形容自己：「我在台灣住很久了，如果用樹木來形容，埋在土裡的部分（看不到的部分）是日本人，露出地面的部分（看得到的部分）是台灣人。」

這位感覺自己某些部分是台灣人的日本人，為什麼要寫這一本書？

●起因一：

我常聽到台灣人說日本的“好”，聽了太多，有一點受不了，因此，想要寫一本書把事實說清楚！

●起因二：

我想寫出日本和台灣的不同，並且把焦點著重在生活層面的事情；希望大家能夠了解一些「真實的情況」，而非「你所想的、你以為的日本」。

因為這些起因，而有了這一本書。

然後，我們對日本，擴展了不同的視野，也更加具體真實……。

原來——日本人什麼事都有規範，連面試的西裝該是什麼樣式，都有人出書告訴你；你不那樣穿，就容易被貼標籤為「工作一定不敬業」、「是個不值得信賴的異類份子」。

原來——從小，日本人就被教育要服從、要合群、要遵循團體的腳步做事、要遵守團體規範……；日本是個什麼都有規定的國家，但是，卻又特別鼓勵創新，日本人愛研發新產品是出了名的……。

你所不知道的日本，日本和台灣，如此不同！

希望這一本書，不僅提供語言學習的功能，也讓我們有機會了解差異、尊重彼此、珍惜擁有。

檸檬樹出版社 敬上

本書版面說明

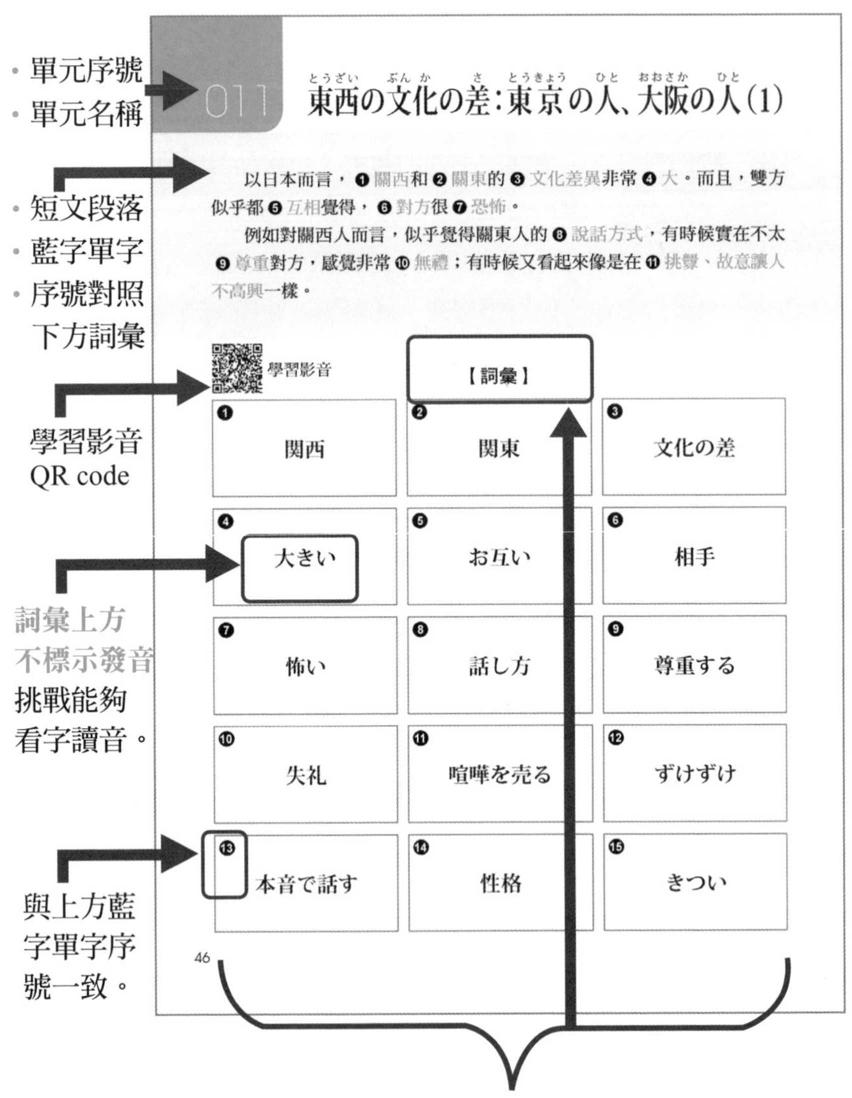

・單元序號
・單元名稱
・短文段落
・藍字單字
・序號對照
下方詞彙
學習影音
QR code
詞彙上方
不標示發音
挑戰能夠
看字讀音。
與上方藍
字單字序
號一致。
011
東西の文化の差：東京の人、大阪の人（1）
以日本而言，❶關西和❷關東的❸文化差異非常❹大。而且，雙方似乎都❺互相覺得，❻對方很❼恐怖。
例如對關西人而言，似乎覺得關東人的❽說話方式，有時候實在不太❾尊重對方，感覺非常❿無禮；有時候又看起來像是在⓫挑釁、故意讓人不高興一樣。
學習影音
【詞彙】
❶ 関西
❷ 関東
❸ 文化の差
❹ 大きい
❺ お互い
❻ 相手
❼ 怖い
❽ 話し方
❾ 尊重する
❿ 失礼
⓫ 喧嘩を売る
⓬ ずけずけ
⓭ 本音で話す
⓮ 性格
⓯ きつい
46

左頁【詞彙】：呈現單字的 形

・與右頁「讀音・字義」，位置互相對應。

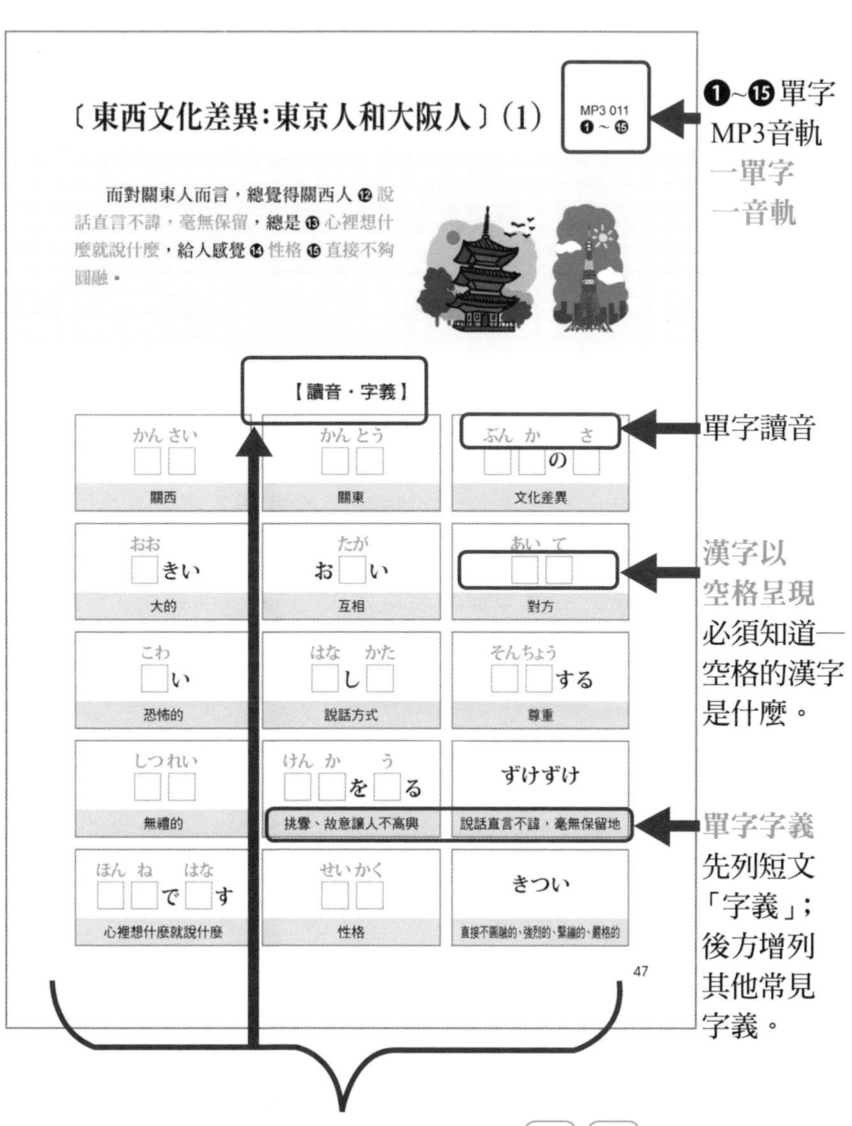
〔東西文化差異：東京人和大阪人〕(1)
MP3 011
❶～⓯
❶～⓯單字
MP3音軌
一單字
一音軌
而對關東人而言，總覺得關西人 ⓬ 說話直言不諱，毫無保留，總是 ⓭ 心裡想什麼就說什麼，給人感覺 ⓮ 性格 ⓯ 直接不夠圓融。
【讀音・字義】
單字讀音
かんさい 關西
かんとう 關東
ぶんかさ □□の□ 文化差異
おお □きい 大的
たが お□い 互相
あいて □□ 對方
漢字以
空格呈現
必須知道一
空格的漢字
是什麼。
こわ □い 恐怖的
はなかた □し□ 說話方式
そんちょう □□する 尊重
しつれい □□ 無禮的
けんかう □□を□る 挑釁、故意讓人不高興
ずけずけ 說話直言不諱，毫無保留地
單字字義
先列短文
「字義」；
後方增列
其他常見
字義。
ほんねはな □□で□す 心裡想什麼就說什麼
せいかく □□ 性格
きつい 直接不圓融的、強烈的、緊繃的、嚴格的
47

右頁【讀音・字義】：呈現單字的 音 義

・**與左頁「詞彙」，位置互相對應。**

本書特色

文化異同，趣味學單字的方法；
210 主題，透視日本表裡的捷徑！

本書精心安排「左右頁：學習與考驗」特殊版型，
設計「趣味空格」讓你好想自己填入標準答案，
善用視覺，單字力四要素——「漢字」「假名」「讀音」「字義」
就能完備熟練！

並加碼附贈「210 單元完整內容學習影音」，
絕非片段重點提示，可從手機／平板隨時瀏覽全書內容。
跟隨短文情節，牽引重點單字；
真實理解日本社會，自然掌握字詞運用！

■從〔20 類視角〕廣泛介紹〔表象之下的日本民情與文化〕

任何國家的文化與生活風貌，都極為豐富多樣，難以一言以蔽之。本書力求從「客觀、廣泛」的角度，漫談並深入日本社會的細節，提供多數而非絕對的日本人常態，幫助讀者「宛如置身日本社會一般，感受真實日本的普遍樣貌」。

全書內容包含「日本人，是怎麼樣的人？」「日本的社會問題、特殊職業」「日本人的人際關係、思考方式、禮貌」等。20 大類、210 篇短文，多元呈現日本人、日本社會各種面向。沒有大眾普遍知曉的「節日、拉麵、櫻花」，而是更多元、真實、細膩的日本民情與文化！

■漫談：我們未必認識的〔日本、日本社會〕

- 「關西」「關東」文化差異大，關西人來到關東，甚至覺得——「這裡是外國嗎」？
- 日本社會對於不遵守規矩的人相當嚴苛，搭手扶梯時，如果站超出另一側，可能從後方被衝撞？
- 日本的交通事故賠償金動輒上億日圓，甚至要賠償薪資？高所得者並以實際收入計？
- 「2 LDK」有「三個房間」，「2 LD・K」有「四個房間」？
- 「日本家庭的餐桌」很健康，「日本的外食選擇」未必健康？
- 刨冰和配料如何吃？日本人是屬於「不攪拌的文化」？
- 日本人的茶飲多半「無糖」，所以日本人看到台灣便利商店販售的「含糖茶」，感覺很吃驚？
- 雖然生活、職場、人際關係都充滿壓力，但日本卻是全球數一數二的長壽國家？
- 日本的家電有很多「多餘的」附加功能，但如果沒有這些功能——日本人就不買？
- 日本表面上禁止賭博和賣春，但事實卻是奇怪的理由也說得通，不會被逮捕？

■漫談：我們未必理解的〔日本男性、女性〕

- 日本人相當團結，表面上以和為貴、善於社交，但其實人與人之間距離遙遠？
- 台灣人對「認識的人」有禮貌；日本人對「陌生人」有禮貌，反而對朋友不會特別用心？
- 多數日本人覺得，工作是尊貴的事，是真正的幸福？
- 日本人認為「上大學」不過是漫長的社會人士生活之前，一段稍縱即逝的「自由活動時間」？
- 日本人不會問別人「吃飯了嗎？」「吃了什麼？」，因為這樣會造成對方其他的猜想？
- 日本女性害怕「護送之狼」，基本上不信任男性？
- 日本 AV 男演員其實辛苦難熬、薪資低廉，而且許多 AV 導演都是很恐怖的人？
- 別期待日本的「男女混浴」宛如「西方的天體營」，因為那是長輩們的「社交場所」？
- 日本法律規定未滿 20 歲不能喝酒，但日本人幾乎都是——從高中就開始喝酒？
- 日本人從小被嚴格教育「不能遲到」，對於遲到的人，雖然表面掛著微笑，內心卻是熊熊怒火？

■〔210 篇故事性短文〕

牽引置身日本社會才能觸及的「字彙廣度」與「搭配用法」

跟隨故事情節，各篇安排「15 個實用表達」，包含一般書籍少見的特殊單字、語彙搭配用法。在故事情境氛圍引導下，深刻牢記日語習慣用法；掌握「眾多字詞該如何搭配」，也是奠定語感、豐富表達的基礎。

【特殊單字】

・夫婦別寝（ふうふべっしん）　（夫妻分開睡）

・ゆとり教育（きょういく）　（日本的寬鬆教育）

・送（おく）り狼（おおかみ）　（假意護送女性回家的色狼）

【語彙搭配用法】

—— 酒（さけ）（酒類）・飲（の）む（飲用）・帰（かえ）る（回家）

搭配成為「酒（さけ）を飲（の）んで帰（かえ）る」（喝一杯再回家）

—— 誰（だれ）（誰）・でも（即使、不論）・知（し）る（知道）

搭配成為「誰（だれ）でも知（し）っている」（無人不知、無人不曉）

—— 嫌（いや）（討厭的、令人不舒服的）・目（め）（眼睛、眼神）・見（み）る（看）

搭配成為「嫌（いや）な目（め）で見（み）られる」（被令人不舒服的眼神盯著看）

■〔左右頁等你挑戰，看到空格好想填！〕
專門為外國人打造的「形／音／義」趣味學習！

學習日語單字最擔心——「漢字字義一知半解，讀音全對更沒把握」；學習單字務必精準確實，任何認知模糊都可能誤用單字、阻礙溝通。

本書特別規劃「左右頁：學習與考驗」特殊版型，讓單字力四要素——「漢字」「假名」「讀音」「字義」產生多向連結。

左右頁「對照閱讀」可完整學習；左右頁「交叉比對」可自我考驗！

【左頁：日語詞彙】
詞彙上方不標示假名發音，挑戰「看字能讀音」。

【右頁：讀音・字義】
漢字以空格呈現，挑戰「從讀音知道字義，以及空格的漢字是什麼」。

■日籍＋中籍配音員〔單字日中順讀 MP3〕，
可以完全拋開書本，隨時播放聆聽，訓練日語單字聽力！

全書「15 個 x 210 篇」單字，一字一音軌，以「先唸日文、再唸中文」順讀方式錄製。MP3 音軌「完全對應書中單字序號」，例如「單元 011 第 15 個單字」音軌編號即為「011-15」，「想聽哪一個單字，立即準確點選收聽」。可以完全拋開書本，徹底體驗「用聽的學日文單字」！

■ **加碼附贈〔全書 210 單元完整內容學習影音〕，**
一單元一影片，絕非片段重點提示，
輕鬆掃 QR code，即可從手機／平板隨時瀏覽全書內容！

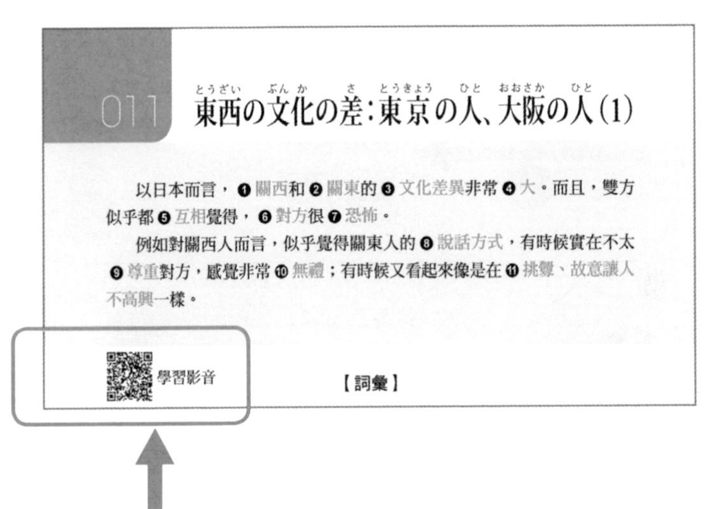

011
東西の文化の差：東京の人、大阪の人(1)
以日本而言，❶關西和❷關東的❸文化差異非常❹大。而且，雙方似乎都❺互相覺得，❻對方很❼恐怖。
例如對關西人而言，似乎覺得關東人的❽說話方式，有時候實在不太❾尊重對方，感覺非常❿無禮；有時候又看起來像是在⓫挑釁、故意讓人不高興一樣。
學習影音
【詞彙】

- 各單元版面上均有專屬「學習影音 QR code」，以智慧型手機、平板電腦等行動載具，掃描「學習影音 QR code」即可開啟影片觀看。

- 可利用智慧型手機的「書籤」「閱讀列表」等功能，儲存影片連結。「各影片命名＝書籍單元序號及名稱」，可以彙整為有系統的「數位影音學習資料庫」；不論是自己安排學習進度，或是瀏覽特定主題，可以盡情享受科技帶來的學習流暢與便利。

※「學習影音」詳細內容，請參考 P12【學習影音說明】。

學習影音說明

本書學習影音分為三大部分，依序說明如下：

1. 情節引導＋單字學習

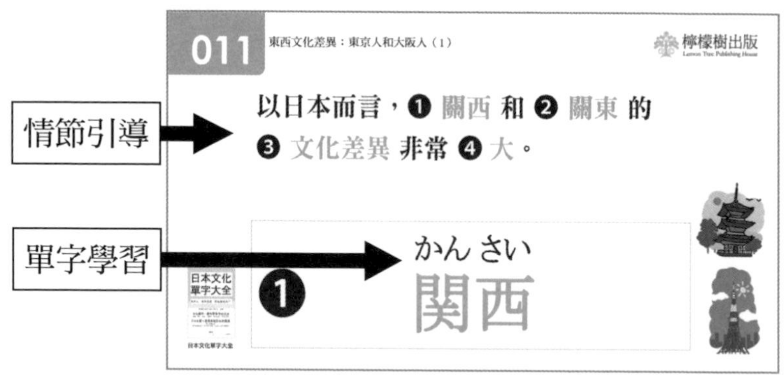

2. 漢字大考驗

將書籍「左右頁：學習與考驗」的內容動畫化。

逐一學習「各篇的 15 個單字」，最後可總覽該單元全部單字。

3. 讀音大挑戰

單字變身「假名讀音」，根據讀音，從三個選項，選出正確字義。

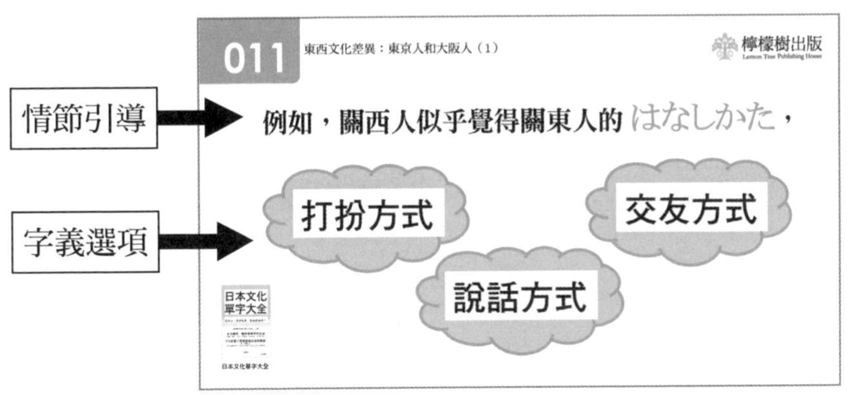

MP3 說明

本書 MP3 音軌編號說明如下，以〔單元 011〕為例：

- 〔單元 011〕的〔單 元 名 稱〕，MP3 音軌為 —— **011-00**
- 〔單元 011〕的〔第 1 個單字〕，MP3 音軌為 —— **011-01**
- 〔單元 011〕的〔第 2 個單字〕，MP3 音軌為 —— **011-02**

……….

- 〔單元 011〕的〔第 10 個單字〕，MP3 音軌為 —— **011-10**

……….

- 〔單元 011〕的〔第 15 個單字〕，MP3 音軌為 —— **011-15**

※ 全 MP3 共「3360 音軌」，各音響器材「可確實讀取的音軌數上限，因廠牌、機型而有差異」，建議使用電腦讀取此光碟，以確保完整收聽。

目錄

日本人，是怎麼樣的人？
日本人(にほんじん)とはどんな人(ひと)たちなのか

日本人的人際關係

にほんじん　にんげんかんけい
日本人の人間関係

日本人和工作

にほんじん　しごと
日本人と仕事

日本人和教育

日本人(にほんじん)と教育(きょういく)

日本人的思考方式

日本人(にほんじん)の考(かんが)え方(かた)

日本人的禮貌

日本人(にほんじん)のマナー

日本的交通

日本(にほん)の交通(こうつう)

日本的風土、氣候

日本（にほん）の風土（ふうど）、気候（きこう）

日本的環境

日本（にほん）の環境（かんきょう）

日本人的住家
日本人の住まい

日本人的行事、活動
日本人の行事、イベント

日本人和食物
日本人と食べ物

日本的商業設施、商店

日本（にほん）の商業（しょうぎょう）施設（しせつ）、お店（みせ）

日本的特殊職業

日本（にほん）の特殊（とくしゅ）職業（しょくぎょう）

日本的社會
日本（にほん）の社会（しゃかい）

日本的社會問題
日本（にほん）の社会問題（しゃかいもんだい）

奇怪的日本
ここが変（へん）だ、日本（にほん）

在日本購物、觀光
日本(にほん)でショッピング、観光(かんこう)

什麼都昂貴的國家——日本
何(なん)でも高(たか)い国(くに)、日本(にほん)

日本的豆知識

日本豆知識

主題

主題

001 漫画好きな日本人（1）

まんが ず　にほんじん

　到日本搭電車的時候，在❷電車裡經常會❸看到❹上班族❺正在看漫畫。❻外國人看到日本❼成年人愛看漫畫的景象，似乎都會❽覺得很驚訝。

　日本人是很喜歡看漫畫的。不論是小孩子、成年人，甚至於❾年長者，許多人都是❿漫畫迷。

學習影音

【詞彙】

❶ 漫画好き	❷ 電車の中	❸ 見掛ける
❹ サラリーマン	❺ 漫画を読んでいる	❻ 外国人
❼ 大人	❽ びっくりする	❾ お年寄り
❿ 漫画のファン	⓫ 年齢層	⓬ 幼年漫画
⓭ 少年・少女漫画	⓮ 成人向け漫画	⓯ ジャンル

〔❶愛看漫畫的日本人〕(1)

MP3 001
❶～⓯

不過，成年人愛看的，和小孩子愛看的並不相同。依據讀者的⓫年齡層差異，日本的漫畫有⓬兒童漫畫、⓭少年・少女漫畫、⓮專門以成年人為對象的漫畫等等，各種不同的⓯類型。

【讀音・字義】

まんがず □□□き 愛看漫畫的	でんしゃ なか □□の□ 電車裡	み か □□ける 看到、目擊
サラリーマン 上班族	まんが よ □□を□んでいる 正在看漫畫	がいこくじん □□□ 外國人
おとな □□ 成年人	びっくりする 覺得很驚訝	としよ お□□り 年長者
まんが □□のファン 漫畫迷	ねんれいそう □□□ 年齡層	ようねんまんが □□□□ 兒童漫畫
しょうねん しょうじょまんが □□・□□□□ 少年・少女漫畫	せいじん む まんが □□□け□□ 專門以成年人為對象的漫畫	ジャンル 類型

002 漫画好きな日本人（2）

まんがずきなにほんじん

據說日本❶前首相——麻生太郎（あそうたろう）❷非常喜歡看漫畫，在他的❸座車裡，經常放著❹漫畫雜誌，而且幾乎每周都要看20本左右。

麻生首相在位時，曾積極❺推動❻設立宛如漫畫界❼諾貝爾獎的「❽國際漫畫獎」，以及「❾動漫美術館」的❿興建。當時的這些做法，雖然引來部分人士「別拿⓫國家預算去蓋⓬國營漫畫咖啡館」的⓭批評，

學習影音

【詞彙】

❶ 前首相	❷ 大好き	❸ 車
❹ 漫画雑誌	❺ 推進する	❻ 創設
❼ ノーベル賞	❽ 国際漫画賞	❾ アニメ美術館
❿ 建設	⓫ 国の予算	⓬ 国営漫画喫茶
⓭ 批判	⓮ 肯定的	⓯ 評価

〔愛看漫畫的日本人〕(2)

MP3 002
❶～⓯

但大多數的日本人，對於麻生首相的決定，似乎還是給予⓮正面的⓯評價。

【讀音・字義】

ぜんしゅしょう □□□ 前首相	だいす □□き 非常喜歡	くるま □ 座車、車子
まんがざっし □□□□ 漫畫雜誌	すいしん □□する 推動	そうせつ □□ 設立
しょう ノーベル□ 諾貝爾獎	こくさいまんがしょう □□□□□ 國際漫畫獎	びじゅつかん アニメ□□□ 動漫美術館
けんせつ □□ 興建	くに よさん □の□□ 國家預算	こくえいまんがきっさ □□□□□□ 國營漫畫咖啡館
ひはん □□ 批評	こうていてき □□□ 正面的、肯定的	ひょうか □□ 評價

003 お酒好(さけず)きな日本人(にほんじん)（1）

日本人似乎比台灣人喜歡喝酒。日本人在❷高中生的時候，經常在❸運動會或❹園遊會結束之後，打著❺慶功宴的名號，大夥兒一起去❻居酒屋喝酒。

結果，往往一到了大型居酒屋，才發現學校❼老師早已❽搶先一步，在居酒屋裡❾等著，並且要求學生們趕快❿回家。於是，大家只好稍做⓫

學習影音

【詞彙】

❶ お酒好き	❷ 高校生	❸ 体育祭
❹ 文化祭	❺ 打ち上げ	❻ 居酒屋
❼ 先生	❽ 先回りする	❾ 待っている
❿ うちに帰る	⓫ 相談する	⓬ 法律上
⓭ 二十歳	⓮ 実情	⓯ 守られていない

〔❶喜歡喝酒的日本人〕(1)

MP3 003
❶～⓯

商量，轉而改去其他的小店。

日本人幾乎都是從高中的時候，就開始喝酒。雖然⓬法律上明文規定，未滿⓭二十歲不能飲酒，但⓮實際情況是，這條法規通常⓯沒有被遵守。

【讀音・字義】

さけ ず お□□き 喜歡喝酒的	こう こう せい □□□ 高中生	たい いく さい □□□ 運動會
ぶん か さい □□□ 園遊會	う あ □ち□げ 慶功宴	い ざか や □□□ 居酒屋
せん せい □□ 老師	さき まわ □□りする 搶先一步	ま □っている 等著
かえ うちに□る 回家	そう だん □□する 商量	ほう りつ じょう □□□ 法律上
は た ち □□□ 二十歲	じつ じょう □□ 實際情況	まも □られていない 沒有被遵守

004 お酒好きな日本人（2）

至於日本的❶上班族，則❷宣稱是為了❸人際往來，經常在下班後一群人一起去❹喝一杯再回家。

在日本有一種說法：「飲みニケーションはコミュニケーションである。」（一起喝酒就是一種❺溝通交流。）其中的「飲みニケーション」是由「飲み」＋「nication」（communication 的後半部）構成的。意思是指透過喝酒，可以彼此❻開誠佈公、推心置腹，❼互相表達❽彼此的想法。

學習影音

【詞彙】

❶ サラリーマン	❷ 称する	❸ 付き合い
❹ 酒を飲んで帰る	❺ コミュニケーション	❻ 腹を割る
❼ 言い合う	❽ お互いの意見	❾ 若者
❿ 上司	⓫ 誘う	⓬ 減っている
⓭ 個人主義	⓮ 好む	⓯ 希薄な人間関係

〔喜歡喝酒的日本人〕(2)

MP3 004
❶ ~ ⓯

不過，最近的日本 ❾ 年輕人，已經不像從前的年輕人那樣，那麼愛去喝酒了。即使 ❿ 上司出面 ⓫ 邀請，願意前去喝一杯的年輕人，也 ⓬ 越來越少。據說，現在的日本年輕人多半是 ⓭ 個人主義，比較 ⓮ 偏好 ⓯ 淡薄的人際關係。

【讀音・字義】

サラリーマン	(しょう)□する	(つ)□き(あ)□い
上班族	宣稱	人際往來
(さけ)□を(の)□んで(かえ)□る	コミュニケーション	(はら)□を(わ)□る
喝一杯再回家	溝通交流	開誠佈公、推心置腹
(い)□い(あ)□う	お(たが)□いの(い)□(けん)□	(わか)□(もの)□
互相表達	彼此的想法	年輕人
(じょう)□(し)□	(さそ)□う	(へ)□っている
上司	邀請、促使、誘惑	越來越少
(こ)□(じん)□(しゅ)□(ぎ)□	(この)□む	(き)□(はく)□な(にん)□(げん)□(かん)□(けい)□
個人主義	偏好	淡薄的人際關係

005 品質に煩い日本人（1）

ひんしつ　うるさ　にほんじん

相較於台灣人一般都比較❷偏好❸便宜的東西，日本人則是只要東西好，即使價格❹昂貴，也還是願意❺購買。

日本人對於東西的品質及❻外觀等，都非常❼講究。他們會❽要求商品必須達到極高的❾水準。所以，在日本販售的❿電器用品，不僅必須兼顧⓫機能的完善，外觀也要⓬製造得⓭悅目精美，否則根本⓮賣不出去。

學習影音

【詞彙】

❶ 煩い	❷ 好む	❸ 安い
❹ 高い	❺ 買う	❻ 外見
❼ こだわる	❽ 要求する	❾ レベル
❿ 電気製品	⓫ 機能の良さ	⓬ 仕上げる
⓭ 美しい	⓮ 売れない	⓯ 異常

〔對品質❶在乎細節的日本人〕（1）

MP3 005
❶～⓯

在其他國家的人看來，或許會覺得日本人在乎品質的特性，幾乎接近⓯異常吧。

【讀音・字義】

うるさ □い 在乎細節的、嘈雜的	この □む 偏好	やす □い 便宜的、沒價值的
たか □い 昂貴的、高的	か □う 購買、招致	がいけん □□ 外觀
こだわる 講究	ようきゅう □□する 要求	レベル 水準
でんきせいひん □□□□ 電器用品	きのう よ □□の□さ 機能的完善	し あ □□げる 製造、完成
うつく □しい 悅目精美的、美麗的	う □れない 賣不出去	い じょう □□ 異常的

006 品質(ひんしつ)に煩(うるさ)い日本人(にほんじん)（2）

日本的 ❶ 產品為了 ❷ 滿足日本人的要求水準，往往都是 ❸ 品質完美。但在 ❹ 價格方面，也相當昂貴。

在這一 ❺ 點上，一般而言台灣人和日本人呈現 ❻ 明顯對比。可能大多數的台灣人不會這麼要求商品的品質，反倒是如果價格便宜的話，似乎就能夠 ❼ 令人滿意了。

學習影音

【詞彙】

❶ 製品	❷ 満たす	❸ 高品質
❹ 値段	❺ 点	❻ 対照的
❼ 満足	❽ 好き	❾ 小さい
❿ 細かい	⓫ 至る	⓬ 自動車
⓭ 大きい	⓮ 粗い	⓯ 好まれない

〔對品質在乎細節的日本人〕(2)

MP3 006
❶～⓯

另外，因為日本人多半 ❽ 喜歡 ❾ 小巧而且 ❿ 精緻的東西，所以從電器用品， ⓫ 到 ⓬ 汽車等等，幾乎都是這樣的東西居多。在日本， ⓭ 體積大且 ⓮ 粗糙的東西，通常 ⓯ 不受青睞。

【讀音・字義】

せいひん □□ 產品	み □たす 滿足	こうひんしつ □□□ 品質完美的
ねだん □□ 價格	てん □ 點、論點、觀點	たいしょうてき □□□ 明顯對比的
まんぞく □□ 令人滿意的、心滿意足的	す □き 喜歡	ちい □さい 小巧的
こま □かい 精緻的、仔細的	いた □る 到、達到、至於	じどうしゃ □□□ 汽車
おお □きい 體積大的	あら □い 粗糙的	この □まれない 不受青睞

007 時間(じかん)にとても煩(うるさ)い日本人(にほんじん)（1）

日本人應該是❷全世界❸屈指可數、少數的，對於❹時間非常❺嚴格的民族。不論是和❻朋友的約定，或者是❼公司的❽出勤，❾遲到絕對是❿嚴禁的。

日本人從⓫小時候開始，對於「遲到」這件事，就嚴格地⓬被施以教育。甚至，日本境內的某些國中或高中，學生即使只有遲到一分鐘，校方就

學習影音

【詞彙】

❶ とても煩い	❷ 世界の中	❸ 有数
❹ 時間	❺ 厳しい	❻ 友達
❼ 会社	❽ 出勤	❾ 遅刻
❿ 厳禁	⓫ 子供の頃	⓬ 教育される
⓭ 書かせる	⓮ 反省文	⓯ 早朝登校

〔對時間❶錙銖必較的日本人〕(1)

MP3 007
❶～⓯

會⓭強制要求寫⓮悔過書；或者規定每遲到一次，就得連續三天⓯提早到校。

【讀音・字義】

うるさ とても□い 錙銖必較的、極在乎細節的、極嘈雜的	せ かい なか □□の□ 全世界	ゆう すう □□ 屈指可數、少數的
じ かん □□ 時間	きび □しい 嚴格的、嚴峻的	とも だち □□ 朋友
かい しゃ □□ 公司	しゅっきん □□ 出勤	ち こく □□ 遲到
げん きん □□ 嚴禁	こ ども ころ □□の□ 小時候	きょういく □□される 被施以教育
か □かせる 強制要求寫	はん せい ぶん □□□ 悔過書	そうちょうとう こう □□□□ 提早到校

008 時間（じかん）にとても煩（うるさ）い日本人（にほんじん）（2）

彼此❶約定碰面時，如果❷對方不守時，必須❸被迫接受對方遲到的結果，❹許多日本人都會❺非常地❻不悅。

如果真的遇上對方遲到的情形，也有很多日本人是這樣子的：❼臉上仍然保持❽微笑，❾沒有顯露出任何❿一點點⓫生氣的⓬樣子，但⓭實際上，⓮內心卻早已燃起熊熊怒火……。

學習影音

【詞彙】

❶ 約束する	❷ 相手	❸ 遅刻される
❹ 多い	❺ とても	❻ 不愉快
❼ 顔	❽ 笑う	❾ 見せない
❿ これっぽっち	⓫ 怒る	⓬ 様子
⓭ 実	⓮ 心の中	⓯ 厳守する

〔對時間錙銖必較的日本人〕(2)

MP3 008
❶～⓯

雖然每一位日本人的思維不同，但還是提醒大家，和日本人約定碰面時，還是 ⓯ 嚴格遵守時間比較好。

【讀音・字義】

やくそく □□する 約定碰面、約定、約會	あいて □□ 對方	ちこく □□される 被迫接受對方遲到
おお □い 許多的	とても 非常地	ふゆかい □□□ 不悅的
かお □ 臉上	わら □う 微笑	み □せない 沒有顯露出、不讓人看見
これっぽっち 一點點	おこ □る 生氣、罵人	ようす □□ 樣子、情況
じつ □ 實際上、真實	こころ なか □の□ 內心	げんしゅ □□する 嚴格遵守

009

本音（ほんね）と建前（たてまえ）（1）

日本人想要❶拒絕時，通常都❷不明講，會另外找❸理由。在日文裡，❹真正的理由叫做「本音（ほんね）」（❺真心話），❻粉飾❼表面的理由稱為「建前（たてまえ）」（❽表面話）。

例如，當❾商業上的交涉❿進行得不順利，對方表示「貴公司的⓫計畫很好，但是似乎和這次的⓬條件不相符……」。雖然表面這樣說，但心裡想的可能是「這麼⓭差勁的提案，怎麼⓮簽約啊，以後也不可能！」。

學習影音

【詞彙】

❶ 断る	❷ はっきり言わない	❸ 理由
❹ 本当	❺ 本音	❻ 繕う
❼ 表面	❽ 建前	❾ 商談
❿ 旨く行かない	⓫ プラン	⓬ 条件と合わない
⓭ 酷い	⓮ 契約する	⓯ 挨拶の言葉

〔真心話和表面話〕(1)

MP3 009
❶～⓯

同樣地，生活中日本人有時候會說：「近(ちか)くにお越(こ)しの際(さい)には、ぜひお寄(よ)りください。」（經過附近時，請務必光臨寒舍）。這可能也僅是一種⓯寒暄說法，沒說出來的真心話或許是「本当(ほんとう)に来(く)るなよ。」（可別真的跑來了）。

【讀音・字義】

ことわ □る 拒絕	い はっきり□わない 不明講	りゆう □□ 理由
ほんとう □□ 真正的、本來	ほんね □□ 真心話	つくろ □う 修飾、粉飾
ひょうめん □□ 表面	たてまえ □□ 表面話	しょうだん □□ 商業上的交涉
うま　い □く□かない 進行得不順利	プラン 計畫	じょうけん　あ □□と□わない 條件不相符
ひど □い 差勁的、殘酷的、非常的	けいやく □□する 簽約	あいさつ　ことば □□の□□ 寒暄說法

010 本音と建前（2）

ほんね　たてまえ

雖然，並非只有日本人才會在言語上出現「真心」和「表面」的❶差別使用，但是日本人在這兩者的❷反差特別❸明顯，這一點是非常❹著名的。日本人具有「重視❺團體甚於❻個人」的特質，會極力❼避免和他人的❽衝突，或許這是產生「真心話」和「表面話」的原因。

日本雖然不是一個「單一民族」國家，卻是一個擁有「❾近似單一民族文化」的國家。在這樣的社會環境裡，如果多數人普遍形成了「真心話」

學習影音

【詞彙】

❶ 使い分ける	❷ 差	❸ 激しい
❹ 有名	❺ 集団	❻ 個人
❼ 避ける	❽ 衝突	❾ 近い
❿ 察する	⓫ 容易	⓬ 習慣
⓭ 考え方	⓮ 伝わる	⓯ 相手

〔真心話和表面話〕(2)

MP3 010
❶～⓯

和「表面話」差別使用的風氣，要 ❿ 揣測對方的真意，反倒是 ⓫ 容易的。

相對地，如果是在「多民族國家」，由於個別的 ⓬ 習慣及 ⓭ 思考方式差異極大，每個人的「心意」如果不真實以告，就很難精準地 ⓮ 傳達給 ⓯ 對方。

【讀音・字義】

つか□い わ□ける	さ □	はげ □しい
差別使用	反差、差別、差距	明顯的、激烈的
ゆうめい □□	しゅうだん □□	こじん □□
著名的	團體	個人
さ□ける	しょうとつ □□	ちか□い
避免	衝突	近似的、接近的
さっ□する	ようい □□	しゅうかん □□
揣測、觀察、體諒	容易的	習慣
かんが□え かた□	つた□わる	あいて □□
思考方式、想法	傳達	對方

011 東西(とうざい)の文化(ぶんか)の差(さ)：東京(とうきょう)の人(ひと)、大阪(おおさか)の人(ひと)(1)

以日本而言，❶ 關西和 ❷ 關東的 ❸ 文化差異非常 ❹ 大。而且，雙方似乎都 ❺ 互相覺得，❻ 對方很 ❼ 恐怖。

例如對關西人而言，似乎覺得關東人的 ❽ 說話方式，有時候實在不太 ❾ 尊重對方，感覺非常 ❿ 無禮；有時候又看起來像是在 ⓫ 挑釁、故意讓人不高興一樣。

學習影音

【詞彙】

❶ 関西	❷ 関東	❸ 文化の差
❹ 大きい	❺ お互い	❻ 相手
❼ 怖い	❽ 話し方	❾ 尊重する
❿ 失礼	⓫ 喧嘩を売る	⓬ ずけずけ
⓭ 本音で話す	⓮ 性格	⓯ きつい

〔東西文化差異：東京人和大阪人〕(1)

MP3 011 ❶～⓯

而對關東人而言，總覺得關西人 ⓬ 說話直言不諱，毫無保留，總是 ⓭ 心裡想什麼就說什麼，給人感覺 ⓮ 性格 ⓯ 直接不夠圓融。

【讀音・字義】

かんさい □□ 關西	かんとう □□ 關東	ぶんか　さ □□の□ 文化差異
おお □きい 大的	たが お□い 互相	あいて □□ 對方
こわ □い 恐怖的	はな　かた □し□ 說話方式	そんちょう □□する 尊重
しつれい □□ 無禮的	けんか　う □□を□る 挑釁、故意讓人不高興	ずけずけ 說話直言不諱，毫無保留地
ほんね　はな □□で□す 心裡想什麼就說什麼	せいかく □□ 性格	きつい 直接不圓融的、強烈的、緊繃的、嚴格的

012 東西(とうざい)の文化(ぶんか)の差(さ)：東京(とうきょう)の人(ひと)、大阪(おおさか)の人(ひと)(2)

❶東京人即使對事情有所❷不滿，通常也❸不明講，❹多半會採用❺暗示對方的❻表達方式。但有的時候，東京人講起話來，卻又像在挑釁別人一樣，❼嚴厲不留情面。

而❽大阪人，❾通常會這樣子❿清楚地⓫表達自己的不滿——一邊滿臉⓬笑瞇瞇，一邊說：「ここが駄目(だめ)、これが嫌(きら)い。」（這裡⓭不行，

學習影音

【詞彙】

❶ 東京の人	❷ 不満	❸ はっきり言わない
❹ 多い	❺ 相手に悟らせる	❻ 言い方
❼ 厳しい	❽ 大阪の人	❾ 普通
❿ はっきり	⓫ 伝える	⓬ にこにこする
⓭ 駄目	⓮ 嫌い	⓯ 丁寧

〔東西文化差異：東京人和大阪人〕(2)

MP3 012
❶～⓯

這個我⓮不喜歡）。

或許可以這樣說：除了講話像在挑釁、故意讓人不高興的人之外，東京人的說話方式，似乎比大阪人⓯謹慎有禮。

【讀音・字義】

とうきょう ひと □□の□ 東京人	ふ まん □□ 不滿	い はっきり□わない 不明講
おお □い 多半、多的	あい て さと □□に□らせる 暗示對方	い かた □い□ 表達方式
きび □しい 嚴厲不留情面的、嚴峻的	おお さか ひと □□の□ 大阪人	ふ つう □□ 通常、普遍的、普通的
はっきり 清楚地、明確地、清爽地	つた □える 表達、傳達、傳授	にこにこする 笑瞇瞇
だ め □□ 不行的	きら □い 不喜歡	てい ねい □□ 謹慎有禮的

013 東西の文化の差：東京の人、大阪の人(3)

據說，曾經有人在大阪❶搭乘巴士時，因為❷錢包裡面只有❸萬圓紙鈔，於是和❹司機說了一聲。司機就利用❺車內廣播，幫忙❻尋找可以❼換錢的人。這樣的事情，在東京應該不太可能發生。

也曾聽說在大阪，有人在路上走著走著，手上的❽購物袋突然❾破掉了。一旁的人，就趕緊幫忙❿追趕因掉落而到處⓫滾動的蘋果。這也是在東京，比較不可能出現的景象。

學習影音

【詞彙】

❶ バスに乗る	❷ 財布	❸ 一万円札
❹ 運転手	❺ 車内アナウンス	❻ 探す
❼ 両替する	❽ 買い物袋	❾ 破れる
❿ 追い掛ける	⓫ 転がる	⓬ 恥の意識が強い
⓭ 失敗する	⓮ 手助けされる	⓯ 恥ずかしい

〔東西文化差異：東京人和大阪人〕(3)

MP3 013
❶～⓯

東京人的⓬羞恥心強烈，就連自己⓭失敗時⓮被別人幫助，也會覺得非常⓯丟臉。或許正因如此，東京人才會打從一開始，就選擇對他人的失敗視若無睹吧。所以如果說東京人比大阪人更為個人主義，這種說法應該也不為過。

【讀音・字義】

の バスに□る 搭乘巴士	さい　ふ □□ 錢包	いち まん えん さつ □□□□ 萬圓紙鈔
うん てん しゅ □□□ 司機	しゃ ない □□アナウンス 車內廣播	さが □す 尋找
りょうがえ □□する 換錢	か　ものぶくろ □い□□ 購物袋	やぶ □れる 破掉
お　か □い□ける 追趕	ころ □がる 滾動	はじ　い しき　つよ □の□□が□い 羞恥心強烈
しっ ぱい □□する 失敗	て だす □□けされる 被別人幫助	は □ずかしい 丟臉的、害羞的

014 東西(とうざい)の文化(ぶんか)の差(さ)：東京(とうきょう)の人(ひと)、大阪(おおさか)の人(ひと)(4)

大阪人喜歡❶延續❷相同的話題，就像是製作❸烏龍麵條時，必須不斷❹用手搓揉，持續把麵條❺延展、拉伸一樣。大阪人習慣將一個話題，❻不斷地往下延續，尤其偏好❼長時間地聊一些❽有趣又好笑的事情。

相對於此，東京人則認為，一個話題應該要「❾明快陳述」，然後「❿驟然結束」，這樣才算得上「⓫練達瀟灑」；而練達瀟灑，就是「⓬帥氣」。

當大阪人和東京人⓭交談時，一旦大阪人打算針對相同的話題不斷發

學習影音

【詞彙】

❶ 続ける	❷ 同じ話題	❸ うどん
❹ 練る	❺ 伸ばす	❻ どんどん
❼ 長々	❽ 面白おかしい	❾ さっと話す
❿ ぱっと終わる	⓫ 粋	⓬ かっこいい
⓭ 会話をする	⓮ 終わらせる	⓯ 苦痛に感じる

〔東西文化差異：東京人和大阪人〕(4)

MP3 014 ❶～⓯

表意見時，東京人可能會迅速地⓮使它中斷。即使大阪人覺得不滿，又再度開始說起同樣的話題，也可能再度被東京人打斷。對大阪人而言，也許會因為無法理解對方為何要這樣做，而⓯感到很痛苦吧。

【讀音・字義】

つづ □ける 延續、接連	おな わ だい □じ□□ 相同的話題	うどん 烏龍麵條
ね □る 用手搓揉、鍛鍊、推敲	の □ばす 延展、拉伸	どんどん 不斷地
なが なが □□ 長時間地	おも しろ □□おかしい 有趣又好笑的	はな さっと□す 明快陳述
お ぱっと□わる 驟然結束	いき □ 練達瀟灑的	かっこいい 帥氣的
かい わ □□をする 交談	お □わらせる 使它中斷	く つう かん □□に□じる 感到很痛苦

015 東西の文化の差：東京の人、大阪の人(5)

❶ 一般而言，東京人 ❷ 很酷，而且練達瀟灑；大阪人則是 ❸ 開朗又 ❹ 直爽。東京人講話的時候，習慣 ❺ 耍帥、刻意修飾；而大阪人則喜歡利用 ❻ 當下的 ❼ 氣氛，❽ 開個玩笑、嘲弄一下之類的。

據說，曾經有一位大阪的 ❾ 落語家，在 ❿ 首次前往東京時，甚至 ⓫ 覺得「ここは外国ではないか。」（這裡難不成是 ⓬ 外國嗎？）。

學習影音

【詞彙】

❶ 一般的	❷ クール	❸ 陽気
❹ 気さく	❺ 格好を付ける	❻ その場
❼ 雰囲気	❽ 茶化す	❾ 落語家
❿ 初めて行く	⓫ 思う	⓬ 外国
⓭ 文化	⓮ そんなに	⓯ 違う

〔東西文化差異：東京人和大阪人〕(5)

MP3 015
❶～⓯

由此可見，大阪和東京兩地的⓭文化，就是⓮那樣地⓯不同。

【讀音・字義】

いっぱんてき □□□ 一般而言、一般的	クール 很酷的	ようき □□ 開朗的
き □さく 直爽的	かっこう つ □□を□ける 耍帥、刻意修飾、裝模作樣	ば その□ 當下
ふんいき □□□ 氣氛	ちゃか □□す 開個玩笑、嘲弄一下	らくごか □□□ 落語家
はじ い □めて□く 首次前往	おも □う 覺得、想	がいこく □□ 外國
ぶんか □□ 文化	そんなに 那樣地	ちが □う 不同

016 身嗜みをとても気にする日本女性

對日本❷女性而言，❸妥善整理自己的❹服裝儀容是一件非常重要的事情。如果❺外在裝扮❻難看不體面，可能就會被親朋好友說：「お嫁にいけなくなるわよ。」（這樣子會嫁不出去喲！）。

對於日本女性而言，外在裝扮邋遢不體面，是非常❼丟臉的。基於羞恥心，日本女性要❽外出時，通常會打點好❾髮型及服裝儀容，並穿上❿

學習影音

【詞彙】

❶	❷	❸
気にする	女性	整える
❹ 身嗜み	❺ 格好	❻ みっともない
❼ 恥ずかしい	❽ 出掛ける	❾ 髪型
❿ きちんとした服装	⓫ 男性	⓬ 気を使う
⓭ お洒落	⓮ モテる	⓯ 見た目の印象

〔非常❶在意服裝儀容的日本女性〕

MP3 016
❶～⓯

整潔體面的衣服。

其實，日本的⓫男性也是如此，日本男性也非常⓬費心注意⓭打扮得光鮮漂亮。因為在日本，不會打扮的男性，就不容易⓮吃香、受歡迎。基本上，日本人是非常注重⓯外在印象的。

【讀音・字義】

き □にする 在意	じょせい □□ 女性	ととの □える 妥善整理
み だしな □□み 服裝儀容	かっこう □□ 外在裝扮	みっともない 難看不體面的
は □ずかしい 丟臉的、害羞的	で か □□ける 外出	かみがた □□ 髮型
ふくそう きちんとした□□ 整潔體面的衣服	だんせい □□ 男性	き つか □を□う 費心注意
しゃ れ お□□ 打扮得光鮮漂亮、時髦的	モテる 吃香、受歡迎	み め いんしょう □た□の□□ 外在印象

017 笑(わら)うときに口(くち)を隠(かく)す日本女性(にほんじょせい)

日本女性張口❷笑的時候，通常會用❸手❹覆蓋、遮住嘴巴。為什麼要這樣做呢？難道是為了避免❺口沫❻飛濺嗎？

其實不是的。這樣做的原因，是為了讓別人❼無法看到自己的❽口腔內部，尤其是❾牙齒。日本人通常❿認為口腔裡面是⓫不整潔的、難看的，所以不應該⓬給別人看。尤其多數的日本女性更是抱持這樣的想法。

學習影音

【詞彙】

❶ 口を隠す	❷ 笑う	❸ 手
❹ 覆う	❺ 唾	❻ 飛ばす
❼ 見えない	❽ 口の中	❾ 歯
❿ 思う	⓫ 汚い	⓬ 人に見せる
⓭ 動作	⓮ 食べながら話す	⓯ 食べ物

〔笑時❶遮口的日本女性〕

MP3 017
❶～⓯

會做出用手遮口這樣的⓭動作的，大部分都是女性。不過，當日本男性⓮邊吃東西邊說話時，為了避免口中的⓯食物讓別人看到，有時候也會做出用手遮口的動作。

【讀音・字義】

くち □を かく □す 遮口	わら □う 笑	て □ 手
おお □う 覆蓋、遮住	つば □ 口沫	と □ばす 飛濺
み □えない 無法看到	くち □の なか □ 口腔內部	は □ 牙齒
おも □う 認為、想	きたな □い 不整潔的、難看的、下流的、卑鄙的	ひと □に み □せる 給別人看
どう □ さ □ 動作	た □べながら はな □す 邊吃東西邊說話	た □べ もの □ 食物

018 男子厨房に入らず

（だんしちゅうぼうにはいらず）

日本江戶時代的❶男子，是不會❷進入❸廚房❹做料理的。日本❺從很久很久以前開始，就有這樣的一句❻話：「男子厨房に入らず」（男子不入廚房）。這句話的意思是：料理是❼女子所做的事，男子不做那樣的事。因此，日本男性為了❽保有尊嚴，幾乎都是不做料理的。

事實上，甚至直到距今三十多年前，仍有日本男性認同這樣的做法。不過近來，這樣的❾想法已經❿逐漸銷聲匿跡，甚至轉變成大家開始認同

學習影音

【詞彙】

❶ 男子	❷ 入る	❸ 厨房
❹ 料理をする	❺ 昔から	❻ 言葉
❼ 女	❽ 威厳を保つ	❾ 考え方
❿ 無くなる	⓫ 料理ができる男	⓬ かっこいい
⓭ 有名な料理人	⓮ サラリーマン	⓯ お弁当を作る

〔男子不入廚房〕

MP3 018
❶～⓯

「⓫會做料理的男人最⓬帥氣」。在當今的時代，⓭有名的廚師也幾乎清一色是男性。

近來，在日本的男性⓮上班族之間，開始流行自己⓯做便當。自己做便當的男性，又被稱為「お弁当男子（べんとうだんし）」（便當男）。

【讀音・字義】

だんし □□ 男子	はい □る 進入、進入成為一員、容納	ちゅうぼう □□ 廚房
りょうり □□をする 做料理	むかし □から 從很久很久以前開始	ことば □□ 話、語言、語彙、措辭
おんな □ 女子	いげん □□を たも □つ 保有尊嚴	かんが □え かた □ 想法、思考方式
な □くなる 逐漸銷聲匿跡、不見、耗盡	りょうり □□ができる おとこ □ 會做料理的男人	かっこいい 帥氣的
ゆうめい □□な りょうりにん □□□ 有名的廚師	サラリーマン 上班族	お べんとう □□を つく □る 做便當

019 人と人との距離が遠い国

和台灣人比較起來，日本人和 ❷ 朋友之間，是不常 ❸ 講電話的。即使彼此是朋友，卻互相不知道 ❹ 電話號碼的，也很常見。

日本人一般比較喜歡 ❺ 享受 ❻ 一個人的獨處時光，很多人不喜歡別人 ❼ 進入、介入自己的個人時間。

有人說，日本人是個人主義傾向的，不太喜歡人與人之間的 ❽ 互動、接觸。

學習影音

【詞彙】

❶ 距離が遠い	❷ 友達同士	❸ 電話で話す
❹ 電話番号	❺ 楽しむ	❻ 自分一人の時間
❼ 入ってくる	❽ 触れ合い	❾ 団結する
❿ 和を大切にする	⓫ 表面的	⓬ 社交的
⓭ 内面的	⓮ 人と人との関係	⓯ 冷たい

〔人與人之間❶距離遙遠的國家〕

MP3 019
❶～⓯

雖然，在工作方面日本人相當❾團結，和他人相處也是❿以和為貴，⓫表面上看似非常⓬善於社交；但對於自己⓭內在的、心理層面的問題，日本人是鮮少向人提及的。日本人的⓮人與人之間的關係，可以說是非常⓯冷淡的。

【讀音・字義】

きょり　とお □□が□い 距離遙遠	ともだちどうし □□□□ 朋友	でんわ　はな □□で□す 講電話
でんわばんごう □□□□ 電話號碼	たの □しむ 享受、期待	じぶんひとり　じかん □□□□の□□ 一個人的獨處時光
はい □ってくる 進入、介入（之後又離開）	ふ　あ □れ□い 互動、接觸	だんけつ □□する 團結
わ　たいせつ □を□□にする 以和為貴	ひょうめんてき □□□ 表面上的	しゃこうてき □□□ 善於社交的
ないめんてき □□□ 內在的、心理層面的	ひと　ひと　かんけい □と□との□□ 人與人之間的關係	つめ □たい 冷淡的、冰冷的

020 日本人の親子関係（1）

（にほんじん おやこかんけい）

日本人的❶親子關係，和台灣有些許的❷差異。

在台灣，有些❸父母親對於❹小孩子的教育問題，會❺盡心盡力協助。比方說，從❻幼稚園開始，就讓孩子念❼雙語幼稚園；或者幫忙報名❽補習班，讓孩子❾例行性地往返在補習班、學校、和家裡之間。這樣做，可能只為了讓孩子❿進入一所好的大學。

在日本，雖然也有一些家長，會讓小孩子⓫報考⓬私立小學，或者送

學習影音

【詞彙】

❶ 親子関係	❷ 違い	❸ 両親
❹ 子供	❺ 力を入れる	❻ 幼稚園
❼ バイリンガル	❽ 塾	❾ 通う
❿ いい大学に入る	⓫ 受験する	⓬ 私立小学校
⓭ 教育熱心	⓮ お金が無い	⓯ 自分

〔日本人的親子關係〕(1)

MP3 020
❶～⓯

孩子去上補習班，但是在⓭熱衷教育的程度上，整體而言還是不及台灣的家長。有些父母親甚至會對孩子說：「家裡⓮沒有錢讓你上大學，想上大學就得靠⓯自己！」。大致上說來，日本人比較不會像台灣人一樣，為孩子付出這麼多。

【讀音・字義】

おや こ かん けい □□□□ 親子關係	ちが □い 差異	りょう しん □□ 父母親
こ ども □□ 小孩子	ちから い □を□れる 盡心盡力協助、努力	よう ち えん □□□ 幼稚園
バイリンガル 雙語的	じゅく □ 補習班	かよ □う 例行性地往返、流通、相通
だいがく はい いい□□に□る 進入一所好的大學	じゅ けん □□する 報考	し りつ しょう がっ こう □□□□□ 私立小學
きょういく ねっ しん □□□□ 熱衷教育	かね な お□が□い 沒有錢	じ ぶん □□ 自己

021 日本人の親子関係（2）

（にほんじん　おやこかんけい）

一般而言，台灣人在❶父母親❷年老的時候，通常會負擔起❸照顧父母的責任。而日本人，通常只是做到「❹偶爾去照顧一下父母」這樣的❺程度而已。

在日本，為了自己的❻老年生活著想，自己❼事先提早存錢是❽理所當然的。❾基本上，年老的時候就是必須自己照顧自己才行。在日本，孩

學習影音

【詞彙】

❶ 親	❷ 年老いる	❸ 面倒を見る
❹ 偶に	❺ 程度	❻ 老後
❼ お金を貯めておく	❽ 当たり前	❾ 基本的
❿ 頼りにならない	⓫ 分かる	⓬ 親子の間
⓭ 持ちつ持たれつ	⓮ 関係	⓯ 強い

〔日本人的親子關係〕(2)

MP3 021
❶～⓯

子是 ❿ 靠不住、無法依賴的。

從這樣的現象或許可以 ⓫ 明白，日本人的 ⓬ 親子之間 ⓭ 相互扶持的 ⓮ 關係，似乎不像台灣這麼 ⓯ 強烈。

【讀音・字義】

おや □ 父母親	とし お □□いる 年老	めんどう み □□を□る 照顧
たま □に 偶爾	てい ど □□ 程度	ろう ご □□ 老年生活
かね た お□を□めておく 事先提早存錢	あ まえ □たり□ 理所當然的、尋常的	き ほん てき □□□ 基本上、基本的
たよ □りにならない 靠不住、無法依賴	わ □かる 明白	おや こ あいだ □□の□ 親子之間
も も □ちつ□たれつ 相互扶持	かん けい □□ 關係	つよ □い 強烈的、強的、強健的、堅強的

022 夫婦別寝（1）

在日本，夫妻未必一定得❶睡在一起。❷夫妻分開睡的情況，稱為「夫婦別寝」。據說隨著年齡❸提升，夫妻❹分開睡的❺比例也愈來愈高。

夫妻分開睡，大致可以分成以下五種形式：

（1）夫妻睡在同一個❻房間，但是睡不同的❼床鋪；或者不使用床鋪，各自睡在各自的❽鋪被上（日本人有直接將棉被鋪在榻榻米上當作床的習慣）。

（2）房間正中央擺放較高的家具之類的，以❾區隔空間。

學習影音

【詞彙】

❶ 一緒に寝る	❷ 夫婦別寝	❸ 上がる
❹ 別寝する	❺ 割合	❻ 部屋
❼ ベッド	❽ 布団	❾ 空間を分ける
❿ カーテン	⓫ ブラインド	⓬ 仕切り
⓭ 寝室	⓮ 引き戸	⓯ 別々

〔夫妻分開睡〕(1)

MP3 022
❶～⓯

（3）兩人之間用 ❿ 窗簾、 ⓫ 百葉簾等，做出 ⓬ 隔間。

（4）只在睡覺的時候，關上 ⓭ 寢室中央的 ⓮ 拉門，將房間一分為二。

（5）完全 ⓯ 各自分開，睡不同的房間。

【讀音・字義】

いっしょ ね □□に□る 睡在一起	ふう ふ べっしん □□□□ 夫妻分開睡	あ □がる 提升、上升、登上
べっしん □□する 分開睡	わり あい □□ 比例	へ や □□ 房間
ベッド 床鋪	ふ とん □□ 鋪被、棉被	くう かん わ □□を□ける 區隔空間
カーテン 窗簾	ブラインド 百葉簾、百葉窗	し き □□り 隔間
しん しつ □□ 寢室	ひ ど □き□ 拉門	べつ べつ □□ 各自分開的

023 夫婦別寝（2）

ふうふべっしん

造成「夫妻分開睡」最普遍的 ❶ 原因，就是 ❷ 生活節奏不一致。

例如，有時候其中一方特別 ❸ 疲累，想要 ❹ 早一點就寢，但如果另一方還在旁邊 ❺ 看電視，想睡的人就會受到影響。又或者，某一方到了晚上仍然 ❻ 精神清醒睡不著，於是 ❼ 看書看到很晚，這樣可能也會對另一方 ❽ 造成困擾。又或者，因為某一方的 ❾ 鼾聲影響，可能也會造成另一方 ❿ 無法入睡吧。

學習影音

【詞彙】

❶ 理由	❷ 生活リズムの違い	❸ 疲れる
❹ 早く寝る	❺ テレビを見る	❻ 目が冴える
❼ 本を読む	❽ 迷惑が掛かる	❾ 鼾
❿ 眠れない	⓫ 相手を思い遣る	⓬ 夫婦円満の秘訣
⓭ 邪魔する	⓮ 邪魔される	⓯ 合理的に考える

〔夫妻分開睡〕(2)

MP3 023
❶～⓯

有人認為，「夫妻分開睡」是一種⓫體貼對方的行為，而「體貼對方」正是⓬夫妻關係圓滿的秘訣。因為日本人崇尚個人主義，不希望⓭妨礙、打擾對方的個人時間，也不希望自己⓮遭受妨礙或打擾。因此，經過⓯合理地考量，就形成夫妻分開睡的結果。

【讀音・字義】

りゆう □□ 原因、理由	せいかつ　ちが □□リズムの□い 生活節奏不一致	つか □れる 疲累
はや　ね □く□る 早一點就寢	み テレビを□る 看電視	め　さ □が□える 精神清醒
ほん　よ □を□む 看書	めいわく　か □□が□かる 造成困擾	いびき □ 鼾聲
ねむ □れない 無法入睡	あいて　おも　や □□を□い□る 體貼對方	ふうふえんまん　ひけつ □□□□の□□ 夫妻關係圓滿的秘訣
じゃま □□する 妨礙、打擾	じゃま □□される 遭受妨礙或打擾	ごうりてき　かんが □□□に□える 合理地考量

024 日本人は他人・仲間にどう接するか(1)

（にほんじん　たにん　なかま　せっ）

❷一般而言，似乎許多人對於日本人，都❸抱持「日本人❹對待他人❺很有禮貌」的❻印象。而事實上，日本人的確非常重視和他人之間的禮貌。即使只是在電車裡，稍微❼輕輕地❽碰觸❾陌生人的❿肩膀，也會說聲「⓫對不起」。日本人⓬顧慮陌生人的程度，可以說是⓭太過於小心翼翼。

學習影音

【詞彙】

❶ 接する	❷ 一般的	❸ 持つ
❹ 他人に対する	❺ 礼儀正しい	❻ イメージ
❼ 軽く	❽ 触れる	❾ 知らない人
❿ 肩	⓫ 済みません	⓬ 気を使う
⓭ 神経を使い過ぎ	⓮ 場面	⓯ 違う

〔日本人如何 ❶ 對待他人・朋友〕(1)

MP3 024
❶～⓯

不過，有些日本人也覺得台灣人很有禮貌。至於在什麼樣的 ⓮ 場合應該要表現出禮貌，日本人和台灣人的做法可能 ⓯ 不同。

【讀音・字義】

せっ □する 對待、接觸、接待	いっぱんてき □□□ 一般而言、一般的	も □つ 抱持、拿、攜帶、擁有
た にん たい □□に□する 對待他人	れい ぎ ただ □□□しい 很有禮貌的	イメージ 印象
かる □く 輕輕地	ふ □れる 碰觸	し ひと □らない□ 陌生人
かた □ 肩膀	す □みません 對不起	き つか □を□う 顧慮、用心
しんけい つか す □□を□い□ぎ 太過於小心翼翼	ば めん □□ 場合、場面	ちが □う 不同

025 日本人は他人・仲間にどう接するか(2)

（ルビ：に ほんじん／た にん／なか ま／せっ）

一位長住台灣的日本人曾經有這樣的經驗：他的 ❶ 筆記型電腦 ❷ 故障了，於是便 ❸ 打電話給 ❹ 廠商，希望尋求 ❺ 協助。但是對方對於 ❻ 顧客採取非常 ❼ 失禮的回應方式，讓那位日本人非常 ❽ 吃驚。

台灣人對待外人（或陌生人），有非常 ❾ 冷漠的一面，這一點和日本人正好 ❿ 相反。台灣人對於 ⓫ 自己的 ⓬ 朋友、伙伴非常有禮貌，也常常會 ⓭ 請客、招待朋友。相對地，日本人很少請朋友吃東西，反而是宴請陌生

學習影音

【詞彙】

❶ ノートパソコン	❷ 故障する	❸ 電話を掛ける
❹ メーカー	❺ サポート	❻ お客様
❼ 失礼な対応	❽ 呆れる	❾ 冷たい
❿ 反対	⓫ 自分	⓬ 仲間
⓭ 持て成す	⓮ 気を使わない	⓯ 気の置けない仲間

〔日本人如何對待他人・朋友〕(2)

MP3 025
❶～⓯

人的情況比較常見。

日本人對於自己的朋友，通常不那麼注重禮儀，通常⓮不會用心或顧慮。在日本，有種說法是「⓯不必費心在意的同伴」，意思就是「即使不費心在意，也是好朋友」。相較來說，台灣人對朋友是非常費心的。

【讀音・字義】

ノートパソコン 筆記型電腦	こしょう □□する 故障	でんわ　か □□を□ける 打電話
メーカー 廠商	サポート 協助、支持	きゃくさま お□□ 顧客、客人
しつれい　たいおう □□な□□ 失禮的回應方式	あき □れる 吃驚	つめ □たい 冷漠的、冰冷的
はんたい □□ 相反、反對	じぶん □□ 自己	なかま □□ 朋友、伙伴
も　な □て□す 請客、招待	き　つか □を□わない 不會用心或顧慮	き　お　なかま □の□けない□□ 不必費心在意的同伴

026 日本人は他人・仲間にどう接するか(3)

其實，台灣人對於❶朋友的❷招待方式，很❸類似日本人對待顧客的方式。因此，在台灣❹生活的日本人，一旦❺受到招待時，❻經常會❼搞不清楚，自己究竟是被當成客人呢，還是被當成朋友。

日本社會有很多既定的❽規範，「對陌生人必須有禮貌」也是規範之一。要是❾不遵守規範的話，可能會❿嘗到苦頭。例如，在日本的⓫新聞

學習影音

【詞彙】

❶ 友達	❷ 持て成し方	❸ 似ている
❹ 生活する	❺ 持て成される	❻ 屡々
❼ 分からない	❽ 決まり事	❾ 守らない
❿ 痛い目に遭う	⓫ ニュース	⓬ 謝らない
⓭ 暴力事件	⓮ 反面	⓯ 厳しさ

〔日本人如何對待他人・朋友〕(3)

MP3 026
❶～⓯

報導經常可以看到，有人稍微碰到了別人的肩膀，卻⓬沒有道歉，就因為這樣的原因，最後演變成為⓭暴力衝突。日本人對待外人很有禮貌的⓮另一面，就是對待外人也有⓯嚴苛的一面。

【讀音・字義】

とも だち □□ 朋友	も　な　かた □て□し□ 招待方式	に □ている 類似、相像
せいかつ □□する 生活	も　な □て□される 受到招待	しばしば □□ 經常、屢次、再三
わ □からない 搞不清楚、不明白	き　ごと □まり□ 規範	まも □らない 不遵守
いた　め　あ □い□に□う 嘗到苦頭	ニュース 新聞報導	あやま □らない 沒有道歉
ぼうりょく じ けん □□□□ 暴力衝突	はん めん □□ 另一面	きび □しさ 嚴苛、嚴厲程度

027 日本人(にほんじん)にとっては仕事(しごと)は尊(とうと)い事(こと)（1）

在日本，工作表現不好的人，容易❷被人瞧不起。尤其是對於男性而言，❸工作做得好非常重要，甚至被視為❹好男人的必備條件之一。

在台灣，可能有不少人都希望趕快❺賺錢，然後❻退休，及早享受❼第二人生。不過多數日本人的想法是：「❽工作」才是真正的「❾幸福」。甚至許多人希望❿一輩子到死為止，都一直待在⓫目前的工作崗位；人生的重心，總是工作。

學習影音

【詞彙】

❶ 尊い	❷ 低く見られる	❸ 仕事ができる
❹ いい男の条件	❺ お金を稼ぐ	❻ 退職する
❼ セカンドライフ	❽ 働く	❾ 幸せ
❿ 一生死ぬまで	⓫ 現役	⓬ 疑う
⓭ 誇りを持つ	⓮ 表す	⓯ 生きている価値

〔對日本人而言，工作是❶尊貴的事〕(1)

MP3 027
❶～⓯

一直以來，日本人多半認為「工作＝人生」，並且對於這樣的想法不曾⓬懷疑。許多日本人都對自己的工作⓭引以為傲，而持續工作著；並且認為正因為工作，才⓮彰顯自己的⓯生存價值。

【讀音・字義】

とうと □い 尊貴的、珍貴的	ひく　み □く□られる 被人瞧不起	し　ごと □□ができる 工作做得好
おとこ　じょうけん いい□の□□ 好男人的必備條件	かね　かせ お□を□ぐ 賺錢	たいしょく □□する 退休
セカンドライフ 第二人生	はたら □く 工作、產生效果	しあわ □せ 幸福、幸運
いっしょう　し □□□ぬまで 一輩子到死為止	げん えき □□ 目前的工作崗位、在職	うたが □う 懷疑
ほこ　も □りを□つ 引以為傲	あらわ □す 彰顯、表現、表達、代表	い　かち □きている□□ 生存價值

028 日本人にとっては仕事は尊い事（2）

日本人對於公司非常❶忠心，在❷職場上一旦❸被命令❹調職到其他地方，不論調往哪裡，幾乎都會前往。

對於台灣人而言，如果有更好的工作選項，❺跳槽、換公司是理所當然的。但是日本人卻不常中途轉換職場。假如真的打算跳槽，也可能在❻面試時，被詢問❼背叛公司的原因，也容易被視為❽缺乏忠誠度的人。所以，在日本想要轉換工作跑道，不是一件容易的事。

學習影音

【詞彙】

❶ 忠実	❷ 職場	❸ 命じられる
❹ 転勤	❺ 会社を移る	❻ 面接
❼ 会社を裏切る	❽ 忠誠心に欠ける	❾ 成功できない
❿ 人生	⓫ 辛い	⓬ 社会
⓭ 考え方	⓮ エコノミックアニマル	⓯ 働き蜂

〔對日本人而言，工作是尊貴的事〕(2)

MP3 028
❶～⓯

因此，如果是個在工作上 ❾ 挫敗、不得志的日本人，大概會覺得這樣的 ❿ 人生，實在是非常 ⓫ 艱苦。日本就是一個這樣的 ⓬ 社會，多數人對工作都抱持這樣的 ⓭ 想法。可能因為如此，日本人才會被世界各國視為一種「 ⓮ 經濟動物」或是「 ⓯ 工蜂」吧。

【讀音・字義】

ちゅうじつ □□ 忠心的、忠實的	しょくば □□ 職場	めい □じられる 被命令
てんきん □□ 調職	かいしゃ うつ □□を□る 跳槽、換公司	めんせつ □□ 面試
かいしゃ うらぎ □□を□□る 背叛公司	ちゅうせいしん か □□□に□ける 缺乏忠誠度	せいこう □□できない 挫敗、不得志
じんせい □□ 人生	つら □い 艱苦的、為難的、冷酷的	しゃかい □□ 社會
かんが かた □え□ 想法、思考方式	エコノミックアニマル 經濟動物	はたら ばち □き□ 工蜂

029 確(たし)かな技術(ぎじゅつ)を持(も)つ者(もの)は尊敬(そんけい)される

在日本，❶ 擁有專業技術的人，容易 ❷ 受到尊敬。如果是 ❸ 手藝高超的技術者，往往都能 ❹ 變得名聲響亮，受到 ❺ 如神明般的尊崇，並成為 ❻ 眾所皆知的人物。舉凡 ❼ 料理達人、知名 ❽ 拉麵店老闆、 ❾ 點心師傅、 ❿ 木工工匠等，各類型的專業職人，都在自己的領域 ⓫ 大展身手。

在日本境內，有許多來自韓國、到日本從事「 ⓬ 搓澡」（即人工去角質，利用絲瓜布等除垢按摩）工作的歐巴桑。這項工作因為工作時必須 ⓭

學習影音

【詞彙】

❶ 技術を持つ	❷ 尊敬される	❸ 腕がいい
❹ 有名になる	❺ 神のように	❻ 皆の知る存在
❼ 料理の達人	❽ ラーメン屋の店主	❾ お菓子の職人
❿ 大工	⓫ 活躍する	⓬ 垢擦り
⓭ 汗水垂らす	⓮ 確か	⓯ 人材を指導する

〔擁有精湛專業技術者備受尊崇〕

MP3 029
❶～⓯

汗水淋漓，所以即使工作者各個擁有 ⓮ 精湛的技術，據說在韓國，仍是個不受尊崇的行業。

　這些歐巴桑到日本之後，受到大師級的禮遇，搖身一變成為 ⓯ 培育人材的老師。在日本，只要擁有 ⓮ 精湛深厚的技術，想成名絕非遙不可及的夢想。

【讀音・字義】

ぎじゅつ　も □□を□つ 擁有專業技術	そんけい □□される 受到尊敬	うで □がいい 手藝高超
ゆうめい □□になる 變得名聲響亮	かみ □のように 如神明般	みな　し　そんざい □の□る□□ 眾所皆知的人物
りょうり　たつじん □□の□□ 料理達人	や　てんしゅ ラーメン□の□□ 拉麵店老闆	かし　しょくにん お□□の□□ 點心師傅
だいく □□ 木工工匠	かつやく □□する 大展身手	あかす □□り 搓澡、利用絲瓜布等除垢按摩
あせみず　た □□□らす 汗水淋漓	たし □か 精湛深厚的、確實的	じんざい　しどう □□を□□する 培育人材

030 「親(おや)の死(し)に目(め)にも会(あ)えなかった」は美談(びだん)

在日本，不論是 ❶ 職業運動選手、 ❷ 政治人物，或是 ❸ 舞台劇演員等，如果 ❹ 正在舞台上大顯身手之際，收到 ❺ 父母親病危的通知，卻能夠 ❻ 不顯露出絲毫情緒，等到 ❼ 完成工作之後，才 ❽ 急著趕往父母親所在的地方，即使已經 ❾ 無法見到 ❿ 父母親的 ⓫ 臨終最後一面……。像這樣的事，在日本常常會 ⓬ 被講述為 ⓭ 美談。

在其他國家，通常首先都是 ⓮ 以家庭為重，然後才是工作。然而日本

學習影音

【詞彙】

❶ プロのスポーツ選手	❷ 政治家	❸ 舞台俳優
❹ 舞台の最中	❺ 親の危篤の知らせ	❻ 表情に出さない
❼ 勤め上げる	❽ 急行する	❾ 会えない
❿ 親	⓫ 死に目	⓬ 語られる
⓭ 美談	⓮ 家庭を大事にする	⓯ 駆け付ける

〔「無法見到父母最後一面」是美談〕

MP3 030
❶～⓯

的情況卻是——最先重視工作，其次才是家庭。據說在其他國家，當父母親病危的時候，通常都會立刻放下手邊的工作，⓯ 趕往父母親身邊。「無法見到父母最後一面」似乎不太會成為一種美談。

【讀音・字義】

せんしゅ プロのスポーツ□□ 職業運動選手	せいじか □□□ 政治人物	ぶたいはいゆう □□□□ 舞台劇演員
ぶたい さいちゅう □□の□□ 正在舞台上大顯身手之際	おや きとく し □の□□の□らせ 父母親病危的通知	ひょうじょう だ □□に□さない 不顯露出絲毫情緒
つと あ □め□げる 完成工作	きゅうこう □□する 急著趕往	あ □えない 無法見到
おや □ 父母親	し め □に□ 臨終最後一面	かた □られる 被講述
びだん □□ 美談	かてい だいじ □□を□□にする 以家庭為重	か つ □け□ける 趕往

031 日本人の労働時間と休暇（1）

にほんじん ろうどうじかん きゅうか

日本人的 ❶ 工時之長，一向很出名。在 ❷ 泡沫經濟時代，還曾經 ❸ 流行「❹ 過勞死」一詞。之後，日本政府 ❺ 縮短工時的努力顯現出成果，勞動時間 ❻ 被縮短了。近幾年從 ❼ 統計上來看，美國人的工時，甚至已經 ❽ 超越日本。然而，這只不過是「統計上」的情況罷了。

日本有所謂的「❾ 無償加班」。許多公司為了 ❿ 假裝、冒充加班減少，

學習影音

【詞彙】

❶ 労働時間の長さ	❷ バブル経済の時代	❸ 流行る
❹ 過労死	❺ 労働時間短縮	❻ 短縮される
❼ 統計上	❽ 上回る	❾ サービス残業
❿ 見せ掛ける	⓫ 越える	⓬ 記入しない
⓭ 違法行為	⓮ 罷り通る	⓯ トップレベル

〔日本人的工時與休假〕（1）

MP3 031
❶～⓯

一旦⓫超過某個時間點的加班，便⓬不予記錄。「無償加班」雖是⓭違法行為，在日本卻依然⓮任意橫行。

從統計上來看，日本人的工時確實縮短了。但普遍認為，日本人的工時之長，目前在全世界依舊是⓯名列前茅。

【讀音・字義】

ろうどう じかん なが □□□□の□さ 工時之長	けいざい じだい バブル□□の□□ 泡沫經濟時代	は や □□る 流行
か ろう し □□□ 過勞死	ろう どう じ かんたんしゅく □□□□□□ 縮短工時	たんしゅく □□される 被縮短
とう けいじょう □□□ 統計上	うわ まわ □□る 超越	ざんぎょう サービス□□ 無償加班
み か □せ□ける 假裝、冒充	こ □える 超過、穿越、越過	き にゅう □□しない 不予記錄
い ほう こう い □□□□ 違法行為	まか とお □り□る 任意橫行	トップレベル 名列前茅、最高水準

032 日本人の労働時間と休暇（2）

にほんじん　ろうどうじかん　きゅうか

日本每年大約有 16 天的 ❶ 假日。而且，❷ 進入公司 ❸ 經過半年之後，還 ❹ 規定必須要有 ❺ 10 天左右的 ❻ 有薪假。

知道日本有這麼多的休假日，或許不少人會感到非常 ❼ 羨慕。不過要知道，「規定必須有有薪假」和「❽ 實際休得到假」是 ❾ 兩回事。

在日本，一旦打算 ❿ 申請有薪假，可能會 ⓫ 遭受上司白眼；為了在公

學習影音

【詞彙】

❶ 休日	❷ 入社する	❸ 半年経つ
❹ 義務付ける	❺ 十日	❻ 有給休暇
❼ 羨ましい	❽ 実際に取れる	❾ 別の問題
❿ 申請する	⓫ 上司に睨まれる	⓬ 敵を作らない
⓭ 休暇を諦める	⓮ 全て使う	⓯ 無理に近い

〔日本人的工時與休假〕(2)

MP3 032
❶～⓯

司內 ⓬ 避免樹敵，⓭ 放棄休假是常有的事。

一般而言，日本的上班族要把所有的假 ⓮ 全部用完，⓯ 幾乎是不可能的。

【讀音・字義】

きゅうじつ □□ 假日	にゅうしゃ □□する 進入公司	はんとし た □□□つ 經過半年
ぎ む づ □□□ける 規定必須	とお か □□ 10 天	ゆう きゅうきゅう か □□□□ 有薪假
うらや □ましい 羨慕的	じっさい と □□に□れる 實際休得到假	べつ もんだい □の□□ 兩回事、另一個問題
しんせい □□する 申請	じょうし にら □□に□まれる 遭受上司白眼	てき つく □を□らない 避免樹敵
きゅう か あきら □□を□める 放棄休假	すべ つか □て□う 全部用完	む り ちか □□に□い 幾乎是不可能的

033 終身雇用制の終わり（1）

（しゅうしんこようせい　お）

❷以前，日本人一旦❸到職，通常都會❹一輩子❺任職於同一家公司。而且，對於所任職的公司❻宣誓效忠一輩子，視「❼轉換職場」這件事，就如同「❽背叛公司」。

背叛公司的人，在❾其他公司也❿不被信任。基於這個⓫理由，日本的上班族想換工作並⓬不容易。

學習影音

【詞彙】

❶ 終わり	❷ 昔	❸ 就職する
❹ 一生	❺ 勤める	❻ 忠誠を誓う
❼ 会社を変わる	❽ 会社を裏切る	❾ 他社
❿ 信用されない	⓫ 理由	⓬ 容易ではない
⓭ 条件を落とす	⓮ 見付からない	⓯ 次

〔終身雇用制的❶終結〕(1)

MP3 033
❶～⑮

上班族如果打算換工作，除非⑬降低條件，否則往往⑭找不到⑮下一個工作。也很少有人會為了換工作，而不惜降低自己的條件。

【讀音・字義】

お □わり 終結、結束、結局	むかし □ 以前	しゅうしょく □□する 到職、就業
いっしょう □□ 一輩子	つと □める 任職、工作	ちゅうせい　ちか □□を□う 宣誓效忠
かいしゃ　か □□を□わる 轉換職場	かいしゃ　うらぎ □□を□□る 背叛公司	たしゃ □□ 其他公司
しんよう □□されない 不被信任	りゆう □□ 理由	ようい □□ではない 不容易
じょうけん　お □□を□とす 降低條件	みつ □□からない 找不到	つぎ □ 下一個、下次、接下來

034 終身雇用制の終わり（2）

（しゅうしんこようせい　お）

過去的日本社會普遍採行「❶終身雇用制」，只要不是什麼❷重大的事，是不會❸解雇的。❹員工必須為公司❺竭盡全力工作，而公司也要❻保障員工。而這樣的❼關係，近幾年卻❽開始瓦解。

近幾年，日本企業也經常對員工❾進行解雇；公司的條件❿無法滿足員工時，員工也會選擇⓫離職。而且，企業也開始⓬雇用從其他公司離職

學習影音

【詞彙】

❶ 終身雇用制	❷ 余程の事	❸ 解雇する
❹ 社員	❺ 全力で働く	❻ 守る
❼ 関係	❽ 崩れ始める	❾ 行う
❿ 満足できない	⓫ 離職する	⓬ 雇う
⓭ 正当な理由	⓮ 繋がる	⓯ イメージの低下

〔終身雇用制的終結〕(2)

MP3 034
❶～⓯

的人。只要有⓭正當的理由，即使離職，也不會⓮涉及⓯形象受損。

從某種意義上來看，也可以說日本人比以前更自由了。

【讀音・字義】

しゅうしん こ よう せい □□□□□ 終身雇用制	よ ほど こと □□の□ 重大的事	かい こ □□する 解雇
しゃ いん □□ 員工	ぜんりょく はたら □□で□く 竭盡全力工作	まも □る 保障、守護、遵守、防守
かん けい □□ 關係	くず はじ □れ□める 開始瓦解	おこな □う 進行、實施、舉辦
まん ぞく □□できない 無法滿足	り しょく □□する 離職	やと □う 雇用
せい とう り ゆう □□な□□ 正當的理由	つな □がる 涉及、關係到、連繫	てい か イメージの□□ 形象受損

035 単純労働(たんじゅんろうどう)、サービス業(ぎょう)、専門職(せんもんしょく)、クリエイティブな仕事(しごと)(1)

和台灣、韓國或美國比起來，日本的❶大學升學率算是很低的。例如在 2004 年的時候，大約只有 54%。不過，不論是日本政府或人民，似乎都不認為這是個問題。

或許有人會覺得意外。但其實在日本國內的工作，以❷服務業、❸勞力工作、具備技能的❹專業工作，❺占據相當大的部分。❻創意工作反而不多。因此在日本，非常需要❼願意從事服務業、勞力工作、專業工作的人材。

學習影音

【詞彙】

❶ 大学進学率	❷ サービス業	❸ 単純労働
❹ 専門職	❺ 占める	❻ クリエイティブな仕事
❼ 従事してくれる	❽ 下から支える	❾ 敬遠する
❿ 低学歴	⓫ 高学歴	⓬ 求められている
⓭ 大卒	⓮ ニーズ	⓯ 上がる

〔勞力工作・服務業・專業工作・創意工作〕(1)

MP3 035
❶～⓯

這些產業的人材，正是 ❽ 從根本支撐全日本的人。

然而，通常學歷越高，越對服務業或勞力工作 ❾ 敬而遠之。因此， ❿ 低學歷的人是相當必要的。

在日本， ⓫ 高學歷的人材並不像台灣這樣 ⓬ 被需要。對於 ⓭ 大學畢業生的 ⓮ 需求不高，大學的升學率自然無法 ⓯ 提高。

【讀音・字義】

だいがくしんがくりつ □□□□□ 大學升學率	ぎょう サービス□ 服務業	たんじゅんろうどう □□□□ 勞力工作
せんもんしょく □□□ 專業工作	し □める 占據、占領	しごと クリエイティブな□□ 創意工作
じゅうじ □□してくれる 願意從事	したささ □から□える 從根本支撐	けいえん □□する 敬而遠之
ていがくれき □□□ 低學歷	こうがくれき □□□ 高學歷	もと □められている 被需要
だいそつ □□ 大學畢業、大學畢業生	ニーズ 需求	あ □がる 提高、上升、登上

036 単純労働(たんじゅんろうどう)、サービス業(ぎょう)、専門職(せんもんしょく)、クリエイティブな仕事(しごと)(2)

如果日本的大學升學率變得像台灣一樣高，恐怕還會 ❶ 發生「 ❷ 學歷通膨」（學歷的通貨膨脹）。也就是說，高學歷者 ❸ 超過實際所需，於是導致其 ❹ 價值 ❺ 大幅滑落。事實上，這樣的狀況已經發生，但情況可能會更加嚴重。或許會步入大學畢業生成為 ❻ 藍領階級的時代。

那麼，日本人會改變成 ❼ 以研究所為目標嗎？應該也沒有這樣的可能。因為日本企業對於 ❽ 雇用 ❾ 研究所畢業、 ❿ 年紀不小的 ⓫ 剛畢業的人，

學習影音

【詞彙】

❶ 起こる	❷ 学歴のインフレ	❸ 必要以上
❹ 価値	❺ 激しく落ちる	❻ ブルーカラー
❼ 大学院を目指す	❽ 採用する	❾ 大学院卒
❿ 若くない	⓫ 新卒	⓬ 進学する
⓭ 増えない	⓮ 高める	⓯ 余り聞かれない

是敬而遠之的。所以，想要繼續 ⓬ 升學念研究所的人，應該也 ⓭ 不會增加。

基於前述的理由，日本其實沒有必要 ⓮ 提高國內的大學升學率。因此，也就 ⓯ 鮮少聽聞這樣的聲音。

【讀音・字義】

お □こる 發生、產生	がくれき □□のインフレ 學歷通膨	ひつよういじょう □□□□ 超過實際所需
かち □□ 價值	はげ　お □しく□ちる 大幅滑落	ブルーカラー 藍領階級
だいがくいん　めざ □□□を□□す 以研究所為目標	さいよう □□する 雇用、採用	だいがくいんそつ □□□□ 研究所畢業、研究所畢業生
わか □くない 年紀不小的	しんそつ □□ 剛畢業的人、應屆畢業生	しんがく □□する 升學
ふ □えない 不會增加	たか □める 提高	あま　き □り□かれない 鮮少聽聞

037 単純労働、サービス業、専門職、クリエイティブな仕事 (3)

たんじゅんろうどう ぎょう せんもんしょく しごと

因為在日本境內，需要有人從事 ❶ 藍領階級的工作，所以，如果真想要提高日本國內的大學升學率，或許 ❷ 考慮 ❸ 引進從事藍領階級工作的 ❹ 外籍 ❺ 移工，這樣子還比較理想。

然而，日本人心裡其實 ❻ 不希望有太多的外國人 ❼ 湧入日本，而讓日本成為一個「 ❽ 多民族社會」。日本人可能頂多 ❾ 能夠接受 ❿ 韓國人、

學習影音

【詞彙】

❶ ブルーカラーの仕事	❷ 考える	❸ 導入する
❹ 外国人	❺ 出稼ぎ労働者	❻ 望んでいない
❼ 流入する	❽ 多民族社会	❾ 受け入れられる
❿ 韓国人	⓫ 台湾人	⓬ 近隣民族
⓭ 余り知らない	⓮ 社会構造	⓯ 違う

〔勞力工作・服務業・專業工作・創意工作〕(3)

MP3 037
❶～⓯

⓫ 台灣人等，這些 ⓬ 鄰近民族的人們而已。

這或許是許多外國人 ⓭ 不太清楚的一種日本社會狀況。不過，日本和台灣的 ⓮ 社會結構，確實就是如此 ⓯ 不同。

【讀音・字義】

しごと ブルーカラーの□□ 藍領階級的工作	かんが □える 考慮、思考、料想、打算	どうにゅう □□する 引進
がいこくじん □□□ 外籍、外國人	でかせ　ろうどうしゃ □□ぎ□□□ 移工、到外地工作的勞動工作者	のぞ □んでいない 不希望
りゅうにゅう □□する 湧入、流進	たみんぞくしゃかい □□□□□ 多民族社會	う　い □け□れられる 能夠接受、被接受
かんこくじん □□□ 韓國人	たいわんじん □□□ 台灣人	きんりんみんぞく □□□□ 鄰近民族
あま　し □り□らない 不太清楚	しゃかいこうぞう □□□□ 社會結構	ちが □う 不同

038 日本人と英語（1）

（にほんじん　えいご）

為什麼日本人❶不太能夠說英語呢？其實，這是有❷原因的。

台灣人對於英語的❸學習熱潮❹非同小可。在台灣，英語常被視為❺社會人士的❻必備技能；似乎只要會說英語，就❼有利於❽求職就業。但是在日本，情況卻不是這樣。

在日本境內，服務業、藍領階級的工作，或是具備技能的專業工作，

學習影音

【詞彙】

❶ 余り話せない	❷ 訳	❸ 学習熱
❹ 凄い	❺ 社会人	❻ 必須スキル
❼ 有利	❽ 就職	❾ 占める
❿ 結構な割合	⓫ 危険物取扱者	⓬ 簿記
⓭ 介護福祉士	⓮ 資格	⓯ 重宝される

〔日本人與英語〕(1)

MP3 038
❶～⓯

❾ 占據 ❿ 相當的比例。所以像是 ⓫ 危險物品處理技士、⓬ 簿記、⓭ 國家認證的看護士等等，這樣的 ⓮ 證照和技能都相當 ⓯ 受到重視。如果擁有這些證照，對於求職就業非常有利。

【讀音・字義】

あま　はな □り□せない 不太能夠說	わけ □ 原因、理由、道理	がくしゅうねつ □□□ 學習熱潮
すご □い 非同小可、厲害的	しゃ かい じん □□□ 社會人士	ひっ　す □□スキル 必備技能
ゆう　り □□ 有利的	しゅうしょく □□ 求職就業	し □める 占據、占領
けっ こう　わり あい □□な□□ 相當的比例	き けん ぶつ とり あつかい しゃ □□□□□□ 危險物品處理技士	ぼ　き □□ 簿記（會計領域內登帳與製表的工作）
かい ご ふく し し □□□□□ 國家認證的看護士	し かく □□ 證照、執照、資格、身份	ちょうほう □□される 受到重視、被珍惜

039 日本人と英語（2）

（にほんじん　えいご）

然而，比起擁有簿記或看護等證照，在日本即使❶懂英語、會說英語，也不見得對求職很有幫助。所以，和台灣人相比，❷學習英語的人，自然也就❸不多了。日本人學習英語，❹多半是出於自己的❺興趣。

在台灣，以❻全世界為❼商業往來❽對象的人不算少數。但在日本，幾乎都是以❾日本的企業為生意往來的對象；以全球為對象的，❿僅僅是

學習影音

【詞彙】

❶ 英語ができる	❷ 勉強する	❸ 多くない
❹ 殆ど	❺ 趣味	❻ 世界
❼ ビジネスをする	❽ 相手	❾ 日本の企業
❿ ほんの	⓫ 一握り	⓬ 必要とする
⓭ 上級	⓮ ビジネスマン	⓯ 余っ程いい

〔日本人與英語〕(2)

MP3 039
❶～⓯

⓫ 少數。所以，在日本會把英語 ⓬ 當作必要的，大概就是一些 ⓭ 高階 ⓮ 商務人士。

當然，「會英語」還是比「不會英語」⓯ 好得多，這一點在日本應該也是無庸置疑的。

【讀音・字義】

えい ご □□ができる 懂英語、會說英語	べんきょう □□する 學習、讀書	おお □くない 不多的
ほとん □ど 多半、大致、幾乎	しゅ み □□ 興趣	せ かい □□ 全世界
ビジネスをする 商業往來、做生意	あい て □□ 對象	に ほん き ぎょう □□の□□ 日本的企業
ほんの 僅僅	ひと にぎ □□り 少數	ひつ よう □□とする 當作必要
じょうきゅう □□ 高階、上一級	ビジネスマン 商務人士	よ ぽど □っ□いい 好得多的

040 就職活動（1）

（しゅうしょくかつどう）

隨著❶畢業時間接近，日本的❷高中生、❸專門學校學生，或是❹大學生，就會❺開始找工作。日文稱之為「就職活動（しゅうしょくかつどう）」（❻求職活動）。

進行求職活動的時候，一般都會❼穿被稱為「❽面試服裝」的❾黑色西服、黑色套裝，並❿穿⓫黑色皮鞋。

以⓬應屆畢業生為雇用對象的企業，經常會舉辦「⓭求職說明會」，

學習影音

【詞彙】

❶ 卒業	❷ 高校生	❸ 専門学校生
❹ 大学生	❺ 就職先を探し始める	❻ 就職活動
❼ 着用する	❽ リクルートスーツ	❾ 黒いスーツ
❿ 履く	⓫ 黒い革靴	⓬ 新卒者
⓭ 就職説明会	⓮ 就職フェア	⓯ ブース

〔求職活動〕(1)

MP3 040
❶～⓯

吸引許多做面試服打扮的學生前往。

有時候，也會在大型的會場舉辦所謂的「⓮就業博覽會」。由許多企業各自設立⓯攤位，積極地向學生們介紹公司的特色，希望藉此找到優秀的人材。

【讀音・字義】

そつぎょう □□ 畢業	こうこうせい □□□ 高中生	せんもんがっこうせい □□□□□ 專門學校學生
だいがくせい □□□ 大學生	しゅうしょくさき さが はじ □□□を□し□める 開始找工作	しゅうしょくかつどう □□□□ 求職活動
ちゃくよう □□する 穿（衣物）、佩戴（物件）	リクルートスーツ 面試服裝	くろ □いスーツ 黑色西服、黑色套裝
は □く 穿（鞋、襪）	くろ かわぐつ □い□□ 黑色皮鞋	しんそつしゃ □□□ 應屆畢業生、剛畢業的人
しゅうしょくせつめいかい □□□□□ 求職說明會	しゅうしょく □□フェア 就業博覽會	ブース 攤位、小隔間

041 就職活動（2）

しゅうしょくかつどう

在日本，❶雇用人材的方式有三種：「❷新人採用」、「❸第二新人採用」以及「❹中途採用」。

即將從高中、專門學校，或是大學畢業的人，畢業之前，一般都會先❺應徵「新人採用」。已經嘗試了第一份工作，但覺得❻不滿意，想要找下一份工作的人，就會應徵「第二新人採用」。如果已經工作一段時間，擁有較長的❼工作經歷，想換工作時則會應徵「中途採用」。

學習影音

【詞彙】

❶ 人材採用	❷ 新卒採用	❸ 第二新卒採用
❹ 中途採用	❺ 応募する	❻ 満足できない
❼ キャリア	❽ 就職試験	❾ 選り好みする
❿ 一週間	⓫ 一度	⓬ ペース
⓭ 試験を受ける	⓮ 決定する	⓯ 長い

〔求職活動〕(2)

MP3 041
❶～⓯

在日本，找工作時的 ❽ 求職考試通常多達三次。日本企業對於人材非常 ❾ 挑剔，求職者大約是以 ❿ 一星期 ⓫ 一次的 ⓬ 步調 ⓭ 參加考試；錄用與否，大概要等到第 20 天左右才會 ⓮ 決定。在確定錄取之前，需要一段非常 ⓯ 漫長的時間。

【讀音・字義】

じんざいさいよう □□□□	しんそつさいよう □□□□	だいにしんそつさいよう □□□□□□
雇用人材	新人採用	第二新人採用
ちゅうとさいよう □□□□	おうぼ □□する	まんぞく □□できない
中途採用	應徵	不滿意
キャリア	しゅうしょくしけん □□□□	えごの □り□みする
工作經歷、職業	求職考試	挑剔
いっしゅうかん □□□	いちど □□	ペース
一星期	一次、一旦	步調
しけんう □□を□ける	けってい □□する	なが □い
參加考試	決定	漫長的、長的

042 履歴書（1）

（りれきしょ）

❶ 找工作的時候，❷ 履歷表是必要的。這一點應該在任何國家都一樣。不過，在「終身雇用制」（請參照單元 033、034）已經 ❸ 開始瓦解的日本，當要應徵「中途採用」（請參照單元 041）的工作時，除了履歷表，還必須 ❹ 提交 ❺ 職務經歷書。

「職務經歷書」裡面，必須記載 ❻ 截至目前為止，曾經待過哪一間 ❼ 公司，在哪一個 ❽ 部門，❾ 負責什麼樣的工作，具有什麼樣的經歷和

學習影音

【詞彙】

❶ 仕事を探す	❷ 履歴書	❸ 崩れ始める
❹ 提出する	❺ 職務経歴書	❻ 今まで
❼ 会社	❽ 部門	❾ 担当する
❿ 技術	⓫ 手書き	⓬ 常識
⓭ アルバイト	⓮ 写真を貼る	⓯ 面倒

〔履歷表〕(1)

MP3 042
❶～⓯

❿ 技術……等等。

在日本，履歷表和職務經歷書必須用 ⓫ 手寫完成，這是一種 ⓬ 基本常識。即使應徵 ⓭ 打工的工作，也必須準備履歷表，手寫後 ⓮ 貼上相片提交出去。這一點可以說是非常 ⓯ 麻煩。

【讀音・字義】

しごと さが □□を□す 找工作	り れき しょ □□□ 履歷表	くず はじ □れ□める 開始瓦解
ていしゅつ □□する 提交、提出	しょく む けい れき しょ □□□□□ 職務經歷書	いま □まで 截至目前為止
かいしゃ □□ 公司	ぶ もん □□ 部門	たんとう □□する 負責
ぎ じゅつ □□ 技術	て が □□き 手寫	じょうしき □□ 基本常識
アルバイト 打工的工作、打工的人、兼職	しゃ しん は □□を□る 貼上相片	めんどう □□ 麻煩的、照顧

043 履歴書（2）

（りれきしょ）

不過，如果是❶ IT 產業，使用❷電腦❸製作履歷表和職務經歷書，一般而言是❹被允許的。

這是因為，對於 IT 產業的❺工作者而言，能不能夠把❻表格、圖表做得好看，也是非常❼重要的。使用電腦製作履歷表和職務經歷書，可以❽展現自己這方面的❾能力。

學習影音

【詞彙】

❶ IT業界	❷ コンピューター	❸ 作成する
❹ 認められる	❺ 働く者	❻ 表
❼ 大切	❽ アピールする	❾ 能力
❿ 記入する	⓫ 正式な書類	⓬ 青のボールペン
⓭ 黒のボールペン	⓮ 因みに	⓯ 無料で配られる

〔履歷表〕(2)

MP3 043
❶～⓯

此外，在台灣 ❿ 填寫 ⓫ 正式文件時，經常使用 ⓬ 藍色的原子筆書寫。但在日本，填寫正式文件時，通常使用 ⓭ 黑色的原子筆，很少使用藍筆。

⓮ 順帶一提，在台灣，⓯ 免費贈送的原子筆幾乎都是藍色的；在日本，則幾乎都是黑色的。

【讀音・字義】

ぎょうかい IT □□ IT 產業	コンピューター 電腦	さくせい □□する 製作、擬定
みと □められる 被允許、被承認	はたら　もの □く□ 工作者	ひょう □ 表格、圖表
たいせつ □□ 重要的、珍貴的	アピールする 展現、呼籲、吸引	のうりょく □□ 能力
き　にゅう □□する 填寫	せいしき　しょるい □□な□□ 正式文件	あお □のボールペン 藍色的原子筆
くろ □のボールペン 黑色的原子筆	ちな □みに 順帶一提	む　りょう　くば □□で□られる 免費贈送

044 フリーアルバイター（フリーター）

在日本，❶打工工作的❷薪資也❸相當不錯，大約❹可以領到跟❺正式職員❻剛到職的起薪差不多的程度。因此，有些日本人即使已經三、四十歲，還一直靠著打工過生活。

依靠打工❼維持生計的人，日文稱為「フリーアルバイター」（自由的打工者），❽簡略化稱為「フリーター」（飛特族）。

因為「❾自由的寫作者」稱為「❿フリーライター」（free writer），

學習影音

【詞彙】

❶ アルバイト	❷ 給料	❸ なかなか良い
❹ 貰える	❺ 正社員	❻ 初任給
❼ 生計を立てる	❽ 略する	❾ フリーの執筆者
❿ フリーライター	⓫ 大学院卒	⓬ 見合う
⓭ 少ない	⓮ 新人	⓯ 雇う

〔自由打工者（飛特族）〕

MP3 044
❶～⓯

於是照著這個原則，就把「自由的打工者」稱之為「フリーアルバイター」（free＋Arbeiter）。

日本的「飛特族」之中，也不乏 ⓫ 研究所畢業生。在日本，即使研究所畢業，⓬ 條件相符的工作卻 ⓭ 很少。而且，對於研究所畢業的 ⓮ 新人，願意 ⓯ 雇用的企業也很少，這也是一個不爭的事實。

【讀音・字義】

讀音・字	字義
アルバイト	打工工作、打工的人、兼職
きゅうりょう □□	薪資
よ なかなか□い	相當不錯的
もら □える	可以領到、可以獲得
せいしゃいん □□□	正式職員
しょにんきゅう □□□	剛到職的起薪
せいけい　た □□を□てる	維持生計
りゃく □する	簡略化、省略、掠奪
しっぴつしゃ フリーの□□□	自由的寫作者
フリーライター	自由的寫作者
だいがくいんそつ □□□□	研究所畢業生、研究所畢業
み あ □□う	條件相符、相稱、對看
すく □ない	很少的
しんじん □□	新人
やと □う	雇用

045 ワーキングプア

在日本，「飛特族」靠著打工，還 ❶ 能夠好好地生活。真正有 ❷ 問題的，是那些被稱為「 ❸ 薪貧族」（working poor）的人。

所謂的「薪貧族」，就是不論怎麼努力工作，還是賺不到能夠生活的薪水，所以也稱為「 ❹ 工作貧困階級」。

「薪貧族」多半從事 ❺ 一日臨時派遣雇工之類的工作，靠著這樣 ❻ 勉強度日；很多都 ❼ 居住在 ❽ 不需要花費太多 ❾ 房租的 ❿ 網咖。這樣的

學習影音

【詞彙】

❶ ちゃんと生活できる	❷ 問題	❸ ワーキングプア
❹ 働く貧困層	❺ 日雇い派遣	❻ その日暮らしをする
❼ 住む	❽ 余り掛からない	❾ 家賃
❿ インターネットカフェ	⓫ ネットカフェ難民	⓬ 収入
⓭ 十分な食事	⓮ 格差の無い社会	⓯ 大きくなる

〔薪貧族〕

MP3 045
❶～⓯

人，又稱為「⓫ 網咖難民」。他們的 ⓬ 收入，只有正式職員剛到職起薪的三分之一左右，根本連 ⓭ 充足的三餐都做不到。

原本，日本是一個 ⓮ 貧富差距很小的社會。不過最近，日本的貧富差距 ⓯ 變大了。

【讀音・字義】

せいかつ ちゃんと□□できる 能夠好好地生活	もんだい □□ 問題	ワーキングプア 薪貧族
はたら　ひん こん そう □く□□□ 工作貧困階級	ひ　やと　は　けん □□い□□ 一日臨時派遣雇工	ひ　ぐ その□□らしをする 勉強度日
す □む 居住	あま　か □り□からない 不需要花費太多	や　ちん □□ 房租
インターネットカフェ 網咖	なんみん ネットカフェ□□ 網咖難民	しゅうにゅう □□ 收入
じゅうぶん　しょく　じ □□な□□ 充足的三餐	かく さ　な　しゃかい □□の□い□□ 貧富差距很小的社會	おお □きくなる 變大

046 ニート（1）

15 歲到 34 歲之間，目前沒有❶接受教育、沒有❷從事工作，也沒有接受❸職業訓練的人，可以稱為「❹尼特族」（NEET）。

「尼特族」是英文「Not in Education, Employment or Training」（不就學、不就業、不參與職訓）的❺縮寫。簡單來說，就是指❻缺乏工作決心，或者❼多少有「想要工作」的❽情緒，卻根本沒有去找工作的人。

據說在 2008 年，日本曾經做過統計，全日本約有 64 萬人屬於「尼特

學習影音

【詞彙】

❶ 教育を受ける	❷ 労働をする	❸ 職業訓練
❹ ニート	❺ 略語	❻ 働く意志が無い
❼ 多少有る	❽ 気持ち	❾ 政府
❿ 対策を採る	⓫ 増え続ける	⓬ 国の経済
⓭ 貢献	⓮ 生産力	⓯ 低下する

〔尼特族〕(1)

MP3 046
❶～⓯

族」。而且大家認為，❾政府如果不❿採取對策，「尼特族」會⓫持續增加。原本應該努力工作，對⓬國家經濟有所⓭貢獻的人，現在卻完全沒有貢獻。如果「尼特族」再持續增加，豈不是會導致國家的⓮生產力⓯下降？「尼特族」在日本已經成為一個大問題。

【讀音・字義】

きょういく　う □□を□ける 接受教育	ろうどう □□をする 從事工作、勞動	しょくぎょうくんれん □□□□ 職業訓練
ニート 尼特族	りゃくご □□ 縮寫	はたら　いし　な □く□□が□い 缺乏工作決心
たしょうあ □□□る 多少有、稍微有	きも □□ち 情緒、感覺、感情	せいふ □□ 政府
たいさく　と □□を□る 採取對策	ふ　つづ □え□ける 持續增加	くに　けいざい □の□□ 國家經濟
こうけん □□ 貢獻	せいさんりょく □□□ 生產力	ていか □□する 下降

047 ニート（2）

不過，因為❶生病療養中而❷無法工作的人，在統計上，也❸被包含在「尼特族」之中。所以 2008 年所統計出的 64 萬人，也不能說全部都是沒有工作意願的人。

然而也有人認為，日本社會在某方面❹過於嚴苛，畢竟「尼特族」也和個人的❺生活方式有關；對於❻他人的自由，不應該❼干涉過多。

舉例來說，如果❽父母❾留下❿龐大的財產，⓫兒子根本⓬一輩子

學習影音

【詞彙】

❶ 病気療養中	❷ 働けない	❸ 含まれる
❹ 厳し過ぎる	❺ 生き方	❻ 人の自由
❼ 構う	❽ 親	❾ 残す
❿ 莫大な財産	⓫ 息子	⓬ 一生働く必要が無い
⓭ 人間の価値	⓮ 個人の幸せ	⓯ 重視される

〔尼特族〕(2)

MP3 047
❶～⓯

都不需要工作。這樣的情況，兒子也會被當成所謂的「尼特族」。

日本的社會，往往是根據「是否對社會有所貢獻」來衡量⓭一個人的價值。比起⓮個人的幸福，個人對社會整體的貢獻，似乎更加⓯受到重視。

【讀音・字義】

びょうきりょうようちゅう □□□□□ 生病療養中	はたら □けない 無法工作	ふく □まれる 被包含
きび　す □し□ぎる 過於嚴苛	い　かた □き□ 生活方式	ひと　じゆう □の□□ 他人的自由
かま □う 干涉、在乎	おや □ 父母	のこ □す 留下
ばくだい　ざいさん □□な□□ 龐大的財產	むすこ □□ 兒子	いっしょうはたら　ひつよう　な □□□く□□が□い 一輩子都不需要工作
にんげん　かち □□の□□ 一個人的價值	こじん　しあわ □□の□せ 個人的幸福	じゅうし □□される 受到重視

048 ゆとり教育（きょういく）と国私立小学校受験熱（こくしりつしょうがっこうじゅけんねつ）（1）

在 1970～1980 年代，日本的 ❶ 升學考試競爭 ❷ 變得越來越激烈。

當時，為了 ❸ 因應那樣的狀況，❹ 填鴨式教育和 ❺ 管理教育 ❻ 受到重視，結果卻 ❼ 發生學生 ❽ 跟不上進度、❾ 霸凌，以及 ❿ 不願意上學等問題。

因此，有人開始提出意見，認為這樣的教育方式會讓 ⓫ 孩子們 ⓬ 缺乏

學習影音

【詞彙】

❶ 受験戦争	❷ 激しくなる	❸ 対応する
❹ 詰め込み教育	❺ 管理教育	❻ 重視される
❼ 起こる	❽ 落ち零れ	❾ 苛め
❿ 登校拒否	⓫ 子供達	⓬ ゆとりの無さ
⓭ 社会性の無さ	⓮ 始まる	⓯ ゆとり教育

〔寬鬆教育和國私立小學報考熱潮〕(1)

MP3 048
❶～⓯

餘裕與空間、⓭缺乏社會性。於是，日本便⓮開始實行所謂的「ゆとり教育（きょういく）」（⓯寬鬆教育）。

【讀音・字義】

じゅ けん せん そう □□□□ 升學考試競爭	はげ □しくなる 變得越來越激烈	たい おう □□する 因應、對應
つ こ きょういく □め□み□□ 填鴨式教育	かん り きょういく □□□□ 管理教育	じゅう し □□される 受到重視
お □こる 發生、產生	お こぼ □ち□れ 跟不上進度	いじ □め 霸凌
とう こう きょ ひ □□□□ 不願意上學	こ ども たち □□□ 孩子們	な ゆとりの□さ 缺乏餘裕與空間
しゃかいせい な □□□の□さ 缺乏社會性	はじ □まる 開始	きょういく ゆとり□□ 寬鬆教育

049 ゆとり教育と国私立小学校受験熱（2）

「寬鬆教育」的❶主要特色，是「❷學校一週上課五天制」，並❸刪減❹課程綱領（即❺政府❻制定的❼學習內容）。如此一來，卻❽造成日本人❾整體的❿學力的下降。

舉例來說，在「寬鬆教育」之前，⓫圓周率是以 3.14 來⓬計算。然而，開始推行「寬鬆教育」之後，在⓭課堂上，仍然⓮教學圓周率是

學習影音

【詞彙】

❶ 主な特色	❷ 学校週五日制	❸ 削減する
❹ 指導要領	❺ 政府	❻ 定める
❼ 学習内容	❽ 齎す	❾ 全体的
❿ 学力の低下	⓫ 円周率	⓬ 計算する
⓭ 授業	⓮ 教える	⓯ 認める

#〔寬鬆教育和國私立小學報考熱潮〕(2)

MP3 049
❶～⓯

「3.14」；但是實際進行計算時，⓯ 准許、同意學生以「3」來計算。

【讀音・字義】

おも □な とくしょく □□	がっこうしゅういつかせい □□□□□□	さくげん □□する
主要特色	學校一週上課五天制	刪減
しどうようりょう □□□□	せいふ □□	さだ □める
課程綱領	政府	制定、決定、平定
がくしゅうないよう □□□□	もたら □す	ぜんたいてき □□□
學習內容	造成、帶來	整體的
がくりょく □□の ていか □□	えんしゅうりつ □□□	けいさん □□する
學力的下降	圓周率	計算、估算
じゅぎょう □□	おし □える	みと □める
課堂、授課	教學、告訴、教誨	准許、同意、承認

050 ゆとり教育（きょういく）と国私立小学校受験熱（こくしりつしょうがっこうじゅけんねつ）(3)

開始實行「寬鬆教育」後，原本在 ❶ 國際上算是位居 ❷ 頂尖地位的日本人的學力，逐漸 ❸ 衰退。因此，有越來越多的父母，對於 ❹ 當地的 ❺ 公立小學產生 ❻ 不信任感，打算讓孩子就讀 ❼ 國立小學或是 ❽ 私立小學。因為他們認為，國立或私立小學有 ❾ 素質較好的老師， ❿ 課程安排也比較 ⓫ 紮實。於是，日本出現「國私立小學的 ⓬ 報考熱潮」。

學習影音

【詞彙】

❶ 国際的	❷ トップレベル	❸ 下がる
❹ 地元	❺ 公立小学校	❻ 不信感
❼ 国立小学校	❽ 私立小学校	❾ 質の高い教員
❿ カリキュラム	⓫ 確りしている	⓬ 受験熱
⓭ 文部科学省	⓮ 改善する	⓯ 授業時間

〔寬鬆教育和國私立小學報考熱潮〕(3)

MP3 050
❶～⓯

據說在東京的澀谷區、文京區及千代田區等，曾有將近一半的孩子，都是就讀國私立小學。後來，日本⓭文部科學省（相當於台灣教育部）為了⓮改善「寬鬆教育」的問題，也決定必須增加課程綱要和⓯上課時數。

【讀音・字義】

こくさいてき □□□ 國際上的	トップレベル 頂尖地位、最高水準	さ □がる 衰退、下降、垂掛
じもと □□ 當地	こうりつしょうがっこう □□□□□ 公立小學	ふしんかん □□□ 不信任感
こくりつしょうがっこう □□□□□ 國立小學	しりつしょうがっこう □□□□□ 私立小學	しつ たか きょういん □の□い□□ 素質較好的老師
カリキュラム 課程安排	しっか □りしている 紮實	じゅけんねつ □□□ 報考熱潮
もんぶかがくしょう □□□□□ 文部科學省	かいぜん □□する 改善	じゅぎょうじかん □□□□ 上課時數

051 日本（にほん）の大学入試（だいがくにゅうし）、大学生活（だいがくせいかつ）（1）

一般而言，日本的大學是：❸ 進入很 ❹ 困難，❺ 畢業很 ❻ 容易。相反的，美國的大學則是：進入就讀很容易，畢業很困難。

日本人為了能夠 ❼ 上大學，通常都會 ❽ 卯足全力 ❾ 用功讀書。但是進了大學之後，卻變成幾乎完全不讀書。即使連 ❿ 父母親，也 ⓫ 不期待孩子在大學裡，會認真念書。

學習影音

【詞彙】

❶ 大学入試	❷ 大学生活	❸ 入る
❹ 難しい	❺ 卒業する	❻ 簡単
❼ 大学に入る	❽ 一生懸命	❾ 勉強する
❿ 両親	⓫ 期待しない	⓬ 人との付き合い
⓭ 社会勉強	⓮ しょっちゅう	⓯ 授業をサボる

〔日本的❶大學入學考試・❷大學生活〕(1)

MP3 051
❶～⑮

在日本，普遍認為大學是要⑫和他人交際往來，進行所謂「⑬社會學習」的地方。而且，日本的大學生，也⑭經常⑮蹺課。

【讀音・字義】

だいがくにゅうし □□□□ 大學入學考試	だいがくせいかつ □□□□ 大學生活	はい □る 進入、進入成為一員、容納
むずか □しい 困難的、費解的、棘手的	そつぎょう □□する 畢業	かんたん □□ 容易的、簡單的、輕易的
だいがく　はい □□に□る 上大學	いっしょうけんめい □□□□ 卯足全力的	べんきょう □□する 用功讀書
りょうしん □□ 父母親	きたい □□しない 不期待	ひと　つ　あ □との□き□い 和他人交際往來
しゃかいべんきょう □□□□ 社會學習	しょっちゅう 經常	じゅぎょう □□をサボる 蹺課

052 日本の大学入試、大学生活（2）

大學生們會以❶一群朋友為單位，❷排定順序，輪流❸去上課，然後大夥兒❹共同擁有上課筆記。

到了❺考試之前，只要大家一起加把勁念書，通常都❻能夠拿到❼學分。因此，學生們平常都❽埋首❾打工和❿玩樂；有些人⓫熱衷⓬社團，也有人整天⓭打麻將。

學習影音

【詞彙】

❶ 仲間同士	❷ 順番を決める	❸ 授業に出る
❹ ノートを共有する	❺ テスト前	❻ 取れる
❼ 単位	❽ 没頭する	❾ アルバイト
❿ 遊び	⓫ 夢中になる	⓬ サークル
⓭ 麻雀をする	⓮ 近付く	⓯ 論文・就職活動

〔日本的大學入學考試・大學生活〕(2)

MP3 052
❶～⓯

不過，一旦畢業時間越來越 ⓮ 接近，大學生們就會開始忙著 ⓯ 論文・求職活動，沒辦法只顧著玩樂了。

【讀音・字義】

なか ま どう し □□□□ 一群朋友	じゅんばん き □□を□める 排定順序	じゅぎょう で □□に□る 去上課
きょうゆう ノートを□□する 共同擁有上課筆記	まえ テスト□ 考試之前	と □れる 能夠拿到
たん い □□ 學分、單位	ぼっ とう □□する 埋首	アルバイト 打工、打工的人、兼職
あそ □び 玩樂、遊戲	む ちゅう □□になる 熱衷、沉迷、忘我	サークル 社團、圓圈
まーじゃん □□をする 打麻將	ちか づ □□く 接近	ろんぶん しゅうしょくかつ どう □□・□□□□ 論文・求職活動

053 日本(にほん)の大学入試(だいがくにゅうし)、大学生活(だいがくせいかつ)（3）

在日本，作為一個 ❶ 社會人士 ❷ 必備的技能，並非在大學裡面 ❸ 學習，而是 ❹ 進入公司之後，才開始學習。

日本的企業會對 ❺ 新進員工 ❻ 強制要求取得某項 ❼ 必備的證照，同時公司也會 ❽ 投入時間和金錢，來 ❾ 教育新人。

或許對於許多日本人而言，所謂的「❿ 大學時期」，⓫ 只不過是 ⓬ 開始

學習影音

【詞彙】

❶ 社会人	❷ 必要な技能	❸ 学ぶ
❹ 会社に入る	❺ 新入社員	❻ 取らせる
❼ 必要な資格	❽ お金と時間を掛ける	❾ 教育する
❿ 大学時代	⓫ 過ぎない	⓬ 始める
⓭ 長い社会人生活	⓮ 束の間	⓯ 自由な活動の時間

〔日本的大學入學考試・大學生活〕(3)

MP3 053
❶～⓯

⓭ 漫長的社會人士生活之前，一段 ⓮ 稍縱即逝的「⓯ 自由活動時間」罷了。

【讀音・字義】

しゃかいじん □□□ 社會人士	ひつよう ぎのう □□な□□ 必備的技能	まな □ぶ 學習
かいしゃ はい □□に□る 進入公司	しんにゅうしゃいん □□□□ 新進員工	と □らせる 強制要求取得
ひつよう しかく □□な□□ 必備的證照	かね じかん か お□と□□を□ける 投入時間和金錢	きょういく □□する 教育
だいがくじだい □□□□ 大學時期	す □ぎない 只不過	はじ □める 開始
なが しゃかいじんせいかつ □い□□□□□ 漫長的社會人士生活	つか ま □の□ 稍縱即逝、轉眼之間	じゆう かつどう じかん □□な□□の□□ 自由活動時間

054

大学生(だいがくせい)と自動車(じどうしゃ)（1）

在日本，大學被認為「❶ 遊樂園化」，已經 ❷ 很長一段時間。某些人認為，如果說現今大部分的日本 ❸ 男大生，除了 ❹ 車子和 ❺ 女人之外，對其他的事情全都 ❻ 不感興趣，似乎也不算 ❼ 言過其實。

許多日本人只要一上大學，就會想要 ❽ 買車，尤其是男性。許多 ❾ 校園新鮮人為了買車，便開始打工。在日本，一般打工的 ❿ 時薪 ⓫ 至少有

學習影音

【詞彙】

❶ レジャーランド化	❷ 久しい	❸ 男子大学生
❹ 車	❺ 女	❻ 興味が無い
❼ 言い過ぎ	❽ 車を買う	❾ 新入生
❿ 時給	⓫ 少なくとも	⓬ 中古車
⓭ 安い	⓮ 頑張る	⓯ 直ぐ

〔大學生與汽車〕(1)

MP3 054
❶ ~ ⓯

800 日圓左右；再加上日本的 ⓬ 中古車通常很 ⓭ 便宜，所以往往只要 ⓮ 努力一下，⓯ 馬上就能夠買車。

【讀音・字義】

レジャーランド□（か） 遊樂園化	□しい（ひさ） 很長一段時間、許久、久違的	□□□□□（だん し だい がく せい） 男大生
□（くるま） 車子	□（おんな） 女人	□□が□い（きょう み な） 不感興趣
□い□ぎ（い す） 言過其實、說得過火	□を□う（くるま か） 買車	□□□（しんにゅうせい） 校園新鮮人
□□（じ きゅう） 時薪	□なくとも（すく） 至少	□□□（ちゅう こ しゃ） 中古車
□い（やす） 便宜的、沒價值的	□□る（がん ば） 努力、堅持	□ぐ（す） 馬上、極近、筆直、正直的

055 大学生と自動車（2）

（だいがくせい　じどうしゃ）

日本的大學生 ❶ 持有汽車的狀況相當 ❷ 普遍。甚至許多 ❸ 獨居的大學生，所居住的就是 ❹ 附停車場的 ❺ 公寓大樓。

對於大學生而言，❻ 汽車是 ❼ 出遊 ❽ 必備的物件。日本的大學中，甚至有大家 ❾ 分別乘坐五、六輛車，每週一起出去玩的社團。

不過，持有汽車之後，除了 ❿ 停車費和 ⓫ 油錢之外，還有 ⓬ 任意險、

學習影音

【詞彙】

❶ 車所有	❷ 普通	❸ 一人暮らし
❹ 駐車場付き	❺ マンション	❻ 自動車
❼ 遊びに行く	❽ 必要な物	❾ 分乗する
❿ 駐車場代	⓫ ガソリン代	⓬ 任意保険
⓭ 自動車税	⓮ 自動車維持費用	⓯ 続ける

〔大學生與汽車〕(2)

MP3 055
❶～⓯

⓭ 汽車稅等等，每個月都得花費大筆金錢。

就算父母親願意為孩子支付大學的學費，也不太可能連 ⓮ 養車的費用都幫忙支付。所以大學生買車之後，為了賺取養車費用，仍然必須 ⓯ 持續打工。

【讀音・字義】

くるましょゆう □□□ 持有汽車	ふつう □□ 普遍的、普通的、通常	ひとりぐ □□□らし 獨居
ちゅうしゃじょうつ □□□□き 附停車場	マンション 公寓大樓	じどうしゃ □□□ 汽車
あそ　い □びに□く 出遊	ひつよう　もの □□な□ 必備的物件	ぶんじょう □□する 分別乘坐
ちゅうしゃじょうだい □□□□ 停車費	だい ガソリン□ 油錢	にんいほけん □□□□ 任意險
じどうしゃぜい □□□□ 汽車稅	じどうしゃいじひよう □□□□□□□ 養車的費用	つづ □ける 持續、接連、連續

056 日本の修士、博士

在日本，大家通常認為，❸ 從研究所畢業是一件困難的事，但是完成這件困難的事所 ❹ 能夠獲得的結果，卻非常 ❺ 划不來。

在日本，❻ 擁有高學歷的人，經常被企業敬而遠之。日本企業想要找的是 —— ❼ 人事費用低廉，而且任何事情都 ❽ 願意聽話的人材。對企業來說，為了公司，即使是 ❾ 無償加班（ ❿ 無薪加班），⓫ 不管什麼事都願

學習影音

【詞彙】

❶ 修士	❷ 博士	❸ 大学院を卒業する
❹ 得られる	❺ 割に合わない	❻ 高学歴を持つ者
❼ 人件費	❽ 聞いてくれる	❾ サービス残業
❿ 無賃金の残業	⓫ 何でもしてくれる	⓬ 高く評価される
⓭ 苦労	⓮ 報われない	⓯ 進学熱

〔日本的❶碩士・❷博士〕

MP3 056
❶～⓯

意效勞的人材，才是重要的。

在日本，研究所畢業的人，未必能夠⓬受到高度評價。考進研究所，並且能夠畢業的⓭辛苦，大多⓮無法獲得回報。因此，日本並不像其他國家，有報考研究所的⓯升學熱潮。

【讀音・字義】

しゅう し □□ 碩士	はか せ □□ 博士	だいがくいん そつぎょう □□□を□□する 從研究所畢業
え □られる 能夠獲得	わり あ □に□わない 划不來	こうがくれき も もの □□□を□つ□ 擁有高學歷的人
じん けん ひ □□□ 人事費用	き □いてくれる 願意聽話	ざんぎょう サービス□□ 無償加班
む ちんぎん ざんぎょう □□□の□□ 無薪加班	なん □でもしてくれる 不管什麼事都願意效勞	たか ひょう か □く□□される 受到高度評價
く ろう □□ 辛苦、操勞、操心	むく □われない 無法獲得回報	しん がく ねつ □□□ 升學熱潮

057 日本人の話題（1）

にほんじん　わだい

如果在日本的❶三溫暖裡面，❷聽見❸日本人之間的對話，可能會發現他們❹談論的話題，和台灣人❺不一樣。

在日本的三溫暖裡面，通常每天都會聽到的是，「❻今天❼變暖和了呢，可是❽從下午開始，又稍微❾漸漸冷了起來。」或者「今天有點❿悶熱耶，聽說⓫從明天起，好像又是⓬下雨天。」日本人通常談論的，都是

學習影音

【詞彙】

❶ サウナの中	❷ 耳にする	❸ 日本人同士の会話
❹ 話す話題	❺ 違う	❻ 今日
❼ 暖かくなった	❽ 午後から	❾ 寒くなってきた
❿ 蒸し暑い	⓫ 明日から	⓬ 雨
⓭ 天気の話題	⓮ 変な天気の日	⓯ 話さない

〔日本人的話題〕(1)

MP3 057
❶～⓯

類似這樣子，關於⓭天氣的話題。

除非真的是⓮天氣怪異的日子，否則多數其他國家的人，可能⓯不會談論有關天氣的話題。畢竟每天的天氣都差不多，似乎沒有什麼特別值得談論的。

【讀音・字義】

サウナの□（なか） 三溫暖裡面	□（みみ）にする 聽見	□□□□□（にほんじんどうし）の□□（かいわ） 日本人之間的對話
□（はな）す□□（わだい） 談論的話題	□（ちが）う 不一樣	□□（きょう） 今天
□（あたた）かくなった 變暖和了	□□（ごご）から 從下午開始	□（さむ）くなってきた 漸漸冷了起來
□（む）し□（あつ）い 悶熱的	□□（あした）から 從明天起	□（あめ） 下雨天、雨
□□（てんき）の□□（わだい） 天氣的話題	□（へん）な□□（てんき）の□（ひ） 天氣怪異的日子	□（はな）さない 不會談論

058 日本人の話題（2）

至於台灣人經常❶說的：「御飯はもう食べましたか」（你吃飯了嗎?），「何を食べましたか」（吃了什麼呢？），在日本，幾乎是❷任何人都❸不會詢問別人❹那樣的事。

如果❺詢問日本人「吃飯了嗎？」、「吃了什麼？」，對方可能會在心中❻猜想：「莫非❼這個人想跟我❽一起去吃飯嗎？」或者「問我吃了

學習影音

【詞彙】

❶ 言う	❷ 誰も	❸ 聞かない
❹ そんな事	❺ 聞く	❻ 思う
❼ この人	❽ 一緒	❾ 調べる
❿ 好み	⓫ 連れて行く	⓬ 旨い店
⓭ 話の話題	⓮ 国	⓯ 差

〔日本人的話題〕(2)

MP3 058
❶～⓯

什麼，難道是在❾調查我的❿喜好，要把我⓫帶去哪一間⓬美味的餐廳嗎？」等等。

看來，⓭聊天的話題，似乎也會因為⓮國家的不同，而有⓯差異。

【讀音・字義】

い □う 說、表達、稱為	だれ □も 任何人都	き □かない 不會詢問、不聽、不聽從
こと そんな□ 那樣的事	き □く 詢問、聽、聽從	おも □う 猜想、覺得、想
ひと この□ 這個人	いっ しょ □□ 一起、同時、一樣	しら □べる 調查、檢查、審問
この □み 喜好	つ　い □れて□く 帶去	うま　みせ □い□ 美味的餐廳
はなし　わ　だい □の□□ 聊天的話題	くに □ 國家	さ □ 差異、差距

059 日本人の好きなスポーツ（1）

（にほんじん　す）

日本人經常透過❷電視觀看的運動項目，是❸棒球和❹足球。但除此之外，日本人也經常收看❺游泳、❻田徑賽、❼桌球、❽網球、❾馬拉松、❿滑冰、⓫高爾夫……等等，各式各樣的運動賽事⓬轉播。

在台灣，通常比較少轉播馬拉松比賽。不過在日本，馬拉松賽事的轉播，是非常普遍的。

學習影音

【詞彙】

❶ 好きなスポーツ	❷ テレビ	❸ 野球
❹ サッカー	❺ 水泳	❻ 陸上競技
❼ 卓球	❽ テニス	❾ マラソン
❿ スケート	⓫ ゴルフ	⓬ 中継
⓭ スタートする	⓮ ゴールする	⓯ 見入る

〔日本人❶喜歡的運動〕(1)

MP3 059
❶～⓯

從⓭起跑開始，一直到⓮抵達終點，長達3小時以上的馬拉松轉播，有不少日本人都會⓯看得入迷。

【讀音・字義】

す □きなスポーツ 喜歡的運動	テレビ 電視	やきゅう □□ 棒球
サッカー 足球	すいえい □□ 游泳	りくじょうきょうぎ □□□□ 田徑賽
たっきゅう □□ 桌球	テニス 網球	マラソン 馬拉松
スケート 滑冰	ゴルフ 高爾夫	ちゅうけい □□ 轉播
スタートする 起跑、開始、出發	ゴールする 抵達終點、射門、達成目標	み　い □□る 看得入迷、注視

060 日本人の好きなスポーツ（2）

台灣人對於運動賽事的關心，大多 ❶ 集中在棒球。相較於日本人，台灣人似乎更 ❷ 喜歡棒球。

在台灣，類似「 ❸ 亞洲棒球錦標賽」等的棒球 ❹ 國際賽事的 ❺ 結果，通常都會 ❻ 大幅 ❼ 被報導。但在日本，對於棒球國際賽事的結果，卻不像台灣這般大肆報導。台灣和日本， ❽ 人們對於棒球國際賽事的 ❾ 關注程度， ❿ 有很大的差異。

學習影音

【詞彙】

❶ 集中する	❷ 好き	❸ アジア野球選手権
❹ 国際試合	❺ 結果	❻ 大々的
❼ 報じられる	❽ 人々	❾ 関心の程度
❿ 大きな差が有る	⓫ 負けた	⓬ 感じる
⓭ 気にする	⓮ 大事な事	⓯ 熱狂的

〔日本人喜歡的運動〕(2)

MP3 060
❶～⓯

一位曾居住台灣的日本人表示，會有台灣的朋友對他說：「哎呀可惡！昨天台灣 ⓫ 輸給了日本～」（昨日台湾が日本に負けたじゃないか）。他聽到後會 ⓬ 覺得，「對台灣人來說，這是一件值得 ⓭ 在意的 ⓮ 要緊的事嗎？」。因為一般而言，日本人對於棒球，並不像台灣人這麼 ⓯ 狂熱。

【讀音・字義】

しゅうちゅう □□する 集中、聚集	す □き 喜歡	やきゅうせんしゅけん アジア□□□□□ 亞洲棒球錦標賽
こくさいじあい □□□□ 國際賽事	けっか □□ 結果	だいだいてき □□□ 大幅的、大規模的
ほう □じられる 被報導	ひとびと □□ 人們	かんしん ていど □□の□□ 關注程度
おお さ あ □きな□が□る 有很大的差異	ま □けた 輸給了	かん □じる 覺得、感到
き □にする 在意	だいじ こと □□な□ 要緊的事	ねっきょうてき □□□ 狂熱的

061 夫(おっと)の価値(かち)、妻(つま)の価値(かち)

在日本 ❶ 社會裡，❷ 男性的價值是以 ❸ 賺錢的能力來 ❹ 被衡量的。也就是說，能夠 ❺ 賺大錢的丈夫，就是 ❻ 好丈夫。

至於 ❼ 女性的價值，則以是否 ❽ 能夠精通 ❾ 家事和育兒的工作來被衡量。也就是說，只要 ❿ 確實地做好家事和育兒的工作，就是 ⓫ 好妻子。

然而近年來，日本的 ⓬ 雙薪家庭持續 ⓭ 增加，丈夫也開始負責家事和

學習影音

【詞彙】

❶ 社会	❷ 男性の価値	❸ 稼ぐ
❹ 計られる	❺ 沢山稼いでくる	❻ いい夫
❼ 女性の価値	❽ 熟せる	❾ 家事育児
❿ 確り	⓫ いい妻	⓬ 共稼ぎ
⓭ 増える	⓮ 考え方	⓯ 薄れる

〔丈夫的價值・妻子的價值〕

MP3 061
❶～⓯

育兒的工作。因此，上述「丈夫要會賺錢，妻子要會家事育兒」的⓮想法，也⓯逐漸淡薄。

【讀音・字義】

しゃかい □□ 社會	だんせい　か　ち □□の□□ 男性的價值	かせ □ぐ 賺錢、爭取
はか □られる 被衡量、被計量、被推測	たくさんかせ □□□いでくる 賺大錢	おっと いい□ 好丈夫
じょせい　か　ち □□の□□ 女性的價值	こな □せる 能夠精通、能消化、能弄碎	か　じ　いく　じ □□□□ 家事和育兒的工作
しっか □り 確實地、穩固地、可靠地	つま いい□ 好妻子	ともかせ □□ぎ 雙薪家庭
ふ □える 增加	かんが　かた □え□ 想法、思考方式	うす □れる 逐漸淡薄、變弱、衰退

062 送り狼（1）

在台灣，男性如果和女性友人（彼此只是❶單純的朋友）一起去❷喝個茶之類的，等到❸夜深了，❹通常男性都會❺護送女性，回到她的❻住家附近。

不過，如果台灣男生和日本女生喝個茶之後，夜深了想要送她回去，對方可能會露出❼嫌惡的表情，甚至可能在❽途中❾突然❿發怒，並丟下

學習影音

【詞彙】

❶ 純粋な友達	❷ お茶などを飲む	❸ 夜遅くなる
❹ 普通	❺ 送る	❻ うちの近く
❼ 嫌そうな顔	❽ 途中	❾ 突然
❿ 怒る	⓫ 付いて来る	⓬ 帰る
⓭ 唖然とする	⓮ 分からない	⓯ 不味い

〔護送之狼〕(1)

MP3 062
❶～⓯

一句「不用送了！別⓫跟過來！」（送(おく)らなくて結構(けっこう)！付(つ)いて来(こ)ないで！），然後逕自⓬回家。

此時，台灣男生大概會⓭目瞪口呆，完全⓮不明白發生了什麼事。究竟是哪裡⓯不恰當呢？

【讀音・字義】

じゅんすい　ともだち □□な□□ 單純的朋友	ちゃ　の お□などを□む 喝個茶之類的	よる おそ □□くなる 夜深了
ふ つう □□ 通常、普遍的、普通的	おく □る 護送、傳送、派遣、度過	ちか うちの□く 住家附近
いや　かお □そうな□ 嫌惡的表情	と ちゅう □□ 途中	とつ ぜん □□ 突然的
おこ □る 發怒、罵人	つ　く □いて□る 跟過來	かえ □る 回家、回來、歸去
あ ぜん □□とする 目瞪口呆	わ □からない 不明白	ま ず □□い 不恰當的、難吃的、拙劣的

063 送り狼（2）

（おく　おおかみ）

其實在日本，❶除非雙方的❷關係❸相當❹親密，否則男性通常不會護送女性友人回家；或者，只是護送女生到❺住家附近的車站，雙方就❻分開。日本女性一般❼認為，被男性送到家裡的感覺是不太好的。

在日本，男女之間進行❽聯誼會之類的活動時，男性護送❾喝醉的女性回家，並❿進入對方的家裡，趁機⓫達成目的，這樣的事情，稱之為

學習影音

【詞彙】

❶ 除く	❷ 関係	❸ 余程
❹ 親しい	❺ うちの近くの駅	❻ 別れる
❼ 思う	❽ コンパ	❾ 酔った女性
❿ 相手のうちに上がる	⓫ 目的を果たす	⓬ 送り狼
⓭ 恐怖感を感じる	⓮ 基本的	⓯ 信用できない

〔護送之狼〕(2)

MP3 063
❶～⓯

「送(おく)り狼(おおかみ)」（⓬ 護送之狼）。

因為會有這樣的事情，所以日本女性對於被男性護送回家，會 ⓭ 感到恐懼。甚至有不少的日本女性覺得，男性 ⓮ 基本上是 ⓯ 不能夠信任的。

【讀音・字義】

のぞ □く 除非、去除	かんけい □□ 關係	よほど □□ 相當的
した □しい 親密的、不覺生疏的	ちか えき うちの□くの□ 住家附近的車站	わか □れる 分開、離別、分手
おも □う 認為、想	コンパ 聯誼會、聯歡會	よ じょせい □った□□ 喝醉的女性
あいて あ □□のうちに□がる 進入對方的家裡	もくてき は □□を□たす 達成目的	おく おおかみ □り□ 護送之狼
きょうふかん かん □□□を□じる 感到恐懼	き ほん てき □□□ 基本上、基本的	しんよう □□できない 不能夠信任

064 負(ま)けるが勝(か)ち

在日本，有這樣的一句話：「負(ま)けるが勝(か)ち」（❶輸就是贏）。意思是指，如果和別人❷起了口角，❸對方無論如何就是❹絕不讓步，此時❺讓出勝利的一方，反而顯得❻成熟，而且❼日後往往會❽獲得好處。

所以，當和他人起了口角，❾雙方各執己見，僵持不下時，多數的日本人往往會做出讓步。而❿旁觀的人，多半會覺得讓步的一方比較成熟，

學習影音

【詞彙】

❶ 負けるが勝ち	❷ 口論になる	❸ 相手
❹ 絶対に譲らない	❺ 勝ちを譲る	❻ 大人
❼ 後	❽ 得をする	❾ 水掛け論
❿ 傍から見る	⓫ レベルの高い人間	⓬ レベルの低い人間
⓭ 周りの人	⓮ 評価	⓯ 上がる

〔輸就是贏〕

MP3 064
❶～⓯

就像是一個⓫層次較高的人，禮讓給一個⓬層次較低的人。

因此就結果而言，因為「讓步」，⓭周遭的人對於讓步者的⓮評價也跟著⓯提高。

【讀音・字義】

(ま)□けるが(か)□ち 輸就是贏	(こうろん)□□になる 起了口角	(あいて)□□ 對方
(ぜったい)□□に(ゆず)□らない 絕不讓步	(か)□ちを(ゆず)□る 讓出勝利	(おとな)□□ 成熟、大人
(あと)□ 日後、之後、後面	(とく)□をする 獲得好處	(みずか)□□け(ろん)□ 雙方各執己見，僵持不下
(はた)□から(み)□る 旁觀	レベルの(たか)□い(にんげん)□□ 層次較高的人	レベルの(ひく)□い(にんげん)□□ 層次較低的人
(まわ)□りの(ひと)□ 周遭的人	(ひょうか)□□ 評價	(あ)□がる 提高、上升、登上

065 お風呂(ふろ)と温泉(おんせん)の入(はい)り方(かた)（1）

日本人喜歡泡澡，幾乎所有日本人的 ❶ 住處都有 ❷ 浴室，也有 ❸ 浴缸。對日本人而言，「浴缸」是不可或缺的。

許多 ❹ 西方人的泡澡方式，是在浴缸裡 ❺ 加滿溫水，並以入浴用品 ❻ 製造泡沫，然後在浴缸中 ❼ 用力清洗身體。只要一個人使用後，就會把水全部 ❽ 放掉不要。

而日本人則會在進入浴缸前，先用力清洗身體，然後再 ❾ 泡進熱水讓

學習影音

【詞彙】

❶ 住まい	❷ お風呂	❸ 浴槽
❹ 西洋人	❺ 温いお湯を張る	❻ 泡を立てる
❼ 体をごしごし洗う	❽ 捨てる	❾ 熱い湯に入る
❿ 温まる	⓫ ガス代	⓬ 一家
⓭ 毛	⓮ 次の人	⓯ 掬い取る

〔泡澡和溫泉的浸泡方法〕(1)

MP3 065
❶～⓯

身體 ⓾ 溫暖起來。不論冬夏，多數的日本人都喜歡用熱水來泡澡。因為是熱水，所以如果每次有人泡過之後就把水流掉，⓫ 瓦斯費會很驚人。

因此，一個人使用後並不會把水流掉，而是供 ⓬ 一家人使用。如果 ⓭ 毛髮掉進浴缸裡，為了 ⓮ 下一個人著想，也會把它 ⓯ 撈起來。

【讀音・字義】

すむ	おふろ	よくそう
（す）□まい 住處	お（ふ）□（ろ）□ 浴室、泡澡	（よく）□（そう）□ 浴缸
（せい）□（よう）□（じん）□ 西方人	（ぬる）□いお（ゆ）□を（は）□る 加滿溫水	（あわ）□を（た）□てる 製造泡沫
（からだ）□をごしごし（あら）□う 用力清洗身體	（す）□てる 放掉不要、丟掉、捨棄	（あつ）□い（ゆ）□に（はい）□る 泡進熱水
（あたた）□まる 溫暖起來	ガス（だい）□ 瓦斯費	（いっ）□（か）□ 一家人
（け）□ 毛髮	（つぎ）□の（ひと）□ 下一個人	（すく）□い（と）□る 撈起來

066 お風呂(ふろ)と温泉(おんせん)の入(はい)り方(かた)（2）

在日本，不論是 ❶ 溫泉或是 ❷ 公共澡堂，基本上 ❸ 浸泡方法都跟在家裡泡澡是 ❹ 一樣的：要先把身體 ❺ 洗乾淨，然後再泡入池中。

❻ 浸泡在 ❼ 浴池的時候，❽ 毛巾不可以泡進水裡。另外，也禁止在浴池中 ❾ 搓擦身體，或者 ❿ 搓弄身體 ⓫ 骯髒的地方。不能做任何 ⓬ 弄髒浴池熱水的行為。

學習影音

【詞彙】

❶ 温泉	❷ 風呂屋	❸ 入り方
❹ 同じ	❺ 綺（奇）麗に洗う	❻ 浸かる
❼ 湯船	❽ タオル	❾ 体を擦る
❿ 弄くる	⓫ 汚い	⓬ 湯を汚す
⓭ 折り畳む	⓮ 置く	⓯ 頭の上

〔泡澡和溫泉的浸泡方法〕(2)

MP3 066
❶～⓯

為了避免把毛巾泡進浴池裡，經常會看到許多泡澡的人，把毛巾⓭折疊成小小一塊，然後⓮放在自己的⓯頭上。

【讀音・字義】

おんせん □□ 溫泉	ふろや □□□ （日本的）公共澡堂	はい　かた □り□ 浸泡方法
おな □じ 一樣的	き　き　れい　あら □(□)□に□う 洗乾淨	つ □かる 浸泡、沉浸
ゆ　ぶね □□ 浴池、浴缸	タオル 毛巾	からだ　こす □を□る 搓擦身體
いじ □くる 搓弄、擺弄、玩弄	きたな □い 骯髒的、不整齊的、下流的、卑鄙的	ゆ　よご □を□す 弄髒浴池熱水
お　たた □り□む 折疊	お □く 放在、配置、設置、留下	あたま　うえ □の□ 頭上

067 お風呂と温泉の入り方（3）

而對於 ❶ 外國人來說，往往 ❷ 最 ❸ 感到驚訝的，就是日本的 ❹ 公共澡堂和溫泉，都是 ❺ 全裸入浴。

一般而言，日本並沒有 ❻ 穿著泳裝入浴的澡堂或溫泉。日本人對於「全裸入浴」這件事，並 ❼ 不會覺得 ❽ 特別 ❾ 害羞。而且，在泡湯或者泡澡時， ❿ 通常大家對於 ⓫ 別人的 ⓬ 裸體，都 ⓭ 不感興趣；所以，對於

學習影音

【詞彙】

❶ 外国人	❷ 一番	❸ びっくりする
❹ 銭湯	❺ 裸で入る	❻ 水着で入る
❼ 思っていない	❽ 別に	❾ 恥ずかしい
❿ 普通	⓫ 他の人	⓬ 裸
⓭ 興味が無い	⓮ 必要は無い	⓯ 心配する

〔泡澡和溫泉的浸泡方法〕(3)

MP3 067
❶～⓯

「全裸入浴」這件事，外國人其實⓮不需要太過於⓯擔心。

【讀音・字義】

がいこくじん □□□ 外國人	いちばん □□ 最、最好、第一	びっくりする 感到驚訝
せんとう □□ （日本的）公共澡堂	はだか　はい □で□る 全裸入浴	みず ぎ　はい □□で□る 穿著泳裝入浴
おも □っていない 不會覺得、不認為	べつ □に 特別地	は □ずかしい 害羞的、丟臉的
ふ つう □□ 通常、普遍的、普通的	た　ひと □の□ 別人	はだか □ 裸體、裸露、坦誠、一無所有
きょう み　な □□が□い 不感興趣	ひつよう　な □□は□い 不需要	しんぱい □□する 擔心

068 お<ruby>風呂</ruby>と<ruby>温泉</ruby>の<ruby>入</ruby>り<ruby>方</ruby>（4）

另外，外國人對於日本的「❶男女混浴」可能有許多疑問。例如「男女雙方不會覺得害羞嗎？」「如果男性看到女性的身體，不小心❷引起❸生理反應怎麼辦？」等等。但實際情況可能會❹讓人期待落空，因為日本的「男女混浴」並非像西方❺天體營沙灘那樣的場所，也不是什麼❻人間樂園。日本的❼年輕人❽幾乎不去男女混浴的溫泉，而是當地的❾阿姨・阿嬤、❿阿伯・阿公這樣年齡的人愛去的宛如⓫社交場所的溫泉，才可能

學習影音

【詞彙】

❶ 男女混浴	❷ 起こす	❸ 生理的反応
❹ 期待を裏切る	❺ ヌーディストビーチ	❻ この世の楽園
❼ 若者	❽ 余り行かない	❾ 小母ちゃん・御婆ちゃん
❿ 小父ちゃん・御爺ちゃん	⓫ 社交場	⓬ 性的な事
⓭ 刺青（タトゥー）	⓮ ファッション	⓯ 気を付ける

〔泡澡和溫泉的浸泡方法〕(4)

MP3 068
❶～⓯

多半是「男女混浴」。不過到了那樣的年紀，彼此對於 ⓬ 性方面的事情，早就不太感興趣了。

附帶一提的是，在日本，有 ⓭ 刺青的人是禁止進入澡堂的。在某些國家，刺青可能是一種流行的 ⓮ 時尚；但在日本，這一點必須 ⓯ 多加留意。

【讀音・字義】

だんじょこんよく □□□□ 男女混浴	お □こす 引起、立起、喚醒	せいりてきはんのう □□□□□ 生理反應
きたい　うらぎ □□を□□る 讓人期待落空	ヌーディストビーチ 天體營沙灘	よ　らくえん この□の□□ 人間樂園
わかもの □□ 年輕人	あま　い □り□かない 幾乎不去	おば　おばあ □□ちゃん・□□ちゃん 阿姨・阿嬤（兩者皆屬對陌生人的稱呼）
おじ　おじい □□ちゃん・□□ちゃん 阿伯・阿公（兩者皆屬對陌生人的稱呼）	しゃこうじょう □□□ 社交場所	せいてき　こと □□な□ 性方面的事情
いれずみ □□（タトゥー） 刺青	ファッション 時尚	き　つ □を□ける 多加留意

069 エスカレーターの乗り方（1）

在日本 ❷ 搭乘手扶梯時，關東地區通常會 ❸ 站在左側，把右側 ❹ 讓開來，留給 ❺ 趕時間的人。相對地，關西、仙台及福岡等地，則通常是 ❻ 站在右側，把左側讓開來，留給趕時間的人。在日本搭手扶梯時應該站在哪一側，是 ❼ 因地而異的。

對於因為工作的關係，而必須搭乘 ❽ 新幹線在日本 ❾ 全國四處 ❿ 移動

學習影音

【詞彙】

❶ 乗り方	❷ エスカレーターに乗る	❸ 左側に立つ
❹ 空ける	❺ 急いでいる人	❻ 右側に立つ
❼ 地方によって違う	❽ 新幹線	❾ 全国
❿ 移動する	⓫ 降りる	⓬ 立つ側
⓭ 戸惑う	⓮ 世界全体	⓯ 一般的

〔手扶梯的❶搭乘方法〕(1)

MP3 069
❶～⑮

的人來說，如果因為⑪下車的地方不同，搭乘手扶梯的⑫站立邊側也不同，或許會感到⑬困惑。

那麼，⑭全球的情況又是如何呢？據說⑮一般都是站在右側。

【讀音・字義】

の　かた □り□ 搭乘方法	の エスカレーターに□る 搭乘手扶梯	ひだりがわ　た □□に□つ 站在左側
あ □ける 讓開來、空出、清空	いそ　ひと □いでいる□ 趕時間的人	みぎがわ　た □□に□つ 站在右側
ち ほう　ちが □□によって□う 因地而異	しん かん せん □□□ 新幹線	ぜん こく □□ 全國
い どう □□する 移動	お □りる 下車、下來、降下、退位	た　がわ □つ□ 站立邊側
と まど □□う 困惑、不知所措	せ かい ぜん たい □□□□ 全球	いっ ぱん てき □□□ 一般的

070 エスカレーターの乗り方（2）

另外，在日本搭乘手扶梯時，如果沒有 ❶ 徹底 ❷ 靠向左側 ❸ 或者右側，會造成 ❹ 他人的困擾。

即使只是 ❺ 靠邊的方式不夠徹底，❻ 稍微向 ❼ 中間 ❽ 突出一點點，也可能會有人 ❾ 故意從 ❿ 後面 ⓫ 撞過來，並且說道：「喂，到底站哪裡啊！你這傢伙！」（こら！！どこ立ってるんだよ、こいつ！！）。

學習影音

【詞彙】

❶ 十分	❷ 寄る	❸ 或いは
❹ 他人の迷惑	❺ 寄り方	❻ 少し
❼ 中央	❽ 出る	❾ 故意
❿ 後ろ	⓫ ぶつかる	⓬ 通れる
⓭ スペース	⓮ ルールを守らない	⓯ 厳しい

〔手扶梯的搭乘方法〕(2)

MP3 070
❶～⓯

甚至有的時候，即使有充分 ⓬ 可以通行的 ⓭ 空間，只要靠邊的方式不夠徹底，還是有人會做出上述的舉動。對於 ⓮ 不遵守規矩的人，日本人是非常 ⓯ 嚴苛的。

【讀音・字義】

じゅうぶん □□	よ □る	ある □いは
徹底的、充分的	靠向、偏於、聚集、順路去	或者、或許
たにん めいわく □□の□□	よ かた □り□	すこ □し
他人的困擾	靠邊的方式	稍微、一些
ちゅうおう □□	で □る	こ い □□
中間、中心、中央	突出、出去、出發、出現、出席	故意
うし □ろ	ぶつかる	とお □れる
後面、背後	撞過來、碰上、衝突	可以通行
スペース	まも ルールを□らない	きび □しい
空間、空白、版面間距、宇宙	不遵守規矩	嚴苛的、嚴峻的

071 いただきます、御馳走様でした

日本人❶小時候就❷被教育，❸開始吃飯的時候，要說「いただきます」（我開動了）；❹吃完飯的時候，要說「御馳走様でした」（多謝款待）。這兩句話分別代表「那麼，我要吃了喔」，以及「您提供的食物非常好吃」的意思。都是對於❺提供自己❻餐食的人，❼表達❽感謝之意。

日本人小時候，不論是在❾家裡或❿學校，吃東西時都會說「いただきます」和「御馳走様でした」。但⓫長大之後，就⓬變得不太常說了。

學習影音

【詞彙】

❶ 子供の時	❷ 教育される	❸ 食べ始める
❹ 食べ終わる	❺ 提供してくれる	❻ 食事
❼ 表す	❽ 感謝の意	❾ うち
❿ 学校	⓫ 大きくなる	⓬ 余り言わなくなる
⓭ 奢ってもらう	⓮ 必ず	⓯ 食事をする

〔我要開動了・多謝款待〕

MP3 071
❶～⓯

不過，如果是 ⓭ 接受別人請客， ⓮ 一定要向對方說這兩句話，以表示感謝。另外，和別人一起 ⓯ 用餐時，說一聲「いただきます」也代表「那麼，我要開始吃了，你不妨也開動吧！」的意思。

【讀音・字義】

こ ども とき □□の□ 小時候	きょういく □□される 被教育	た はじ □べ□める 開始吃飯
た お □べ□わる 吃完飯	ていきょう □□してくれる 提供自己	しょく じ □□ 餐食
あらわ □す 表達、表現、代表	かん しゃ い □□の□ 感謝之意	うち 家裡、住宅、裡面、內心
がっ こう □□ 學校	おお □きくなる 長大、變大	あま い □り□わなくなる 變得不太常說
おご □ってもらう 接受別人請客	かなら □ず 一定、必然、總是	しょく じ □□をする 用餐

072 日本人の主な交通手段は鉄道（1）

にほんじん　おも　こうつうしゅだん　てつどう

日本人一天的生活之中，通常 ❷ 移動範圍十分 ❸ 廣闊。根據一項調查顯示，日本 ❹ 首都圈的人們，每天的 ❺ 通勤時間平均大約 90 分鐘。

試想一般日本人的通勤狀況可能是這樣：走路到車站 15 分鐘，❻ 等電車 5 分鐘，❼ 搭電車 45 分鐘，❽ 走出車站後，步行 10 分鐘抵達公司。其中，搭電車 45 分鐘大約移動 40 公里，差不多等於台北到桃園的距離。

學習影音

【詞彙】

❶ 主	❷ 移動範囲	❸ 広い
❹ 首都圏	❺ 通勤時間	❻ 電車を待つ
❼ 電車に乗る	❽ 駅を出る	❾ バイク
❿ 自動車	⓫ 無理	⓬ 速くて安全
⓭ 交通手段	⓮ 区間	⓯ バス

〔鐵道是日本人的❶主要交通方式〕(1)

MP3 072
❶～⓯

因為每天都要移動超過 40 公里，如果利用❾摩托車或是❿汽車，實在很⓫勉強。最⓬快速又安全的⓭交通方式，就是電車了。如果是電車沒有到達的⓮區間，日本人也經常搭乘⓯公車。

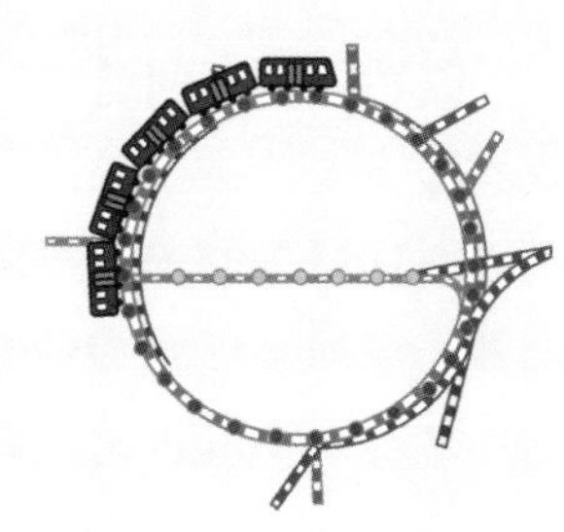

【讀音・字義】

おも □ 主要的	いどうはんい □□□□ 移動範圍	ひろ □い 廣闊的、寬廣的、開闊的
しゅとけん □□□ 首都圈	つうきんじかん □□□□ 通勤時間	でんしゃ ま □□を□つ 等電車
でんしゃ の □□に□る 搭電車	えき で □を□る 走出車站	バイク 摩托車
じどうしゃ □□□ 汽車	むり □□ 勉強的、不合理的	はや あんぜん □くて□□ 快速又安全的
こうつうしゅだん □□□□ 交通方式	くかん □□ 區間	バス 公車

073 日本人の主な交通手段は鉄道（2）

にほんじん　おも　こうつうしゅだん　てつどう

既然通勤時間這麼長，那麼，日本人為什麼不 ❶ 居住在距離 ❷ 上班地點比較 ❸ 近的地方呢？

因為日本的 ❹ 房租非常 ❺ 昂貴，如果居住在 ❻ 公司附近的 ❼ 市中心之類的地方，可能 ❽ 薪水的一半都要 ❾ 消耗在房租上。

反之，如果居住在 ❿ 遠離市中心的地方，房租就 ⓫ 可以控制在 ⓬ 相當

學習影音

【詞彙】

❶ 住む	❷ 職場	❸ 近い
❹ 家賃	❺ 高い	❻ 会社の近く
❼ 都心部	❽ 給料の半分	❾ 消える
❿ 離れる	⓫ 抑えられる	⓬ かなり安い
⓭ 多い	⓮ 選ぶ	⓯ 都市の周辺部

〔鐵道是日本人的主要交通方式〕(2)

MP3 073
❶ ～ ⓯

便宜的價位。因此，⓭ 很多日本人都 ⓮ 選擇居住在 ⓯ 都市的周邊區域，然後，每天花長時間通勤。

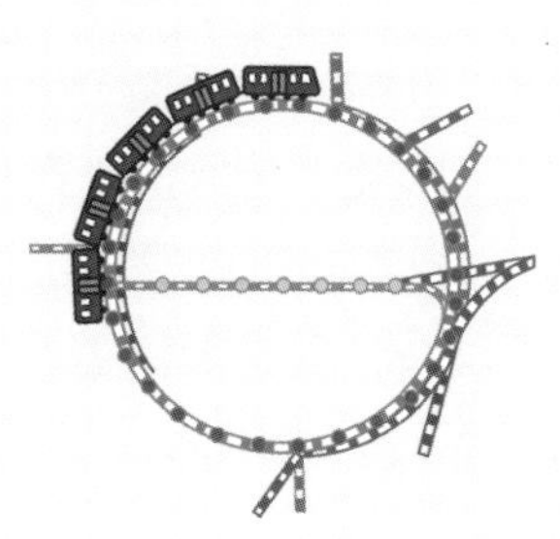

【讀音・字義】

す □む 居住	しょく ば □□ 上班地點、職場	ちか □い 近的
や ちん □□ 房租	たか □い 昂貴的、高的	かいしゃ ちか □□の□く 公司附近
と しん ぶ □□□ 市中心	きゅうりょう はん ぶん □□の□□ 薪水的一半	き □える 消耗、消失
はな □れる 遠離、離開、疏遠	おさ □えられる 可以控制、被控制	やす かなり□い 相當便宜的
おお □い 很多的	えら □ぶ 選擇	と し しゅうへん ぶ □□の□□□ 都市的周邊區域

074 時間(じかん)に正確(せいかく)な日本(にほん)の鉄道(てつどう)（1）

日本人普遍認為，電車 ❷ 按照時間 ❸ 準確 ❹ 運行，是 ❺ 理所當然的。因此，一旦電車誤點，日本人就會 ❻ 感到焦躁。

日本的電車只要誤點 3 分鐘，車站或是 ❼ 列車內就會 ❽ 播放 ❾ 廣播：「只今(ただいま)～行(ゆ)きの電車(でんしゃ)が3分遅(さんぷんおく)れています。誠(まこと)に申(もう)し訳(わけ)ございません。」（❿ 現在 ⓫ 開往～的電車延誤 3 分鐘，⓬ 真的 ⓭ 非常抱歉）。

學習影音

【詞彙】

❶ 鉄道	❷ 時間の通り	❸ 正確
❹ 動く	❺ 当たり前	❻ 苛々する
❼ 車両	❽ 流れる	❾ アナウンス
❿ 只今	⓫ ～行き	⓬ 誠に
⓭ 申し訳ございません	⓮ 鎮める	⓯ 乗客の気持ち

〔準點的日本❶鐵道〕(1)

MP3 074
❶～⓯

如果只是延誤 1、2 分鐘，通常不會有廣播。這樣的廣播，主要是為了⓮安撫⓯乘客的情緒。

【讀音・字義】

てつどう □□	じ かん　とお □□の□り	せいかく □□
鐵道	按照時間	準確的、正確的
うご □く	あ　　まえ □たり□	いらいら □□する
運行、移動、變動、行動	理所當然的、尋常的	感到焦躁、著急、刺痛
しゃりょう □□	なが □れる	アナウンス
列車、車輛	播放、流動、流傳、流逝	廣播、通知、公告
ただいま □□	ゆ ～□き	まこと □に
現在、剛才、立刻	開往～	真的
もう　わけ □し□ございません	しず □める	じょうきゃく　き　も □□の□□ち
非常抱歉	安撫、止住、平定	乘客的情緒

075 時間(じかん)に正確(せいかく)な日本(にほん)の鉄道(てつどう)（2）

而且，誤點的 ❶ 路線、 ❷ 誤點的原因，以及會誤點幾分鐘等資訊，也會 ❸ 被顯示在電車內或是車站的 ❹ 電子看板上。此外，如果是 ❺ 新幹線的話，一旦 ❻ 誤點 3 分鐘以上，有時候還會登上 ❼ 電視新聞。

當電車誤點時，可以在車站 ❽ 取得「 ❾ 誤點證明書」。因為電車誤點，導致上班或上學 ❿ 遲到時，可以 ⓫ 提交「誤點證明書」給公司或學校。

學習影音

【詞彙】

❶ 路線	❷ 遅れの原因	❸ 標示される
❹ 電光掲示板	❺ 新幹線	❻ 遅れる
❼ テレビのニュース	❽ 貰う	❾ 遅延証明書
❿ 遅刻する	⓫ 提出する	⓬ 社会
⓭ 遅刻に厳しい	⓮ 電車の時刻	⓯ 敏感

〔準點的日本鐵道〕(2)

MP3 075
❶～⓯

或許是因為日本⑫社會⑬對於遲到很嚴苛，所以許多日本人對於⑭電車的時刻也非常⑮敏感。

【讀音・字義】

ろせん □□ 路線	おく　げんいん □れの□□ 誤點的原因、遲到的原因	ひょうじ □□される 被顯示、被標示
でんこうけいじばん □□□□□ 電子看板	しんかんせん □□□ 新幹線	おく □れる 誤點、遲到
テレビのニュース 電視新聞	もら □う 取得、獲得	ちえんしょうめいしょ □□□□□ 誤點證明書
ちこく □□する 遲到	ていしゅつ □□する 提交、提出	しゃかい □□ 社會
ちこく　きび □□に□しい 對於遲到很嚴苛	でんしゃ　じこく □□の□□ 電車的時刻	びんかん □□ 敏感的、敏銳的

076 電車の中でのマナー（1）

（でんしゃ／なか）

在日本，❶電車車廂內是❷禁止使用❸手機的。

日本的電車車廂內都會有❹注意事項：要乘客把手機❺設定成❻靜音加振動的禮貌模式（❼不會發出❽鈴聲、提示音的模式）；必須❾節制❿通話；在⓫博愛座附近，必須⓬關閉電源。

除了有注意事項，也會透過廣播⓭促使留意。因此，在日本的電車

學習影音

【詞彙】

❶ 電車の中	❷ 使用してはいけない	❸ 携帯電話
❹ 注意書き	❺ 設定する	❻ マナーモード
❼ 出ない	❽ 着信音	❾ 控える
❿ 通話	⓫ 優先席の近く	⓬ 電源を切る
⓭ 注意を促す	⓮ 極一部	⓯ 話をする

〔電車的車廂禮儀〕(1)

MP3 076
❶～⓯

上，除了⓮極少部分的人之外，幾乎沒有人會在搭乘電車時，使用手機⓯交談。

【讀音・字義】

でんしゃ なか □□の□ 電車車廂內、電車上	しよう □□してはいけない 禁止使用	けいたいでんわ □□□□ 手機
ちゅうい が □□□き 注意事項	せってい □□する 設定	マナーモード 靜音加振動的禮貌模式
で □ない 不會發出、不出來	ちゃくしんおん □□□ 鈴聲、提示音	ひか □える 節制、待命、迫近、拉住
つうわ □□ 通話	ゆうせんせき ちか □□□の□く 博愛座附近	でんげん き □□を□る 關閉電源
ちゅうい うなが □□を□す 促使留意	ごくいちぶ □□□ 極少部分	はなし □をする 交談

077 電車の中でのマナー（2）

（でんしゃ　なか）

日本電車上的博愛座，是 ❶ 禮讓給 ❷ 年長者、❸ 孕婦或者 ❹ 身障人士使用的 ❺ 座位。

由於手機可能會對 ❻ 心律調節器 ❼ 造成影響，所以規定在博愛座附近，必須關掉手機電源。然而 ❽ 實際上，似乎 ❾ 很少有人真的關閉電源。

另外，對於日本人而言，在 ❿ 人潮擁擠的 ⓫ 場所 ⓬ 喧鬧，是一件很

學習影音

【詞彙】

❶ 優先する	❷ お年寄り	❸ 妊婦
❹ 体の不自由な方	❺ 席	❻ ペースメーカー
❼ 影響を与える	❽ 実際	❾ 余り居ない
❿ 人が沢山居る	⓫ 場所	⓬ 騒ぐ
⓭ 恥ずかしい	⓮ 守らない	⓯ マナー

#〔電車的車廂禮儀〕(2)

MP3 077
❶ ~ ⓯

⓭ 丟臉的事，因此通常不會有人在車廂內喧譁。不過話雖如此，有時候還是有一些高中生之類的年輕人，會 ⓮ 不遵守 ⓯ 禮儀。

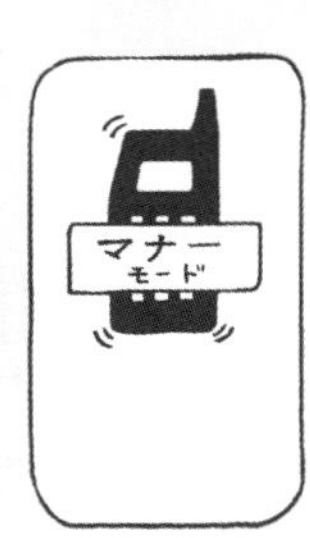

【讀音・字義】

ゆうせん □□する 禮讓、優先	としよ お□□り 年長者	にんぷ □□ 孕婦
からだ ふじゆう かた □の□□□な□ 身障人士	せき □ 座位	ペースメーカー 心律調節器
えいきょう あた □□を□える 造成影響	じっさい □□ 實際、確實	あま い □り□ない 很少有人
ひと たくさん い □が□□□る 人潮擁擠	ばしょ □□ 場所	さわ □ぐ 喧鬧、騷動、慌亂
は □ずかしい 丟臉的、害羞的	まも □らない 不遵守	マナー 禮儀、態度

078 電車(でんしゃ)の中(なか)での過(す)ごし方(かた)（1）

在日本的電車上，❷ 常常可以 ❸ 看到有人在 ❹ 看書，或者使用手機 ❺ 上網。

其實，在日本人 ❻ 一天的生活當中，搭乘電車的 ❼ 移動時間，❽ 占據生活中 ❾ 相當多的時間。所以，為了 ❿ 有效利用時間，手機和 ⓫ 書本便成為搭電車時 ⓬ 不可或缺的東西。

學習影音

【詞彙】

❶ 過ごし方	❷ 良く	❸ 見掛ける
❹ 読書する	❺ インターネットをする	❻ 一日の生活
❼ 移動時間	❽ 占める	❾ かなりの時間
❿ 有効利用する	⓫ 本	⓬ 欠かせない
⓭ 元々	⓮ 利用価値	⓯ 通勤時間

〔電車上❶打發時間的方法〕(1)

MP3 078
❶～⓯

因此，⓭本來看似沒有⓮利用價值的電車⓯通勤時間，透過上網和閱讀，就可以獲得有效的利用。

【讀音・字義】

す　かた □ごし□ 打發時間的方法	よ □く 常常、認真地、非常地、很好地	み　か □□ける 看到、目擊
どく しょ □□する 看書	インターネットをする 上網	いち にち　せい かつ □□の□□ 一天的生活
い どう じ かん □□□□ 移動時間	し □める 占據、占領	じ かん かなりの□□ 相當多的時間
ゆう こう り よう □□□□する 有效利用	ほん □ 書本	か □かせない 不可或缺
もと もと □□ 本來	り よう か ち □□□□ 利用價值	つう きん じ かん □□□□ 通勤時間

079 電車の中での過ごし方（2）

（でんしゃ なか す かた）

不過，有些日本人之所以在電車上看書，或者利用手機上網，除了有效利用時間之外，也可能是出於其他的 ❶ 理由。

因為 ❷ 現代的日本 ❸ 男性，非常 ❹ 害怕自己 ❺ 被誤認為 ❻ 色狼。所以，如果用 ❼ 一隻手拿著手機或書本，另一隻手 ❽ 抓住 ❾ 吊環，就處於 ❿ 雙手都 ⓫ 位於上方的 ⓬ 狀態。

學習影音

【詞彙】

❶ 理由	❷ 現代	❸ 男性
❹ 恐れる	❺ 間違われる	❻ 痴漢
❼ 片手	❽ 掴まる	❾ 吊り革
❿ 両手	⓫ 上に有る	⓬ 状態
⓭ 濡れ衣を着せられる	⓮ 危険性	⓯ 大幅に下がる

〔電車上打發時間的方法〕(2)

MP3 079
❶～⓯

如此一來，男性不幸⓭被冤枉為色狼的⓮危險性，就會⓯大幅降低了。

【讀音・字義】

りゆう □□ 理由	げんだい □□ 現代	だんせい □□ 男性
おそ □れる 害怕、擔心	まちが □□われる 被誤認為、被弄錯	ちかん □□ 色狼
かたて □□ 一隻手	つか □まる 抓住	つ り かわ □り□ 吊環
りょうて □□ 雙手	うえ あ □に□る 位於上方	じょうたい □□ 狀態
ぬ ぎぬ き □れ□を□せられる 被冤枉	きけんせい □□□ 危險性	おおはば さ □□に□がる 大幅降低

080 自動車免許（1）

じどうしゃめんきょ

對日本人來說，❶ 取得 ❷ 普通汽車駕照宛如是 ❸ 成為大人的 ❹ 過關儀式。所以，不論是在 ❺ 精神上或是 ❻ 經濟上，「取得駕照」這件事都是 ❼ 一大負擔。有位日本人曾經在日本和台灣 ❽ 上駕訓班，並拿到兩地的汽車駕照。根據他的說法，在日本和台灣取得駕照的 ❾ 感覺 ❿ 截然不同。

日本並沒有像台灣這樣的「身分證」，通常是以 ⓫ 駕照或 ⓬ 健保卡作

學習影音

【詞彙】

❶ 取る	❷ 普通自動車免許	❸ 大人になる
❹ 通過儀礼	❺ 精神的	❻ 金銭的
❼ 大きな負担	❽ 自動車学校に通う	❾ 感覚
❿ 全く違う	⓫ 免許証	⓬ 保険証
⓭ 代わり	⓮ 必須の資格	⓯ 成人男性

〔汽車駕照〕(1)

MP3 080
❶～⓯

為身分證明的⓭替代。有的日本人認為，駕照是社會人士的⓮必備條件。而且因為日本女性大多認為⓯成年男性取得駕照是理所當然的，所以成年男性如果沒有駕照，通常會被認為是一件有點丟臉的事。

【讀音・字義】

と □る 取得、拿、操作、堅持	ふつうじどうしゃめんきょ □□□□□□□ 普通汽車駕照	おとな □□になる 成為大人
つうかぎれい □□□□ 過關儀式	せいしんてき □□□ 精神上的	きんせんてき □□□ 經濟上的、金錢上的
おお　ふたん □きな□□ 一大負擔	じどうしゃがっこう　かよ □□□□□に□う 上駕訓班	かんかく □□ 感覺
まった　ちが □く□う 截然不同	めんきょしょう □□□ 駕照	ほけんしょう □□□ 健保卡
か □わり 替代、代理、補償	ひっす　しかく □□の□□ 必備條件	せいじんだんせい □□□□ 成年男性

081 自動車免許（じどうしゃめんきょ）（2）

幾乎所有的日本人，在 ❶ 高中畢業或者 ❷ 上大學之後，就會 ❸ 立刻開始去上駕訓班。一般而言，大約上了兩個月之後，就會參加 ❹ 駕照考試。

在日本，取得汽車駕照所需要的費用，❺ 包含駕訓班的 ❻ 學費，以及 ❼ 考試報名費等等，大約是 30 萬日圓。

在日本的某些駕訓班，也有十分 ❽ 嚴厲、只要 ❾ 駕駛時 ❿ 犯錯就會

學習影音

【詞彙】

❶ 高校を卒業する	❷ 大学に入る	❸ 直ぐ
❹ 免許の試験	❺ 含める	❻ 授業料
❼ 受験費用	❽ 厳しい	❾ 運転する
❿ 間違う	⓫ 暴言を吐く	⓬ 態度の悪い教官
⓭ ブラックリスト	⓮ 発表される	⓯ 掲示板

〔汽車駕照〕(2)

MP3 081
❶～⓯

⓫ 口出惡言的 ⓬ 態度惡劣的教練。像這樣的駕訓班 ⓭ 黑名單，也會 ⓮ 被公布在網路的 ⓯ 留言板上面。

【讀音・字義】

こうこう　そつぎょう □□を□□する 高中畢業	だいがく　はい □□に□る 上大學	す □ぐ 立刻、極近、筆直、正直的
めんきょ　しけん □□の□□ 駕照考試	ふく □める 包含、教誨	じゅぎょうりょう □□□ 學費
じゅけん ひ よう □□□□ 考試報名費	きび □しい 嚴厲的、嚴峻的	うんてん □□する 駕駛、操作、騎乘、運行
ま ちが □□う 犯錯、弄錯	ぼうげん　は □□を□く 口出惡言	たいど　わる　きょうかん □□の□い□□ 態度惡劣的教練
ブラックリスト 黑名單	はっぴょう □□される 被公布、被發表	けい じ ばん □□□ 留言板、公布欄

082 自動車免許（3）

じどうしゃめんきょ

如果想要 ❶ 壓低上駕訓班的 ❷ 期間和 ❸ 費用，也可以選擇「 ❹ 集訓考照」。所謂的「集訓考照」就是在 ❺ 鄉下的駕訓班 ❻ 待上一段時間，並且在那裡 ❼ 考駕照；通常也 ❽ 備有 ❾ 宿舍，大約 ❿ 兩個星期左右就 ⓫ 能夠取得駕照，費用也比較少一些，大約 20 萬日圓。

⓬ 順帶一提，在日本，取得 ⓭ 普通機車（50 cc 以上的機車）的駕照，

學習影音

【詞彙】

❶ 抑える	❷ 期間	❸ 費用
❹ 合宿免許	❺ 田舎	❻ 滞在する
❼ 免許を取る	❽ 用意される	❾ 宿舎
❿ 二週間	⓫ 取れる	⓬ 因みに
⓭ 普通自動二輪車	⓮ 原付	⓯ 一日

〔汽車駕照〕(3)

MP3 082
❶～⓯

大約需要 2～3 星期，費用約 10～20 萬日圓；至於取得 ⓮ 輕型機車的駕照，則只要 ⓯ 一天，費用約 8 千日圓。

【讀音・字義】

おさ □える 壓低、控制	き かん □□ 期間、期限	ひ よう □□ 費用
がっしゅくめんきょ □□□□ 集訓考照	い なか □□ 鄉下、家鄉	たいざい □□する 待上一段時間
めんきょ と □□を□る 考駕照	よう い □□される 備有	しゅくしゃ □□ 宿舍
に しゅうかん □□□ 兩個星期	と □れる 能夠取得	ちな □みに 順帶一提
ふつうじどうにりんしゃ □□□□□□□ 普通機車	げんつき □□ 輕型機車	いちにち □□ 一天

083 日本で運転する場合の注意事項（1）

（にほん うんてん ばあい ちゅういじこう）

從 2007 年開始，日本與台灣互相承認對方的 ❸ 駕駛執照，可能因此提高了台灣人在日本開車的 ❹ 機會。

在台灣，開車時不慎 ❺ 碰撞 ❻ 其他的車子時，如果 ❼ 不是太大的損害，可能不會 ❽ 被要求 ❾ 賠償；或者就算被要求賠償，通常 ❿ 要求的金額也不會太大。

學習影音

【詞彙】

❶ 場合	❷ 注意事項	❸ 運転免許証
❹ 機会	❺ 当てる	❻ 他の車
❼ 大した損害ではない	❽ 要求される	❾ 弁償
❿ 要求額	⓫ 大切な物	⓬ 少し
⓭ 傷が付く	⓮ 大騒ぎする	⓯ 信じられない

〔在日本駕駛❶時的❷注意事項〕(1)

MP3 083
❶～⓯

然而在日本，情況可不是如此。對日本人來說，車子是非常⓫珍惜、寶貝的東西，即使只是⓬稍微⓭受傷，也會為此⓮大作文章、大肆吵鬧。就算車子僅是稍微受傷，往往被要求的賠償金額，都是台灣人⓯難以置信的高價。

【讀音・字義】

ばあい □□ ～時、場合、情況	ちゅういじこう □□□□ 注意事項	うんてんめんきょしょう □□□□□ 駕駛執照
きかい □□ 機會	あ □てる 碰撞、緊貼、猜中、曝曬	た　くるま □の□ 其他的車子
たい　そんがい □した□□ではない 不是太大的損害	ようきゅう □□される 被要求	べんしょう □□ 賠償
ようきゅうがく □□□ 要求的金額	たいせつ　もの □□な□ 珍惜、寶貝的東西	すこ □し 稍微、一些
きず　つ □が□く 受傷	おおさわ □□ぎする 大作文章、大肆吵鬧	しん □じられない 難以置信

084 日本で運転する場合の注意事項（2）

幾年前，曾有一位日本朋友在日本騎著輕型機車，不小心❶撞上前方❷計程車的❸保險桿。被撞的計程車❹司機❺希望可以❻更換整個保險桿。而在更換完成之後，❼被請求的賠償❽金額，包含保險桿更換費用，以及司機因為車子❾修理而❿無法工作⓫期間的⓬收入補償，總共約 14 萬日圓。

學習影音

【詞彙】

1. ぶつける
2. タクシー
3. バンパー
4. 運転手
5. 希望する
6. 取り替える
7. 請求される
8. 金額
9. 修理
10. 仕事ができない
11. 期間
12. 収入の弁償
13. 神経質
14. 外見を重視する
15. 格好が付かない

〔在日本駕駛時的注意事項〕(2)

MP3 084
❶～⓯

在其他許多國家，保險桿就是為了因應碰撞而存在的。但是有許多日本人，只要保險桿稍微受傷，就會整個換掉。因為日本人一般比較⓭神經質，而且任何事都非常⓮重視外表。因此，有傷痕的保險桿會讓他們感到⓯顏面無光。

【讀音・字義】

ぶつける 撞上、投中	タクシー 計程車	バンパー 保險桿
うんてんしゅ □□□ 司機	きぼう □□する 希望	と か □り□える 更換、交換
せいきゅう □□される 被請求	きんがく □□ 金額	しゅうり □□ 修理
しごと □□ができない 無法工作	きかん □□ 期間、期限	しゅうにゅう べんしょう □□の□□ 收入補償
しんけいしつ □□□ 神經質的	がいけん じゅうし □□を□□する 重視外表	かっこう つ □□が□かない 顏面無光、不體面

085 大きい者は小さい者に譲る

（おお／もの／ちい／もの／ゆず）

在日本，有一種 ❶ 約定俗成的 ❷ 交通禮儀，那就是「 ❸ 大的一方必須禮讓 ❹ 小的一方」。

具體而言，就是「 ❺ 巴士」必須 ❻ 讓路給「 ❼ 普通汽車」，「普通汽車」必須讓路給「 ❽ 摩托車」，「摩托車」必須讓路給「 ❾ 行人」。這樣的交通禮儀，是在日本上駕訓班時，在 ❿ 安全教育方面會 ⓫ 被灌輸的觀

學習影音

【詞彙】

❶ 定着する	❷ 交通マナー	❸ 大きい方
❹ 小さい方	❺ バス	❻ 道を譲る
❼ 普通車	❽ バイク	❾ 歩行者
❿ 安全教育	⓫ 叩き込まれる	⓬ 社会の常識
⓭ 交通事故	⓮ 賠償責任	⓯ 一割増える

〔「大」讓「小」〕

MP3 085
❶～⓯

念，同時也是⓬社會普遍的常識。

據說在日本，一般而言，發生⓭交通事故時，較大車輛的⓮賠償責任，會比小車⓯多出一成左右。也就是說，所駕駛的車輛越大，駕駛時負擔的責任也越大。

【讀音・字義】

ていちゃく □□する 約定俗成、固定、扎根	こうつう □□マナー 交通禮儀	おお　ほう □きい□ 大的一方
ちい　ほう □さい□ 小的一方	バス 巴士	みち　ゆず □を□る 讓路
ふ つう しゃ □□□ 普通汽車	バイク 摩托車	ほ こう しゃ □□□ 行人
あん ぜん きょう いく □□□□ 安全教育	たた　こ □き□まれる 被灌輸	しゃ かい　じょう しき □□の□□ 社會普遍的常識
こう つう じ こ □□□□ 交通事故	ばい しょう せき にん □□□□ 賠償責任	いち わり ふ □□□える 多出一成

086 交通規則(こうつうきそく)、事故(じこ)の賠償金(ばいしょうきん)（1）

日本人非常 ❶ 遵守交通規則。相較於其他國家的人，對於別人 ❷ 違反交通規則，❸ 基本上並 ❹ 不會在乎、不會介意，日本人則是不僅 ❺ 自己本身遵守規則，對於 ❻ 他人的違規，也會加以 ❼ 干涉。

例如在日本，如果有某輛 ❽ 汽車 ❾ 闖紅燈，在 ❿ 旁邊目睹經過的 ⓫ 其他車輛，可能就會 ⓬ 鳴響喇叭，對那輛車的闖紅燈表示 ⓭ 抗議。也就是

學習影音

【詞彙】

❶ 交通規則を守る	❷ 交通規則違反	❸ 基本的
❹ 構わない	❺ 自分	❻ 他人
❼ 干渉する	❽ 自動車	❾ 信号無視をする
❿ 隣	⓫ 他の車	⓬ クラクションを鳴らす
⓭ 抗議する	⓮ お互い	⓯ プレッシャーを与える

〔交通規則・交通事故賠償金〕(1)

MP3 086
❶ ~ ⓯

說，對於務必遵守交通規則這件事，日本人會 ⓮ 互相 ⓯ 施加壓力。

【讀音・字義】

こうつう きそく まも □□□□を□る 遵守交通規則	こうつう きそく いはん □□□□□□ 違反交通規則	き ほんてき □□□ 基本上、基本的
かま □わない 不會在乎、不會介意	じ ぶん □□ 自己	た にん □□ 他人
かんしょう □□する 干涉	じ どう しゃ □□□ 汽車	しんごう む し □□□□をする 闖紅燈
となり □ 旁邊、鄰居	た くるま □の□ 其他車輛	な クラクションを□らす 鳴響喇叭
こう ぎ □□する 抗議	たが お□い 互相	あた プレッシャーを□える 施加壓力

087 交通規則、事故の賠償金（2）

こうつうきそく じこ ばいしょうきん

日本人之所以如此徹底遵守交通規則，或許也跟 ❶ 交通事故 ❷ 賠償金的 ❸ 昂貴程度 ❹ 有關係。在日本，因為交通事故而對行人 ❺ 造成受傷或者 ❻ 造成死亡時，賠償金非常 ❼ 昂貴。

日本的交通事故賠償金的 ❽ 行情大概是這樣：造成 65 歲左右的人死亡，賠償金是 ❾ 三千萬日圓左右；如果是 ❿ 四十幾歲的 ⓫ 上班族，賠償金

學習影音

【詞彙】

❶ 交通事故	❷ 賠償金	❸ 高さ
❹ 関係が有る	❺ 怪我をさせる	❻ 死亡させる
❼ 高い	❽ 相場	❾ 三千万円ぐらい
❿ 四十代	⓫ サラリーマン	⓬ 一億円と少し
⓭ 少し足りない	⓮ 相手	⓯ 若い

〔交通規則・交通事故賠償金〕(2)

MP3 087
❶～⓯

大約是⓬一億多日圓；如果是小孩子，賠償金則大約⓭將近兩億日圓。當⓮對方越⓯年輕，賠償金額就越高。

【讀音・字義】

こうつうじこ □□□□ 交通事故	ばいしょうきん □□□ 賠償金	たか □さ 昂貴程度、高度
かんけい あ □□が□る 有關係	けが □□をさせる 造成受傷	しぼう □□させる 造成死亡
たか □い 昂貴的、高的	そうば □□ 行情、市價	さんぜんまんえん □□□□ぐらい 三千萬日圓左右
よんじゅうだい □□□ 四十幾歲	サラリーマン 上班族	いちおくえん すこ □□□と□し 一億多日圓
すこ た □し□りない 將近、稍微不足	あいて □□ 對方	わか □い 年輕的

088 交通規則、事故の賠償金（3）

（こうつうきそく、じこ の ばいしょうきん）

另外，如果對方已經❶處於退休狀態，沒有繼續在❷賺錢的話，則❸毋須向對方❹賠償薪資。不過，如果對方是四十多歲，就必須賠償對方❺到退休之前的 20 年左右的薪資。

如果對方的❻職業是❼醫生等，屬於❽高所得的工作者，則要以❾實際的收入來計算賠償金。如果對方是小孩子，就得賠償對方❿一輩子的

學習影音

【詞彙】

❶ 退職している	❷ お金を稼ぐ	❸ 必要は無い
❹ 給料を賠償する	❺ 退職まで	❻ 職業
❼ 医者	❽ 高収入	❾ 実際の収入
❿ 一生の給料	⓫ 平均給与	⓬ ケース
⓭ 被害者	⓮ 中年	⓯ 高名な画家

〔交通規則・交通事故賠償金〕(3)

MP3 088
❶～⓯

薪水。所謂的「一輩子的薪水」，則是以⓫平均薪資來計算的。

在某個⓬案例中，⓭受害者是一名⓮中年的⓯知名畫家，據說當時的賠償金額，就高達 4 億 2 千萬日圓。

【讀音・字義】

たいしょく □□している 處於退休狀態	かね　かせ お□を□ぐ 賺錢	ひつよう　な □□は□い 毋須
きゅうりょう　ばいしょう □□を□□する 賠償薪資	たいしょく □□まで 到退休之前	しょくぎょう □□ 職業
い　しゃ □□ 醫生	こう しゅうにゅう □□□ 高所得	じっ さい　しゅうにゅう □□の□□ 實際的收入
いっしょう　きゅうりょう □□の□□ 一輩子的薪水	へい きん きゅう よ □□□□ 平均薪資	ケース 案例、情況、盒子、箱子
ひ がい しゃ □□□ 受害者	ちゅうねん □□ 中年	こう めい　が　か □□な□□ 知名畫家

089 交通規則（こうつうきそく）、事故（じこ）の賠償金（ばいしょうきん）（4）

在日本，如果 ❶ 造成交通事故，除了 ❷ 伙食費等為了 ❸ 活下去的 ❹ 最低限度的金錢 ❺ 之外，其餘的錢都必須 ❻ 挪移作為賠償使用。如果在賠償金 ❼ 全部支付完之前就 ❽ 過世了，便會 ❾ 宣告破產。

據說，日本人一輩子所賺的錢，❿ 平均大約是兩億日圓左右。如果不幸造成交通事故，一輩子賺到的薪水，⓫ 絕大部分都必須 ⓬ 使用於 ⓭ 支付

學習影音

【詞彙】

❶ 交通事故を起こす	❷ 食費	❸ 生きていく
❹ 最低限度	❺ 以外	❻ 回す
❼ 払い終わる	❽ この世を去る	❾ 破産宣告をする
❿ 平均	⓫ 殆ど	⓬ 使う
⓭ 払う	⓮ 台無しになる	⓯ 絶対

〔交通規則・交通事故賠償金〕(4)

MP3 089
❶～⓯

賠償金，可以說一生就⓮全毀了。

所以，對於「交通事故」，日本人是⓯絕對不想發生的。

【讀音・字義】

こうつうじこ　お □□□□を□こす 造成交通事故	しょくひ □□ 伙食費	い □きていく 活下去
さいていげんど □□□□ 最低限度	いがい □□ 之外	まわ □す 挪移、轉動、圍繞
はら　お □い□わる 全部支付完	よ　さ この□を□る 過世	はさんせんこく □□□□をする 宣告破產
へいきん □□ 平均	ほとん □ど 絕大部分、大致、幾乎	つか □う 使用
はら □う 支付、去除、驅離	だいな □□しになる 全毀了、損壞殆盡	ぜったい □□ 絕對

090 バイク(は)格好(かっこう)を付(つ)ける為(ため)の乗(の)り物(もの)（1）

日文的「バイク」（摩托車），一般通常 ❸ 指「50 cc 以上」的 ❹ 兩輪車，「原付(げんつき)」（輕型機車）則指「50 cc 以下」的兩輪車。

對某些國家的人來說，❺ 摩托車和 ❻ 輕型機車是非常 ❼ 重要的 ❽ 生活代步工具。但對日本人來說，前往 ❾ 遠處時，多半搭乘電車或巴士；前往 ❿ 近處時，多半騎腳踏車。騎摩托車的人並不多。

學習影音

【詞彙】

❶ 為	❷ 乗り物	❸ 指す
❹ 二輪車	❺ バイク	❻ 原付
❼ 大事	❽ 生活の足	❾ 遠く
❿ 近く	⓫ 若者	⓬ 憧れる
⓭ 格好を付ける	⓮ 買う	⓯ 必要に迫られる

〔摩托車是 ❶ 為了耍帥的 ❷ 交通工具〕(1)

MP3 090
❶～⓯

在日本，騎摩托車的人，主要都是 ⓫ 年輕人。也有很多人是出於對摩托車的 ⓬ 憧憬，為了 ⓭ 耍帥而 ⓮ 購買摩托車。不像在其他一些國家，購買摩托車大多是 ⓯ 迫於必要。

【讀音・字義】

ため □	の　もの □り□	さ □す
為了、因為	交通工具	指、指名、朝向
に りん しゃ □□□	バイク	げん つき □□
兩輪車	摩托車	輕型機車
だい じ □□	せいかつ　あし □□の□	とお □く
重要的、珍惜的	生活代步工具	遠處
ちか □く	わか もの □□	あこが □れる
近處	年輕人	憧憬
かっ こう　つ □□を□ける	か □う	ひつよう　せま □□に□られる
耍帥、裝模作樣	購買、招致	迫於必要

091 バイク(は)格好(かっこう)を付(つ)ける為(ため)の乗(の)り物(もの)(2)

在日本，鐵製的 Vespa（前面有置物空間的機車）被視為一種 ❶ 時髦的 ❷ 小型摩托車，在年輕人之間廣泛 ❸ 受到接納。在某些國家，可以看到老先生騎著 Vespa；但是在日本，Vespa 並不是老人家騎的車。

在部分國家，可能到處都 ❹ 擠滿 ❺ 違規停車的摩托車。但在日本，因為摩托車或輕型機車的數量都 ❻ 很少，所以通常不會有這樣的景象。

在日本，❼ 除了東京都的 ❽ 部分地區，或是 ❾ 車站前、❿ 大馬路兩

學習影音

【詞彙】

❶ お洒落	❷ スクーター	❸ 受け入れられる
❹ 溢れる	❺ 違法駐車	❻ 少ない
❼ 除く	❽ 一部地域	❾ 駅前
❿ 大通り沿い	⓫ 取締り	⓬ 厳しい
⓭ 道端	⓮ 駐輪する	⓯ 自転車

〔摩托車是為了耍帥的交通工具〕(2)

MP3 091
❶～⓯

旁之外，基本上對於機車違規停車的⓫取締，並不像台灣這麼⓬嚴格。

不過，日本雖然摩托車數量較少，但⓭路旁卻時常⓮停放著一堆⓯腳踏車。

【讀音・字義】

しゃれ お□□ 時髦的、打扮得光鮮漂亮的	スクーター 小型摩托車	う い □け□れられる 受到接納、能夠接納
あふ □れる 擠滿、充滿、溢出	い ほう ちゅうしゃ □□□□ 違規停車	すく □ない 很少的
のぞ □く 除了、去除	いち ぶ ち いき □□□□ 部分地區	えき まえ □□ 車站前
おおどお ぞ □□り□い 大馬路兩旁	とりしま □□り 取締、監管	きび □しい 嚴格的、嚴峻的
みち ばた □□ 路旁	ちゅうりん □□する 停放（腳踏車、機車等）	じ てん しゃ □□□ 腳踏車

092 原付(げんつき)の交通規則(こうつうきそく)、原付免許(げんつきめんきょ)（1）

前面曾經提到，「原付(げんつき)」是指「50 cc 以下」的輕型機車。在日本，想要取得 ❶ 輕型機車駕照，必須參加 ❷ 學科考試以及 ❸ 實際操作技巧的課程，並且在教室內上 ❹ 安全駕駛的課。這些 ❺ 全部合計起來，費用大約是 8 千日圓。

在日本，❻ 騎乘輕型機車有 ❼ 種種的限制。例如，在 ❽ 較寬的道路上

學習影音

【詞彙】

❶ 原付免許	❷ 学科試験	❸ 実技の授業
❹ 安全運転	❺ 全部合わせる	❻ 運転する
❼ 様々な制限	❽ 幅の広い道	❾ 右折する
❿ 二段階右折	⓫ 最高速度	⓬ 三十キロまで
⓭ 超える	⓮ 十数キロ	⓯ 違反切符を切られる

〔輕型機車的交通規則及駕照〕(1)

MP3 092
❶ ~ ⓯

要 ❾ 右轉時，輕型機車必須採用 ❿ 兩段式右轉；而且，輕型機車的 ⓫ 最高速限是 ⓬ 最多 30 公里，如果 ⓭ 超過這個速度 ⓮ 十幾公里，就會 ⓯ 被開罰單。

【讀音・字義】

げんつきめんきょ □□□□	輕型機車駕照
がっかしけん □□□□	學科考試
じつぎ □□ の じゅぎょう □□	實際操作技巧的課程
あんぜんうんてん □□□□	安全駕駛
ぜんぶあ □□□ わせる	全部合計起來
うんてん □□ する	騎乘、駕駛、操作、運行
さまざま □□ な せいげん □□	種種的限制
はば □ の ひろ □ い みち □	較寬的道路
うせつ □□ する	右轉
にだんかいうせつ □□□□□	兩段式右轉
さいこうそくど □□□□	最高速限
さんじゅっ □□ キロまで	最多 30 公里
こ □ える	超過
じゅうすう □□ キロ	十幾公里
いはんきっぷ □□□□ を き □ られる	被開罰單

093 原付の交通規則、原付免許（2）

❶ 許多日本人都 ❷ 認為，限制輕型機車的 ❸ 速限最多 30 公里，是相當 ❹ 不合理的。

舉例來說，當輕型機車 ❺ 行駛在山路上的時候，如果以 30 公里的速度行駛，❻ 後方的 ❼ 車子就會 ❽ 不斷地 ❾ 累積起來。

這時候，後方的車只要 ❿ 看到空隙，就會想要 ⓫ 超越輕型機車。如果

學習影音

【詞彙】

❶ 多くの日本人	❷ 思う	❸ 制限速度
❹ 不条理	❺ 山道を走る	❻ 後ろ
❼ 車	❽ どんどん	❾ 溜まってくる
❿ 隙を見る	⓫ 追い抜く	⓬ 狭い
⓭ トラック	⓮ 追い抜かれる	⓯ 恐ろしい

〔輕型機車的交通規則及駕照〕(2)

MP3 093
❶～⓯

是在⓬狹窄的道路上碰到⓭卡車，而且還⓮被超車，那對輕型機車來說，是非常⓯恐怖的事。

【讀音・字義】

おお　にほんじん □くの□□□ 許多日本人	おも □う 認為、想	せいげんそくど □□□□ 速限
ふじょうり □□□ 不合理的	やまみち　はし □□を□る 行駛在山路上	うし □ろ 後方、背後
くるま □ 車子	どんどん 不斷地	た □まってくる 累積起來
すき　み □を□る 看到空隙	お　ぬ □い□く 超越	せま □い 狹窄的、狹隘的
トラック 卡車	お　ぬ □い□かれる 被超車、被超越	おそ □ろしい 恐怖的、驚人的

094 自転車の運転に関する決まり（1）

在日本，❸ 兩人共乘一輛 ❹ 腳踏車是 ❺ 被禁止的。❻ 警察一旦看到兩人共乘，就會出面 ❼ 糾正。

如果已經滿 16 歲，騎腳踏車時 ❽ 搭載幼兒是 ❾ 被允許的，但是必須 ❿ 安裝 ⓫ 幼兒用的座椅。此外，雖然規定最多只能搭載一名，但實際上，同時搭載了兩名幼兒的情況，也很常見。

學習影音

【詞彙】

❶ 関する	❷ 決まり	❸ 二人乗り
❹ 自転車	❺ 禁止される	❻ 警察
❼ 指導する	❽ 幼児を乗せる	❾ 認められる
❿ 取り付ける	⓫ 幼児用の座席	⓬ 傘を持つ
⓭ 義務付ける	⓮ 専用の用具	⓯ ハンドルに固定する

〔騎腳踏車的❶相關❷規定〕(1)

MP3 094
❶～⑮

後來，日本也禁止⑫撐傘騎腳踏車。騎腳踏車時不能用手撐傘，而是⑬規定必須以⑭專用的器具，將傘⑮固定在腳踏車的把手上。不過，還是經常看到用手撐傘騎車的人。

【讀音・字義】

かん □する 相關	き □まり 規定、決定、慣例、解決	ふた り の □□□り 兩人共乘
じ てん しゃ □□□ 腳踏車	きん し □□される 被禁止	けい さつ □□ 警察
し どう □□する 糾正、指導	よう じ の □□を□せる 搭載幼兒	みと □められる 被允許、被承認
と つ □り□ける 安裝、獲得、經常購買	よう じ よう ざ せき □□□の□□ 幼兒用的座椅	かさ も □を□つ 撐傘
ぎ む づ □□□ける 規定必須	せん よう よう ぐ □□の□□ 專用的器具	こ てい ハンドルに□□する 固定在腳踏車的把手上、固定在方向盤上

095 自転車の運転に関する決まり（2）

另外，日本也規定不能❶酒後騎腳踏車，萬一警察❷臨檢時❸被逮住，一樣會❹受到糾正。

在日本，如果❺道路上有「腳踏車・行人❻專用」的❼標誌，腳踏車就在❽人行道上❾通行；如果❿車道邊有「⓫兩輪車・⓬輕型車輛」的標誌，腳踏車就可以騎在車道邊。

學習影音

【詞彙】

❶ 飲酒運転	❷ 検問	❸ 捕まる
❹ 指導を受ける	❺ 道路	❻ 専用
❼ 標識	❽ 歩道	❾ 通行する
❿ 車道の端	⓫ 二輪	⓬ 軽車両
⓭ バイク	⓮ 原付	⓯ リヤカー

〔騎腳踏車的相關規定〕(2)

MP3 095
❶～⓯

所謂的「兩輪車」是指⓭摩托車和⓮輕型機車，「輕型車輛」則指腳踏車和⓯人力拖車。

【讀音・字義】

いんしゅうんてん □□□□	けんもん □□	つか □まる
酒後騎（車）、酒駕	臨檢、盤查	被逮住
しどう　う □□を□ける	どうろ □□	せんよう □□
受到糾正、接受指導	道路	專用
ひょうしき □□	ほどう □□	つうこう □□する
標誌	人行道	通行
しゃどう　はし □□の□	にりん □□	けいしゃりょう □□□
車道邊	兩輪車、兩個車輪	輕型車輛
バイク	げんつき □□	リヤカー
摩托車	輕型機車	人力拖車

096 自転車の駐輪問題

（じてんしゃ　ちゅうりんもんだい）

日本境內，在 ❷ 車站附近或是 ❸ 大馬路上，常常有許多腳踏車 ❹ 被停放在路邊。在車站前面之類的地方，會對腳踏車 ❺ 進行拖吊。 ❻ 卡車駛來， ❼ 裝載大量的腳踏車，並全數送往所謂的「 ❽ 保管所」。前往保管所 ❾ 領取腳踏車時，必須繳交 3000 日圓左右的 ❿ 保管費。另外，如果沒有在 ⓫ 規定期間內前來領取（通常是 1～2 個月內），車子就會 ⓬ 交給 ⓭ 資源回收業者，並 ⓮ 會被處理掉。

學習影音

【詞彙】

❶ 駐輪問題	❷ 駅の近く	❸ 大きな通り
❹ 駐輪される	❺ 撤去を行う	❻ トラック
❼ 積む	❽ 保管所	❾ 引き取る
❿ 保管料	⓫ 一定期間内	⓬ 引き渡す
⓭ リサイクル業者	⓮ 処分される	⓯ 二倍程度

〔腳踏車的❶停放問題〕

MP3 096
❶～⑮

而摩托車和輕型機車，也會和腳踏車一起進行拖吊。摩托車和輕型機車的保管費，是腳踏車的⑮兩倍左右。同樣地，若是沒有在期限內領取，就會交給資源回收業者處理。不過由於日本人很少騎摩托車或輕型機車，因此被拖吊的，幾乎都是腳踏車。

【讀音・字義】

ちゅうりんもんだい □□□□ （腳踏車、機車等的）停放問題	えき　ちか □の□く 車站附近	おお　とお □きな□り 大馬路
ちゅうりん □□される （腳踏車、機車等）被停放	てっきょ　おこな □□を□う 進行拖吊、進行撤除	トラック 卡車
つ □む 裝載、堆積、累積、積蓄	ほ　かんじょ □□□ 保管所	ひ　と □き□る 領取、退下、接話
ほ　かんりょう □□□ 保管費	いってい　き　かんない □□□□□ 規定期間內	ひ　わた □き□す 交給
ぎょうしゃ リサイクル□□ 資源回收業者	しょぶん □□される 會被處理掉	に　ばいてい　ど □□□□ 兩倍左右

097 軽自動車（1）

（けいじどうしゃ）

在日本，❶ 輕型汽車 ❷ 非常受歡迎，❸ 馬路上隨處可見輕型汽車。根據某項 ❹ 調查顯示，日本平均每兩個 ❺ 家庭，就擁有一輛輕型汽車，就 ❻ 比例來看，可以說是相當 ❼ 普及。

所謂的「輕型汽車」是指 660 cc 以下，❽ 尺寸也 ❾ 小的 ❿ 汽車。輕型汽車的 ⓫ 大小，大約比 Smart（德國的迷你車品牌）的 ⓬ 寬度再小一些。

學習影音

【詞彙】

❶ 軽自動車	❷ 大人気	❸ 道
❹ 調査	❺ 世帯	❻ 割合
❼ 普及する	❽ サイズ	❾ 小さい
❿ 自動車	⓫ 大きさ	⓬ 横幅
⓭ 輸出する	⓮ 個人	⓯ 輸入する

〔輕型汽車〕(1)

MP3 097
❶ ～ ⓯

日本的輕型汽車目前似乎沒有 ⓭ 出口到台灣，想購買的話，在台灣只能以 ⓮ 個人的方式 ⓯ 進口。

【讀音・字義】

けい じ どう しゃ □□□□ 輕型汽車	だいにん き □□□ 非常受歡迎	みち □ 馬路、道路
ちょう さ □□ 調查	せ たい □□ 家庭、戶	わり あい □□ 比例
ふ きゅう □□する 普及	サイズ 尺寸	ちい □さい 小的
じ どう しゃ □□□ 汽車	おお □きさ 大小	よこ はば □□ 寬度
ゆ しゅつ □□する 出口	こ じん □□ 個人	ゆ にゅう □□する 進口

098 軽自動車（2）

（けいじどうしゃ）

一般而言，日本人 ❶ 偏好小巧的東西，或許這也是輕型汽車在日本受歡迎的原因之一。

輕型汽車的 ❷ 價格 ❸ 便宜， ❹ 稅金也便宜，而且在 ❺ 油耗方面也 ❻ 表現優異。再加上體積小，所以也不太占用 ❼ 停車空間。

然而，輕型汽車在 ❽ 安全方面的表現就不算非常優異，甚至還被稱為

學習影音

【詞彙】

❶ 好む	❷ 値段	❸ 安い
❹ 税金	❺ 燃費	❻ 優れる
❼ 駐車スペース	❽ 安全面	❾ 走る棺桶
❿ 運転席	⓫ 前面バンパー	⓬ 短い
⓭ 高速で衝突する	⓮ 運転者	⓯ 死亡する危険性

〔輕型汽車〕(2)

MP3 098
❶～⓯

「❾行動棺材」。因為輕型汽車從❿駕駛座到⓫前方保險桿之間的距離⓬很短，因此當車子⓭以高速撞擊的時候，⓮駕駛人可能會有⓯死亡的危險。

【讀音・字義】

この □む 偏好	ねだん □□ 價格	やす □い 便宜的、沒價值的
ぜいきん □□ 稅金	ねんぴ □□ 油耗	すぐ □れる 表現優異、出色
ちゅうしゃ □□スペース 停車空間	あんぜんめん □□□ 安全方面	はし かんおけ □る□□ 行動棺材
うんてんせき □□□ 駕駛座	ぜんめん □□バンパー 前方保險桿	みじか □い 很短的
こうそく しょうとつ □□で□□する 以高速撞擊	うんてんしゃ □□□ 駕駛人	しぼう きけんせい □□する□□□ 死亡的危險

099 高速(こうそく)バス（1）

台灣的 ❶ 高速巴士，有的 ❷ 座位是 ❸ 沙發座椅，有的還 ❹ 附有 ❺ 電視或 ❻ 遊戲機，可說是 ❼ 無微不至。

而日本的高速巴士，對台灣人而言，不僅價格 ❽ 不便宜，座位也很 ❾ 狹窄，也沒有電視或遊戲機，或許會讓人覺得 ❿ 不滿意。不過，若要在 ⓫ 日本國內 ⓬ 移動的話，高速巴士絕對是很便宜的選項。

學習影音

【詞彙】

❶ 高速バス	❷ 座席	❸ ソファー
❹ 付く	❺ テレビ	❻ ゲーム機
❼ 至れり尽くせり	❽ 安くない	❾ 狭い
❿ 満足できない	⓫ 日本国内	⓬ 移動する
⓭ 事前	⓮ 予約する	⓯ サイト

〔高速巴士〕(1)

MP3 099
❶～⓯

日本的高速巴士，通常都必須⓭事先⓮預約，否則就無法搭乘。打算搭乘時，可以利用客運公司的⓯網站來進行預約。

【讀音・字義】

こうそく □□バス 高速巴士	ざせき □□ 座位	ソファー 沙發
つ □く 附有、沾上、跟隨	テレビ 電視	き ゲーム□ 遊戲機
いた　つ □れり□くせり 無微不至	やす □くない 不便宜的	せま □い 狹窄的、狹隘的
まんぞく □□できない 不滿意	にほんこくない □□□□ 日本國內	いどう □□する 移動
じぜん □□ 事先	よやく □□する 預約	サイト 網站

100 高速バス（2）

こうそく

日本的高速巴士，❶ 內裝多半非常 ❷ 清爽整潔，附有像飛機上那樣的 ❸ 乾淨的 ❹ 洗手間。座位上提供 ❺ 拋棄式的 ❻ 拖鞋，乘客可以 ❼ 自由 ❽ 帶回家。

高速巴士的 ❾ 熄燈時間，大約是晚上 11 點左右；一旦過了這個時間，車裡就會變得 ❿ 一片漆黑。 ⓫ 夜間大約有三次的 ⓬ 中途休息，讓乘客下車

學習影音

【詞彙】

❶ 内装	❷ 清潔感	❸ 綺（奇）麗
❹ トイレ	❺ 使い捨て	❻ スリッパ
❼ 自由	❽ 持ち帰り	❾ 消灯時間
❿ 真っ暗	⓫ 夜間	⓬ 途中休憩
⓭ お菓子	⓮ お土産	⓯ 安全運転

【高速巴士】(2)

MP3 100
❶～⓯

買⓭點心或⓮伴手禮。

除此之外，日本的高速巴士非常重視⓯安全駕駛，幾乎很少發生車禍。

【讀音・字義】

ないそう □□ 內裝	せいけつかん □□□ 清爽整潔、清潔感	き き れい □(□)□ 乾淨的、美麗的
トイレ 洗手間	つか す □い□て 拋棄式	スリッパ 拖鞋
じ ゆう □□ 自由的	も かえ □ち□り 帶回家	しょうとう じ かん □□□□ 熄燈時間
ま くら □っ□ 一片漆黑	や かん □□ 夜間	と ちゅうきゅうけい □□□□ 中途休息
か し お□□ 點心、糕點糖果	みやげ お□□ 伴手禮	あんぜんうんてん □□□□ 安全駕駛

101 日本(にほん)の高速道路(こうそくどうろ)（1）

日本的❶高速公路就像❷網眼一樣，❸貫通全國各地。如果❹搭車，可以從本州的❺北端，一直到達四國、九州的❻南邊。其中，有一座❼橋梁❽連接本州和九州，而連接本州和四國的橋梁，則有兩座。

日本的高速公路非常❾便利，但是❿費用也十分⓫昂貴。高速公路的收費，只比⓬新幹線稍微便宜一點而已。如果是⓭一個人出門，再考量⓮

學習影音

【詞彙】

❶ 高速道路	❷ 網の目	❸ 走る
❹ 車に乗る	❺ 北の端	❻ 南側
❼ 橋	❽ 繋ぐ	❾ 便利
❿ 料金	⓫ 高い	⓬ 新幹線
⓭ 一人で出掛ける	⓮ ガソリン代	⓯ 飛行機

〔日本的高速公路〕(1)

MP3 101
❶ ~ ⑮

油錢等等的話，高速公路的花費，甚至可能比新幹線或
⑮ 飛機還要昂貴。

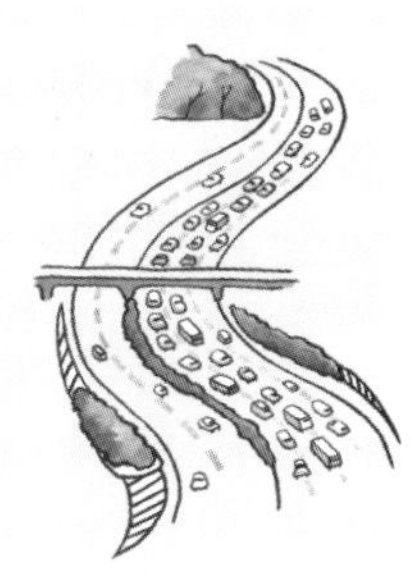

【讀音・字義】

こうそくどうろ □□□□ 高速公路	あみ め □の□ 網眼	はし □る 貫通、跑、行駛
くるま の □に□る 搭車	きた はし □の□ 北端	みなみがわ □□ 南邊
はし □ 橋梁	つな □ぐ 連接、綁、囚禁、維繫	べんり □□ 便利的
りょうきん □□ 費用	たか □い 昂貴的、高的	しんかんせん □□□ 新幹線
ひとり でか □□で□□ける 一個人出門	だい ガソリン□ 油錢	ひこうき □□□ 飛機

102 日本の高速道路（2）

日本政府在 2009 年 3 月時，曾推出❶因應景氣狀況的對策：只要❷裝設 ETC，在❸星期六、日以及❹國定假日期間行駛高速公路的話，不論行駛到何處，一律收費 1000 日圓。

這項收費方式實施到 2011 年 3 月底為止，是❺僅為期兩年的❻限定方案，而且僅❼適用有安裝 ETC 的❽車輛。此外，在❾東京和❿大阪的⓫

學習影音

【詞彙】

❶ 景気対策	❷ 装着する	❸ 土日
❹ 祝日	❺ 二年間だけ	❻ 限定
❼ 適用する	❽ 車両	❾ 東京
❿ 大阪	⓫ 大都市圏	⓬ 特別割引
⓭ 始まる	⓮ 連休	⓯ 大渋滞する

〔日本的高速公路〕(2)

MP3 102
❶～⓯

大都會圈，也不適用這項收費方式。

當時，自從這項 ETC ⓬ 特別優惠 ⓭ 開始實施之後，每逢 ⓮ 連續假日，日本的高速公路幾乎都是 ⓯ 大塞車。

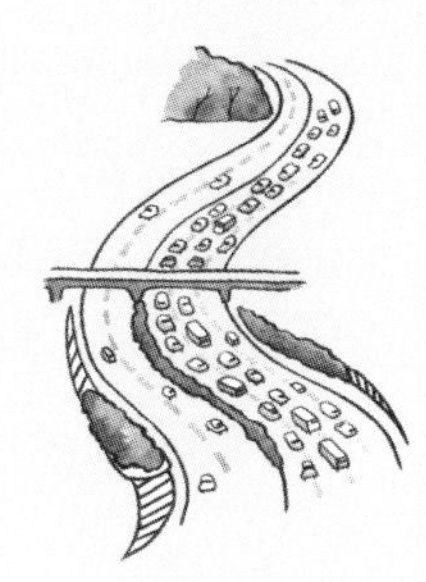

【讀音・字義】

けい き たい さく □□□□	そうちゃく □□する	ど にち □□
因應景氣狀況的對策	裝設	星期六、日
しゅくじつ □□	に ねん かん □□□だけ	げん てい □□
國定假日	僅為期兩年	限定、限制
てき よう □□する	しゃりょう □□	とうきょう □□
適用	車輛	東京
おおさか □□	だい と し けん □□□□	とく べつ わり びき □□□□
大阪	大都會圈	特別優惠
はじ □まる	れんきゅう □□	だいじゅうたい □□□する
開始	連續假日	大塞車

103 国内線料金（1）

こくないせんりょうきん

在日本境內搭乘❶飛機時，❷國內航線的票價通常非常❸昂貴。相形之下，從日本❹前往❺國外的❻機票，反而比較❼便宜。

舉例來說，同樣是❽來回機票，如果是日本國內的❾廣島到❿札幌，價格可能比來回⓫東京到台北，要貴上一倍。

除此之外，日本國內的⓬觀光景點或是⓭住宿設施的⓮費用，也非常

學習影音

【詞彙】

❶ 飛行機	❷ 国内線航空	❸ 高い
❹ 行く	❺ 海外	❻ 航空券
❼ 安い	❽ 往復航空券	❾ 広島
❿ 札幌	⓫ 東京	⓬ 観光地
⓭ 宿泊施設	⓮ 費用	⓯ 必要

〔日本國內航線票價〕(1)

MP3 103
❶～⓯

昂貴。昂貴的程度，即使是前往國外的 ⓯ 必要花費，也不需要那麼多。

【讀音・字義】

ひこうき □□□ 飛機	こくないせんこうくう □□□□□ 國內航線	たか □い 昂貴的、高的
い □く 前往、行走、流逝、進行	かいがい □□ 國外	こうくうけん □□□ 機票
やす □い 便宜的、沒價值的	おうふくこうくうけん □□□□□ 來回機票	ひろしま □□ 廣島
さっぽろ □□ 札幌	とうきょう □□ 東京	かんこうち □□□ 觀光景點、觀光地區
しゅくはくしせつ □□□□ 住宿設施	ひよう □□ 費用	ひつよう □□ 必要的

104 国内線料金（2）

（こくないせんりょうきん）

對於日本人來說，❶ 國內旅遊是一件 ❷ 很花錢的事；而 ❸ 另一方面，❹ 國外旅遊則相對便宜。因此，有 ❺ 很多日本人都是曾經到國外旅遊，卻幾乎沒有在日本國內旅遊的經驗。

曾聽一位廣島人提起他在台灣的經歷：有時候，他在台灣會 ❻ 被問到「去過 ❼ 北海道嗎？」，一旦他 ❽ 回答「沒去過」，台灣人通常都會露出 ❾ 看起來好像很意外的表情。

學習影音

【詞彙】

❶ 国内旅行	❷ お金が掛かる	❸ 反面
❹ 海外旅行	❺ 多い	❻ 聞かれる
❼ 北海道	❽ 答える	❾ 意外そうな顔
❿ 出身地	⓫ 利用する	⓬ ツアー
⓭ 新幹線	⓮ 料金	⓯ もう少し

〔日本國內航線票價〕(2)

MP3 104
❶～⓯

事實上，以⓾出身地在廣島的日本人來說，比起從廣島前往北海道，不如從台灣⓫利用⓬套裝行程或旅行團前往北海道，這樣反而便宜許多。

順帶一提，搭乘⓭新幹線在日本國內旅遊的⓮費用，又比搭飛機⓯再稍微貴一些。

【讀音・字義】

こくないりょこう □□□□ 國內旅遊	かね　か お□が□かる 很花錢	はんめん □□ 另一方面
かいがいりょこう □□□□ 國外旅遊	おお □い 很多的	き □かれる 被問到、被聽到
ほっかいどう □□□ 北海道	こた □える 回答	い がい　かお □□そうな□ 看起來好像很意外的表情
しゅっしん ち □□□ 出身地	り よう □□する 利用	ツアー 套裝行程或旅行團
しんかんせん □□□ 新幹線	りょうきん □□ 費用	すこ もう□し 再稍微、再一些

105 北(きた)と南(みなみ)で大(おお)きく気候(きこう)が違(ちが)う国(くに)、日本(にほん)（1）

日本的❷國土往❸南北方向❹延伸，北邊屬於❺亞寒帶，中間屬於❻溫帶，南邊則屬於❼亞熱帶。因為氣候不同，所以日本南北兩側的❽溫度差異非常大。

在日本境內，有些地方的夏季非常❾寒冷，有些地方的冬季卻相當❿暖和。

學習影音

【詞彙】

❶ 気候	❷ 国土	❸ 南北
❹ 延びる	❺ 亜寒帯	❻ 温帯
❼ 亜熱帯	❽ 気温差	❾ 寒い
❿ 暖かい	⓫ 山	⓬ スキー
⓭ 海	⓮ 真冬	⓯ マリンスポーツ

〔南北❶氣候截然不同的國家——日本〕(1)

MP3 105
❶～⓯

例如，在日本中部地方的⓫山區，即使8月的時候依然可以⓬滑雪；而南島沖繩的⓭海邊，⓮隆冬的時候依然可以進行⓯水上活動。

【讀音・字義】

きこう □□ 氣候	こくど □□ 國土	なんぼく □□ 南北
の □びる 延伸、時間延長、延遲	あかんたい □□□ 亞寒帶	おんたい □□ 溫帶
あねったい □□□ 亞熱帶	きおんさ □□□ 溫度差異	さむ □い 寒冷的
あたた □かい 暖和的	やま □ 山區、山	スキー 滑雪
うみ □ 海邊、海	まふゆ □□ 隆冬	マリンスポーツ 水上活動

106 北と南で大きく気候が違う国、日本（2）

由於日本南北兩側的氣溫差異❶大，所以❷棲息在各❸地方的❹生物也❺不相同。

位於南方的沖繩，除了有❻珊瑚礁之外，還有生活在❼熱帶及亞熱帶地區的❽毒蛇──「ハブ」。而在北海道，則❾可以捕獲❿鮭魚等棲息在北方的⓫魚類。

學習影音

【詞彙】

❶ 大きい	❷ 生息する	❸ 地方
❹ 生物	❺ 違う	❻ 珊瑚礁
❼ 熱帯	❽ 毒蛇	❾ 獲れる
❿ 鮭	⓫ 魚	⓬ ゴキブリ
⓭ ビルのボイラー室	⓮ 例外的	⓯ 荷物

〔南北氣候截然不同的國家——日本〕(2)

MP3 106
❶～⓯

此外，在北海道幾乎看不見⓬蟑螂的蹤影。不過，在全年都很溫暖的⓭大樓的鍋爐室裡，就有可能很⓮例外的，居住著從日本本州隨著⓯行李來到北海道的蟑螂。

【讀音・字義】

おお □きい 大的	せいそく □□する 棲息、生活	ち ほう □□ 地方
せい ぶつ □□ 生物	ちが □う 不相同	さん ご しょう □□□ 珊瑚礁
ねっ たい □□ 熱帶	どく へび □□ 毒蛇	と □れる 可以捕獲
さけ □ 鮭魚	さかな □ 魚類	ゴキブリ 蟑螂
しつ ビルのボイラー□ 大樓的鍋爐室	れい がい てき □□□ 例外的	に もつ □□ 行李、貨物、負擔

107 日本（にほん）の雨（あめ）、雪（ゆき）（1）

台灣是個 ❶ 多 ❷ 雨的國家，根據過去的統計資料，台北 ❸ 一整年的 ❹ 降雨天數曾經超過 150 天，宜蘭甚至曾經超過 200 天。

而日本，不同地方的降雨天數 ❺ 以及 ❻ 降雪天數有很大的 ❼ 差別。根據過去的統計，東京和大阪一整年的降雨天數以及降雪天數，大約是 100 天；北海道的札幌大約是 230 天；❽ 沖繩的 ❾ 那霸大約是 120 天。

學習影音

【詞彙】

❶ 多い	❷ 雨	❸ 年間
❹ 降雨日数	❺ 及び	❻ 降雪日数
❼ 差	❽ 沖縄	❾ 那覇
❿ 除く	⓫ 少ない	⓬ 地方
⓭ 冬	⓮ 毎日	⓯ 雪が降る

〔日本的雨和雪〕(1)

MP3 107
❶～⓯

日本⑩除了沖繩之外，基本上雨量都⑪很少。不過有些⑫地方則是一到⑬冬天，幾乎⑭每天都會⑮下雪。

【讀音・字義】

おお □い 多的	あめ □ 雨、下雨、雨天	ねんかん □□ 一整年、年間
こう う にっ すう □□□□ 降雨天數	およ □び 以及	こう せつ にっ すう □□□□ 降雪天數
さ □ 差別、差距	おき なわ □□ 沖繩	な は □□ 那霸
のぞ □く 除了、去除	すく □ない 很少的	ち ほう □□ 地方
ふゆ □ 冬天	まい にち □□ 每天	ゆき ふ □が□る 下雪

108 日本の雨、雪（2）

にほん　あめ　ゆき

日本跟台灣一樣，有所謂的「梅雨」。例如，❶ 每年的 6 月初開始，到 7 月中下旬為止，是東京的 ❷ 梅雨季節。

而在台北，通常一進入 ❸ 夏季，就會 ❹ 持續一段時間「 ❺ 從午後開始 ❻ 降下 ❼ 大雨，到了 ❽ 晚上雨勢就 ❾ 停息」的 ❿ 天氣。不過在日本，並沒有 ⓫ 大約什麼時候開始下雨，大約什麼時候雨勢停歇的現象。

學習影音

【詞彙】

❶ 每年	❷ 梅雨の時期	❸ 夏
❹ 続く	❺ 午後から	❻ 降る
❼ 大雨	❽ 夜	❾ 止む
❿ 天気	⓫ 何時頃	⓬ 土砂降り
⓭ 出掛ける	⓮ 傘を持っている	⓯ 十分対処できる

〔日本的雨和雪〕(2)

MP3 108
❶～⓯

此外，日本幾乎不會出現像台灣一樣的⓬傾盆大雨。日本的雨勢通常不大，即使騎著腳踏車⓭出門，只要⓮有帶傘，也就⓯足以應付了。

【讀音・字義】

まいとし □□ 每年	つゆ □□の□□ じき 梅雨季節	なつ □ 夏季
つづ □く 持續、連綿、接著、接連、次於	ごご □□から 從午後開始	ふ □る 降下
おおあめ □□ 大雨	よる □ 晚上	や □む 停息、中止、結束
てんき □□ 天氣	いつごろ □□□ 大約什麼時候	どしゃぶ □□□り 傾盆大雨
でか □□ける 出門	かさ □を も □っている 有帶傘	じゅうぶんたいしょ □□□□できる 足以應付

109 日本(にほん)の道(みち)はとても綺(き)(奇(き))麗(れい)

台灣人前往日本時，似乎對於日本的❶街道非常❷乾淨，都會❸感到訝異。甚至可能以為是因為❹打掃街道的人非常賣力工作的緣故。不過，其實除了❺大馬路，日本的一般街道不會有人特別打掃。通常都是❻居民負責打掃❼住家前面的人行道，但也只是用❽掃帚❾稍微掃一下而已。

那麼，如果要說日本的街道為什麼那麼乾淨？其實，是因為日本人❿不亂丟垃圾的緣故。

學習影音

【詞彙】

❶ 道	❷ 綺（奇）麗	❸ びっくりする
❹ 掃除する	❺ 大通り	❻ 住民
❼ 家の前の歩道	❽ 箒	❾ 軽く掃く
❿ ゴミを捨てない	⓫ 人が集まる	⓬ 通行止め
⓭ 歩行者天国	⓮ 汚い	⓯ 清掃作業員

〔日本的街道非常乾淨〕

MP3 109
❶～⓯

不過，日本的街道也並非全部都很乾淨。例如，在澀谷等⓫人潮聚集區域的人行道，或是車輛⓬禁止通行、稱為「歩行者天国（ほこうしゃてんごく）」（⓭行人徒步區）的行人專用道等，也可能非常⓮髒亂。而像這樣容易髒亂的地方，就會有⓯清潔人員每日前來打掃。

【讀音・字義】

みち □ 街道	き　き　れい □（□）□ 乾淨的、美麗的	びっくりする 感到訝異
そう　じ □□する 打掃	おお　どお □□り 大馬路	じゅうみん □□ 居民
いえ　まえ　ほ　どう □の□の□□ 住家前面的人行道	ほうき □ 掃帚	かる　は □く□く 稍微掃一下
す ゴミを□てない 不亂丟垃圾	ひと　あつ □が□まる 人潮聚集	つう　こう　ど □□□め 禁止通行
ほ　こう　しゃ　てん　ごく □□□□□ 行人徒步區	きたな □い 髒亂的、下流的、卑鄙的	せい　そう　さ　ぎょう　いん □□□□□ 清潔人員

110 喫煙所（きつえんじょ）

東京都千代田區自 2002 年開始，❶實施「❷道路禁菸❸條例」。一旦❹違反的話，就會❺被科處罰金。

後來，其他地方也紛紛❻仿效千代田區，時至今日，日本已有許多的❼市、區、町、村，都實施道路禁菸。

在千代田區，❽設置了所謂的「❾吸菸所」，唯有在那裡，吸菸才是

學習影音

【詞彙】

❶ 施行する	❷ 路上喫煙禁止	❸ 条例
❹ 違反する	❺ 罰金が科せられる	❻ 追随する
❼ 市区町村	❽ 設ける	❾ 喫煙所
❿ 許される	⓫ 狭いスペース	⓬ 煙草を吸う
⓭ 阿片窟	⓮ 感じがする	⓯ 異様

〔吸菸所〕

MP3 110
❶～⓯

❿被允許的。在「吸菸所」的⓫狹窄空間裡，大家聚在一起⓬吞雲吐霧的模樣，就宛如⓭鴉片窟一般，⓮令人感覺非常⓯詭異。

【讀音・字義】

し こう □□する 實施	ろ じょうきつえんきん し □□□□□□ 道路禁菸	じょうれい □□ 條例
い はん □□する 違反	ばっきん か □□が□せられる 被科處罰金	ついずい □□する 仿效、追隨
し く ちょうそん □□□□ 市、區、町、村	もう □ける 設置、準備	きつ えん じょ □□□ 吸菸所
ゆる □される 被允許	せま □いスペース 狹窄空間	た ば こ す □□を□う 吞雲吐霧、吸菸
あ へん くつ □□□ 鴉片窟	かん □じがする 令人感覺	い よう □□ 詭異的、奇怪的、異常的

111 野良猫（のらねこ）、野良犬（のらいぬ）

在台灣，似乎❶流浪狗的數量比❷流浪貓❸多。但是，在日本卻幾乎沒有流浪狗，倒是有❹許多流浪貓。

台灣的流浪狗多半❺性格比較❻溫馴，通常不會隨便❼咬人。而日本的流浪狗卻是相當❽危險，時常一邊❾咆哮狂吠，一邊對人❿追著到處跑，有時候甚至還會咬人。日本和台灣的流浪狗，性格可說⓫完全⓬不同。

學習影音

【詞彙】

❶ 野良犬	❷ 野良猫	❸ 多い
❹ 沢山	❺ 性格	❻ 大人しい
❼ 人を咬む	❽ 危険	❾ 吠える
❿ 追い掛け回す	⓫ 全然	⓬ 違う
⓭ 保健所の人	⓮ 捕獲する	⓯ 害が無い

〔流浪貓・流浪狗〕

MP3 111
❶～⓯

在日本，因為流浪狗相當危險，所以⓭衛生所的人員會⓮捕捉流浪狗。流浪貓則因為比較⓯無害，所以不捕捉。因此，在日本幾乎看不到流浪狗，反而是流浪貓隨處可見。

【讀音・字義】

の ら いぬ □□□ 流浪狗	の ら ねこ □□□ 流浪貓	おお □い 多的
たく さん □□ 許多	せい かく □□ 性格	お と な □□しい 溫馴的、溫順的、樸素的
ひと か □を□む 咬人	き けん □□ 危險的	ほ □える 咆哮狂吠
お か まわ □い□け□す 追著到處跑	ぜん ぜん □□ 完全	ちが □う 不同
ほ けん じょ ひと □□□の□ 衛生所的人員	ほ かく □□する 捕捉	がい な □が□い 無害

112 日本(にほん)のうち（1）

❶日本的❷住宅的❸建造方式，和❹台灣的住宅❺不相同。

台灣的住宅的建造方式，大多都是以❻客廳❼作為中心，然後再有❽各個房間。

而日本的住宅，感覺上是利用❾糊紙的拉門，把❿大房間⓫區隔成⓬一個房間、一個房間的形式。

學習影音

【詞彙】

❶ 日本	❷ うち	❸ 造り
❹ 台湾	❺ 違う	❻ 客間
❼ 中心とする	❽ 各部屋	❾ 襖
❿ 大きな部屋	⓫ 区切る	⓬ 一部屋
⓭ 外す	⓮ 成る	⓯ 一つ

〔日本的住宅〕(1)

MP3 112
❶ ~ ⓯

所以，日本的住宅如果⓭拆除糊紙的拉門，就會⓮變成⓯一個大房間的樣子。

【讀音・字義】

にほん □□ 日本	うち 住宅、裡面、內心	つく □り 建造方式、建築構造
たいわん □□ 台灣	ちが □う 不相同	きゃくま □□ 客廳、客房
ちゅうしん □□とする 作為中心	かくへや □□□ 各個房間	ふすま □ 糊紙的拉門
おお □きな□□ へや 大房間	くぎ □□る 區隔、劃分	ひとへや □□□ 一個房間
はず □す 拆除、取下、解開、錯過	な □る 變成	ひと □つ 一個

113 日本(にほん)のうち（2）

在日本❶尋找❷不動產的❸物件時，在各物件的❹說明上，會有「2 LDK」、「1 DK」等的❺記載，這是❻表示❼房子的格局。而「數字」❽指「房間數量」，「L」指「❾起居室」，「D」指「❿飯廳」，「K」指「⓫廚房」。

⓬例如，所謂的「2 LDK」，就是這個物件有「2 房」以及「1 起居室

學習影音

【詞彙】

❶ 探す	❷ 不動産	❸ 物件
❹ 説明	❺ 表記	❻ 示す
❼ 間取り	❽ 指す	❾ リビング
❿ ダイニング	⓫ キッチン	⓬ 例えば
⓭ 兼	⓮ 全部	⓯ 意味

〔日本的住宅〕(2)

MP3 113
❶～⓯

⓭ 兼飯廳兼廚房」，⓮ 全部加起來，總共有三個房間的 ⓯ 意思。

如果是「2 LD・K」，則代表這個物件是「2 房」以及「1 起居室兼飯廳」，再加上「1 廚房」，總共是四個房間。

【讀音・字義】

さが□す	ふどうさん□□□	ぶっけん□□
尋找	不動產	物件
せつめい□□	ひょうき□□	しめ□す
說明	記載	表示、表現、出示、顯示出
まど□□り	さ□す	リビング
房子的格局	指、指名、朝向	起居室
ダイニング	キッチン	たと□えば
飯廳	廚房	例如
けん□	ぜんぶ□□	いみ□□
兼	全部	意思、意義、含意

114 日本のうち（3）

在日本，一般使用「❶疊」作為計算房間大小的❷單位，以「❸疊數」來❹表示❺房間的大小。「❻1疊」就等於一張榻榻米的大小。

❼榻榻米的尺寸，雖然日本各地稍有不同，但計算房間的大小時，❽固定以「1疊＝1.62❾平方公尺」來❿計算。

此外，如果物件說明記載「⓫距離車站⓬步行15分鐘」，這是以

學習影音

【詞彙】

❶ 畳	❷ 単位	❸ 畳数
❹ 表す	❺ 部屋の広さ	❻ 一畳
❼ 畳のサイズ	❽ 決まっている	❾ 平方メートル
❿ 計算する	⓫ 駅から	⓬ 徒歩
⓭ 普通の人	⓮ 歩く	⓯ 仮定

〔日本的住宅〕(3)

MP3 114
❶～⓯

「⓭一般人 1 分鐘⓮行走 80 公尺」為⓯假設，所計算出來的。

【讀音・字義】

じょう □ 疊	たんい □□ 單位、學分	たたみかず □□ 疊數
あらわ □す 表示、表現、表達、代表	へや ひろ □□の□さ 房間的大小	いちじょう □□ 1 疊
たたみ □のサイズ 榻榻米的尺寸	き □まっている 固定、決定、得體	へいほう □□メートル 平方公尺
けいさん □□する 計算、估算	えき □から 距離車站	とほ □□ 步行
ふつう ひと □□の□ 一般人	ある □く 行走	かてい □□ 假設、前提、假說

115 日本のうち（4）

にほん

日本雖然是個凡事都必須❶遵守❷規則，有❸秩序，幾乎不會❹欺騙❺顧客的國家，但是，仍然也有❻例外。

例如，不動產物件的❼屋齡，偶爾也會出現❽造假之類的情形。比方說，有的會將曾經❾重新裝修的❿老舊⓫建物的屋齡，從「重新裝修後」開始⓬計算。

學習影音

【詞彙】

❶ 守る	❷ 決まり	❸ 秩序
❹ 騙す	❺ お客	❻ 例外
❼ 築年数	❽ 嘘	❾ 改装する
❿ 古い	⓫ 建物	⓬ 数える
⓭ 見る人が見れば	⓮ 直ぐ	⓯ 分かる

〔日本的住宅〕(4)

MP3 115
❶～⓯

不過這樣的造假，⓭ 明眼人一看的話，⓮ 馬上就能 ⓯ 明白。

【讀音・字義】

まも □る 遵守、保護、防守	き □まり 規則、決定、慣例、解決	ちつじょ □□ 秩序
だま □す 欺騙、哄	きゃく お□ 顧客、客人	れいがい □□ 例外
ちくねんすう □□□ 屋齡	うそ □ 造假、謊言、錯誤	かいそう □□する 重新裝修、重新包裝、重新裝訂
ふる □い 老舊的、古老的、過時的	たてもの □□ 建物	かぞ □える 計算、列舉、算入
み　ひと　み □る□が□れば 明眼人一看的話	す □ぐ 馬上、極近、筆直、正直的	わ □かる 明白

116 コンセプトマンション

日本的公寓裡，通常不能 ❶ 飼養寵物，也禁止 ❷ 卡拉 OK。而且，也幾乎沒有可以作為辦公室使用的公寓。不過，日本有一種 ❸ 特殊的公寓，叫做「 ❹ 新概念公寓」，是專門提供給 ❺ 擁有相同興趣的人居住的。

「新概念公寓」的種類很多，例如：隨時都能夠 ❻ 演奏樂器的「 ❼ 完全隔音公寓」、可以飼養寵物的「允許寵物公寓」（ペット可(か)マンション）、❽ 附有庭院的「 ❾ 園藝公寓」、 ❿ 專為年長者設計的「 ⓫ 無障礙公寓」，

學習影音

【詞彙】

❶ ペットを飼う	❷ カラオケ	❸ 特殊
❹ コンセプトマンション	❺ 同じ趣味を持つ	❻ 楽器の演奏
❼ 完全防音	❽ 庭が付いている	❾ ガーデニング
❿ 老人向け	⓫ バリアフリー	⓬ 住宅兼事務所
⓭ 収容できる	⓮ 共用コンサートホール	⓯ 近所の人を招く

【新概念公寓】

MP3 116
❶～⓯

以及⓬住宅兼辦公室的「SOHO公寓」（SOHOマンション）……等等。

據說，日本某處的「完全隔音公寓」甚至有一個⓭可以容納 100 人的⓮共用音樂廳，可以⓯邀請鄰居，一同舉行音樂會。

【讀音・字義】

ペットを□（か）う 飼養寵物	カラオケ 卡拉 OK	□□（とくしゅ） 特殊的
コンセプトマンション 新概念公寓	□（おな）じ□□（しゅみ）を□（も）つ 擁有相同興趣	□□（がっき）の□□（えんそう） 演奏樂器
□□□□（かんぜんぼうおん） 完全隔音	□（にわ）が□（つ）いている 附有庭院	ガーデニング 園藝
□□□（ろうじんむ）け 專為年長者設計	バリアフリー 無障礙	□□□□□□（じゅうたくけんじむしょ） 住宅兼辦公室
□□（しゅうよう）できる 可以容納	□□（きょうよう）コンサートホール 共用音樂廳	□□（きんじょ）の□（ひと）を□（まね）く 邀請鄰居

117 花火大会、浴衣、カップル

（はなびたいかい、ゆかた）

在日本，只要提到 ❶ 夏日的活動，最先 ❷ 浮現腦海的，就是 ❸ 煙火大會。每年的 7 月到 8 月之間，日本各地的海岸或 ❹ 河川旁的空地，都會 ❺ 舉辦煙火大會。從首都圈搭電車過去，大約一小時左右的範圍內，幾乎每週都有一場煙火大會。

在煙火的 ❻ 施放地點附近，可以看到許多 ❼ 穿浴衣的 ❽ 女孩子們，和她們的朋友，或者是 ❾ 男朋友一起前來。煙火施放地點附近，也會有許多

學習影音

【詞彙】

❶ 夏のイベント	❷ 頭に浮かぶ	❸ 花火大会
❹ 河川敷	❺ 行われる	❻ 打ち上げ場所
❼ 浴衣を着る	❽ 女の子達	❾ 彼氏
❿ 夜店	⓫ 特別な日	⓬ 誘う
⓭ デートをする	⓮ クラスの中	⓯ カップル

〔煙火大會・浴衣・情侶〕

MP3 117
❶～⓯

的 ❿ 夜市攤販。

這一天，對於日本的國中生或高中生來說，是個非常 ⓫ 特別的日子。男生會 ⓬ 邀請心儀的女孩子前往煙火大會，同時 ⓭ 進行約會。在這一天之後，⓮ 班上常常就多了好幾對 ⓯ 情侶。

【讀音・字義】

なつ □のイベント 夏日的活動	あたま　う □に□かぶ 浮現腦海	はなび たいかい □□□□ 煙火大會
か せんしき □□□ 河川旁的空地	おこな □われる 舉辦、進行、實施	う　あ　ばしょ □ち□げ□□ 施放地點
ゆかた　き □□を□る 穿浴衣	おんな　こたち □の□□ 女孩子們	かれし □□ 男朋友
よみせ □□ 夜市攤販	とくべつ　ひ □□な□ 特別的日子	さそ □う 邀請、促使、誘惑
デートをする 進行約會	なか クラスの□ 班上	カップル 情侶、一對

118 バレンタインデー（1）

❶ 每年一到 2 月 14 日 ❷ 情人節這一天，日本的男性就會開始 ❸ 異常的 ❹ 心情浮動，有些人甚至會對於 ❺ 工作或是 ❻ 念書，變得 ❼ 心不在焉、無法專心。

在 2 月 14 日這一天，日本的女性會在 ❽ 職場或是 ❾ 學校 ❿ 發送 ⓫ 巧克力。

學習影音

【詞彙】

❶ 毎年	❷ バレンタインデー	❸ 妙
❹ 気分が浮つく	❺ 仕事	❻ 勉強
❼ 手に付かない	❽ 職場	❾ 学校
❿ ばら撒く	⓫ チョコレート	⓬ 好かれる
⓭ キャラクター	⓮ 皆	⓯ 愛嬌を振り撒く

〔情人節〕(1)

MP3 118
❶ ~ ⓯

對於日本女性來說，為了讓自己成為⓬受他人喜愛的⓭角色，對⓮大家⓯親切以待，討眾人歡心也是一件必要的事。

【讀音・字義】

まいとし □□	每年
バレンタインデー	情人節
みょう □	異常的、奇妙的
きぶん うわ □□が□つく	心情浮動
しごと □□	工作
べんきょう □□	念書、學習
て つ □に□かない	心不在焉、無法專心
しょくば □□	職場
がっこう □□	學校
ま ばら□く	發送、散播
チョコレート	巧克力
す □かれる	受他人喜愛
キャラクター	角色、性格
みんな □	大家、全員、全部
あいきょう ふ ま □□を□り□く	親切以待，討眾人歡心

119 バレンタインデー（2）

日本女性在情人節發送的巧克力有兩種。一種叫做 ❶ 人情巧克力，通常是把買來的 ❷ 便宜貨巧克力自己 ❸ 重新包裝，再送給比較 ❹ 親近的人，表示向對方表達 ❺ 問候、致意。日本男性 ❻ 收到這樣的巧克力，通常不會非常高興。

另一種則是 ❼ 真命巧克力。日本女性會將 ❽ 高級巧克力，或是 ❾ 親手

學習影音

【詞彙】

❶ 義理チョコ	❷ 安物	❸ 包み直す
❹ 親しい	❺ 挨拶	❻ 貰う
❼ 本命チョコ	❽ 高級	❾ 手作り
❿ オリジナルの包装	⓫ 渡す	⓬ 本命の相手
⓭ 大喜びする	⓮ 嫌な相手	⓯ 喜べない

〔情人節〕(2)

MP3 119
❶～⓯

製作的巧克力，進行自己 ❿ 獨創的包裝，然後 ⓫ 交給 ⓬ 真命天子。如果收到真命巧克力，男性通常都會 ⓭ 非常高興。

不過，如果是 ⓮ 不喜歡的對象所送的真命巧克力，那就會 ⓯ 高興不起來了。

【讀音・字義】

ぎり □□チョコ 人情巧克力	やすもの □□ 便宜貨	つつ なお □み□す 重新包裝
した □しい 親近的、不覺生疏的	あいさつ □□ 問候、致意、寒暄	もら □う 收到、獲得
ほんめい □□チョコ 真命巧克力	こうきゅう □□ 高級的	て づく □□り 親手製作
ほうそう オリジナルの□□ 獨創的包裝	わた □す 交給、讓渡、運送過河	ほんめい あいて □□の□□ 真命天子、心中第一順位的對象
おおよろこ □□びする 非常高興	いや あいて □な□□ 不喜歡的對象	よろこ □べない 高興不起來

120 肝試し（1）

（きもだめ）

在日本，每到了夏天，❶被謠傳❷幽靈出沒的地方，❸夜裡就會有國、高中生，或是大學生❹偷偷潛入。這樣的遊戲，稱為「❺靈異場所探險」，或是「試膽大會」。

「試膽大會」的地點，通常是在❻荒廢的醫院、❼荒廢的老舊房屋、❽荒廢的學校、❾墓地等等，這些地方就是所謂的「靈異場所」。

學習影音

【詞彙】

❶ 噂される	❷ 幽霊が出る	❸ 夜
❹ 忍び込む	❺ 心霊スポット探検	❻ 廃病院
❼ 廃屋	❽ 廃校	❾ 墓場
❿ 写真を撮る	⓫ 心霊写真が撮れる	⓬ ルール
⓭ 持って来る	⓮ 奥まで	⓯ 証拠

〔試膽大會〕(1)

MP3 120
❶～⓯

據說，如果在靈異場所 ❿ 拍照，很有可能 ⓫ 可以拍到靈異照片。

有些「試膽大會」有這樣的 ⓬ 規則：參加者必須 ⓭ 帶回來一項物品，作為自己有探訪靈異場所 ⓮ 一直到最裡面再返回的 ⓯ 證據。

【讀音・字義】

うわさ □される 被謠傳	ゆうれい　で □□が□る 幽靈出沒	よる □ 夜裡
しの　こ □び□む 偷偷潛入	しんれい　たんけん □□スポット□□ 靈異場所探險	はいびょういん □□□ 荒廢的醫院
はいおく □□ 荒廢的老舊房屋	はいこう □□ 荒廢的學校	はかば □□ 墓地
しゃしん　と □□を□る 拍照	しんれいしゃしん　と □□□□が□れる 可以拍到靈異照片	ルール 規則
も　く □って□る 帶回來	おく □まで 一直到最裡面	しょうこ □□ 證據

121 肝試し（きもだめし）（2）

一旦幽靈出沒的地點，在❶電視節目中❷被加以介紹，那裡馬上就會成為❸試膽大會的聖地。年輕人們會❹抱持好玩的心態，前去❺探訪。台灣人似乎也會到靈異場所去探險，不過好像沒有日本的年輕人那麼熱衷。

另外，還有一種專為年紀更小的小朋友設計的遊戲，就是❻事先把❼人體模型或❽骷髏❾先放置妥當，並有❿扮鬼嚇人的角色⓫躲藏在一

學習影音

【詞彙】

❶ テレビの番組	❷ 紹介される	❸ 肝試しのメッカ
❹ 面白半分	❺ 訪れる	❻ 予め
❼ 人体模型	❽ 骸骨	❾ 置いておく
❿ 脅かす役	⓫ 隠れる	⓬ コース
⓭ 歩いて戻ってくる	⓮ 主催する	⓯ セット

〔試膽大會〕(2)

MP3 121
❶～⓯

旁，讓小朋友沿著⓬路線，⓭行走之後再折返，這種遊戲也稱為「試膽大會」。

除此之外，還有不同團體所⓮主辦的試膽大會；網路上也有販售試膽大會的⓯整套商品組合。

【讀音・字義】

ばんぐみ テレビの□□ 電視節目	しょうかい □□される 被加以介紹	きもだめ □□しのメッカ 試膽大會的聖地
おもしろはんぶん □□□□ 抱持好玩的心態	おとず □れる 探訪、來臨	あらかじ □め 事先
じんたいもけい □□□□ 人體模型	がいこつ □□ 骷髏	お □いておく 先放置妥當
おど　やく □かす□ 扮鬼嚇人的角色	かく □れる 躲藏、隱藏	コース 路線、課程、一道菜
ある　もど □いて□ってくる 行走之後再折返	しゅさい □□する 主辦	セット 整套商品組合、一局、布景

122 日本人(にほんじん)と魚介類(ぎょかいるい)（1）

在台灣的 ❶ 超市裡，通常是 ❷ 雞・牛・豬等 ❸ 肉類的 ❹ 價格比較 ❺ 便宜，❻ 海鮮類比較 ❼ 昂貴。

不過，在日本的超市，相較之下則是肉類昂貴，海鮮類 ❽ 種類 ❾ 豐富，而且價格相對便宜。

通常，日本的超市一到了 ❿ 傍晚，就會 ⓫ 開始 ⓬ 降價。等到 ⓭ 晚上

學習影音

【詞彙】

❶ スーパー	❷ 鶏・牛・豚	❸ 肉類
❹ 値段	❺ 安い	❻ 魚介類
❼ 高い	❽ 種類	❾ 豊富
❿ 夕方	⓫ 始まる	⓬ 値引き
⓭ 夜の遅い時間	⓮ 原価	⓯ 変わらない

〔日本人與海鮮〕(1)

MP3 122
❶～⓯

更晚一點的時間，⓮ 原價 300 日圓的海鮮類，可能降價到 50 日圓；但肉類的價格卻 ⓯ 不會改變。

【讀音・字義】

スーパー 超市	とり うし ぶた □・□・□ 雞・牛・豬	にくるい □□ 肉類
ね だん □□ 價格	やす □い 便宜的、沒價值的	ぎょかいるい □□□ 海鮮類
たか □い 昂貴的、高的	しゅるい □□ 種類	ほう ふ □□ 豐富的
ゆうがた □□ 傍晚	はじ □まる 開始	ね び □□き 降價
よる おそ じ かん □の□い□□ 晚上更晚一點的時間	げん か □□ 原價	か □わらない 不會改變

123 日本人と魚介類（2）

（にほんじん　ぎょかいるい）

即使是在台灣價格不算便宜的生魚片，日本的超市在快要❶打烊之前，也會進行大減價。例如❷大塊的❸鮪魚生魚片，可能只要 70 日圓。❹經常聽聞這樣的❺傳言：在日本，一些❻經濟不算寬裕的人，會趁著超市打烊之前，❼購入❽降價的海鮮，每天只吃這樣的食物❾維生。

在日本，生魚片並不算特別昂貴，通常❿一般的家庭也⓫經常吃生魚

學習影音

【詞彙】

❶ 閉店前	❷ 大きな	❸ 鮪の刺身
❹ 良く聞く	❺ 話	❻ お金が無い
❼ 買う	❽ 安くなる	❾ 生活する
❿ 一般的な家庭	⓫ 良く食べる	⓬ 標準的
⓭ 朝御飯	⓮ おかず	⓯ 焼き魚

〔日本人與海鮮〕(2)

MP3 123
❶～⓯

片。另外，若要說到日本人 ⓬ 標準的 ⓭ 早餐 ⓮ 配菜，那就是 ⓯ 烤魚。日本的家庭，是經常吃魚的。

【讀音・字義】

へいてんまえ □□□ 打烊之前	おお □きな 大塊、大的	まぐろ　さしみ □の□□ 鮪魚生魚片
よ　き □く□く 經常聽聞	はなし □ 傳言、談話、話題、事理	かね　な お□が□い 經濟不算寬裕、沒有錢
か □う 購入、招致	やす □くなる 降價、變便宜	せいかつ □□する 維生、生活
いっぱんてき　かてい □□□な□□ 一般的家庭	よ　た □く□べる 經常吃	ひょうじゅんてき □□□ 標準的
あさごはん □□□ 早餐	おかず 配菜	や　ざかな □き□ 烤魚

124 日本(にほん)の食(た)べ物(もの)は本当(ほんとう)に健康的(けんこうてき)か（1）

相較於某些國家的❶食物因為❷油膩，而給人❸不健康的印象；許多人想到日本的食物，似乎都會覺得很❹健康。可是事實❺真的如此嗎？

如果同樣是❻與家人同住的情況，❼比較日本人和台灣人的❽飲食生活，的確日本人的飲食生活比較健康。

因為日本家庭的飲食通常較少吃肉，❾以魚為主，而且攝取大量的❿

學習影音

【詞彙】

❶ 食べ物	❷ 脂っこい	❸ 不健康
❹ 健康的	❺ 本当	❻ 家族と暮らす
❼ 比べる	❽ 食生活	❾ 魚中心
❿ 野菜	⓫ 納豆	⓬ 味噌汁
⓭ プラスになる	⓮ 血管の詰まりを防ぐ	⓯ 癌を防ぐ

〔日本的食物真的健康嗎？〕(1)

MP3 124
❶～⓯

蔬菜。此外，也常食用⓫納豆或⓬味噌湯等⓭有益健康的食物。

根據研究，納豆可以⓮預防血管堵塞，而味噌湯可以⓯預防癌症。

【讀音・字義】

た　もの □べ□ 食物	あぶら □っこい 油膩的	ふ けん こう □□□ 不健康的
けん こう てき □□□ 健康的	ほん とう □□ 真的、本來	か ぞく　く □□と□らす 與家人同住
くら □べる 比較、較量	しょく せい かつ □□□ 飲食生活	さかな ちゅう しん □□□ 以魚為主
や さい □□ 蔬菜	なっ とう □□ 納豆	み そ しる □□□ 味噌湯
プラスになる 有益	けっかん　つ　ふせ □□の□まりを□ぐ 預防血管堵塞	がん　ふせ □を□ぐ 預防癌症

125 日本(にほん)の食(た)べ物(もの)は本当(ほんとう)に健康的(けんこうてき)か（2）

然而，如果比較❶獨居的日本人和台灣人，或許台灣人的飲食反而比較健康。舉例而言，如果是在東京都內上班的上班族，公司❷附近可能有❸牛丼店、❹咖哩店、❺烏龍麵店、❻火鍋店、❼炸豬排店、❽壽司店等等，可以作為❾午餐的選擇。其中，壽司店的價格昂貴，午餐時間不太可能自己一個人前往。

如果不想吃肉類的話，除了咖哩店有❿沒有加肉的咖哩，烏龍麵店有

學習影音

【詞彙】

❶ 一人暮らし	❷ 近く	❸ 牛丼屋
❹ カレー屋	❺ うどん屋	❻ 鍋物屋
❼ 豚カツ屋	❽ 寿司屋	❾ 昼御飯
❿ 肉が入っていない	⓫ 素うどん	⓬ お店
⓭ 耐えられない	⓮ 自分で作る	⓯ お弁当

〔日本的食物真的健康嗎？〕(2)

MP3 125
❶～⓯

⓫ 沒有配料的清湯烏龍麵，除此之外，其他的 ⓬ 店家幾乎都沒有無肉的料理。

因此，如果不想天天吃肉，又 ⓭ 無法忍受每天吃咖哩或烏龍麵，就只好 ⓮ 自己做有大量魚肉和蔬菜的 ⓯ 便當了。

【讀音・字義】

ひとり ぐ □□□らし 獨居	ちか □く 附近	ぎゅうどん や □□□ 牛丼店
や カレー□ 咖哩店	や うどん□ 烏龍麵店	なべもの や □□□ 火鍋店
とん や □カツ□ 炸豬排店	す し や □□□ 壽司店	ひる ご はん □□□ 午餐
にく はい □が□っていない 沒有加肉	す □うどん 沒有配料的清湯烏龍麵	みせ お□ 店家
た □えられない 無法忍受	じ ぶん つく □□で□る 自己做	べんとう お□□ 便當

126 日本(にほん)の食(た)べ物(もの)は本当(ほんとう)に健康的(けんこうてき)か（3）

在台灣，許多地方都有所謂的「自助餐店」，店裡既有魚肉也有蔬菜，❶可以吃到自己❷喜歡的食物。

不過，日本卻沒有這樣的店，顧客只能從❸店家提供的菜色當中❹選擇。而❺大多數的情況，店家的菜單上，幾乎不太會有魚肉。

此外，台灣還有「素食」這樣的飲食❻型態，因此，❼考量素食者需求的食物也很多。但在日本，既沒有類似台灣的「素食」的飲食型態，連

學習影音

【詞彙】

❶ 食べられる	❷ 好き	❸ お店が作るメニュー
❹ 選ぶ	❺ 殆どの場合	❻ スタイル
❼ 考慮する	❽ 西洋式のベジタリアン	❾ 肉を食べない
❿ 殆ど無い	⓫ 外食	⓬ 対する
⓭ 家庭	⓮ 健康志向	⓯ これっぽっち

〔日本的食物真的健康嗎？〕(3)

MP3 126
❶ ~ ⓯

❽ 西式的素食主義者也極為少見。因此，考量 ❾ 不吃肉的人的需求的食物，可以說 ❿ 幾乎沒有。而且，日本的 ⓫ 外食的食物，幾乎都沒有放蔬菜。

所以，如果 ⓬ 相對於日本 ⓭ 家庭的飲食生活非常 ⓮ 注重健康，日本的外食，則似乎 ⓯ 一點都沒有考量到健康問題。

【讀音・字義】

た □べられる 可以吃到、能吃	す □き 喜歡	みせ　つく お□が□るメニュー 店家提供的菜色
えら □ぶ 選擇	ほとん　ばあい □どの□□ 大多數的情況	スタイル 型態、外型、風格、樣式
こうりょ □□する 考量、考慮	せいようしき □□□のベジタリアン 西式的素食主義者	にく　た □を□べない 不吃肉
ほとん　な □ど□い 幾乎沒有	がいしょく □□ 外食	たい □する 相對於、面對、對於、對待
かてい □□ 家庭	けんこうしこう □□□□ 注重健康	これっぽっち 一點

127 日本(にほん)の食卓(しょくたく)を支(ささ)える外国産食品(がいこくさんしょくひん)（1）

日本的 ❷ 糧食自給率，在全世界的 ❸ 主要先進國家當中， ❹ 明顯偏低。在 1965 年，日本的糧食自給率大約還有 75%，然而到了 2005 年，卻 ❺ 下降到 40%。

❻ 如今， ❼ 陳列在日本人 ❽ 餐桌上的 ❾ 食物，幾乎都是 ❿ 外國生產的。舉例來說， ⓫ 牛肉可能是澳洲或者美國所產； ⓬ 鰻魚、 ⓭ 鮪魚則可能

學習影音

【詞彙】

❶ 支える	❷ 食料自給率	❸ 主要先進国
❹ 目立って低い	❺ 下がる	❻ 今
❼ 並ぶ	❽ 食卓	❾ 食物
❿ 外国産	⓫ 牛肉	⓬ 鰻
⓭ 鮪	⓮ 輸入	⓯ 一般的

〔❶支撐日本餐桌的外國食品〕(1)

MP3 127
❶～⓯

是從台灣或韓國⓮進口。這樣的狀況，在日本是相當⓯普遍的。

【讀音・字義】

ささ □える 支撐、支持、支援、阻止	しょくりょう じ きゅうりつ □□□□□ 糧食自給率	しゅ よう せん しん こく □□□□□ 主要先進國家
め だ ひく □□って□い 明顯偏低	さ □がる 下降、衰退、垂掛	いま □ 如今、現在、剛才、馬上
なら □ぶ 陳列、排隊、匹敵	しょくたく □□ 餐桌	しょくもつ □□ 食物
がい こく さん □□□ 外國生產	ぎゅうにく □□ 牛肉	うなぎ □ 鰻魚
まぐろ □ 鮪魚	ゆ にゅう □□ 進口	いっ ぱん てき □□□ 普遍、一般的

128 日本の食卓を支える外国産食品（2）

（にほん　しょくたく　ささ　がいこくさんしょくひん）

不過，有唯一的一項❶食品，在日本的自給率接近 100%，那就是❷米。由於日本人對米非常❸挑剔，外國生產的米，日本人吃起來，往往❹不合胃口。

自給率❺次高的，則是蔬菜。但是近年來，其他國家生產的蔬菜，也逐漸在日本販售。另一方面，自給率❻極低的，就屬❼小麥、❽玉米和

學習影音

【詞彙】

❶ 食品	❷ 米	❸ 煩い
❹ 好みに合わない	❺ その次に高い	❻ 極端に低い
❼ 小麦	❽ 玉蜀黍	❾ 大豆
❿ 消費	⓫ ほぼ全量	⓬ 頼る
⓭ 世論調査	⓮ 七割の国民	⓯ 低過ぎる

〔支撐日本餐桌的外國食品〕(2)

MP3 128
❶～⓯

❾ 大豆；日本國內的 ❿ 消費， ⓫ 幾乎全數 ⓬ 仰賴進口。

日本的糧食自給率偏低，也讓許多日本人感到擔憂。曾有一項 ⓭ 民意調查顯示，大約有 ⓮ 七成的國民，認為日本的糧食自給率實在 ⓯ 過低。

【讀音・字義】

しょくひん □□ 食品	こめ □ 米	うるさ □い 挑剔的、在乎細節的、嘈雜的
この　あ □みに□わない 不合胃口	つぎ　たか その□に□い 次高的	きょくたん　ひく □□に□い 極低的
こ　むぎ □□ 小麥	とう もろ こし □□□ 玉米	だい　ず □□ 大豆
しょう　ひ □□ 消費	ぜんりょう ほぼ□□ 幾乎全數	たよ □る 仰賴、依靠
よ　ろんちょう　さ □□□□ 民意調查	なな わり　こく みん □□の□□ 七成的國民	ひく　す □□ぎる 過低

129 混ぜる文化、混ぜない文化（1）

在飲食方式上，日本可說是屬於「❶不攪拌的❷文化」；相對而言，其他某些國家則屬於「❸攪拌的文化」。

舉例來說，如果日本人和韓國人一起去吃❹台灣式的刨冰，韓國人可能會用❺湯匙充分攪拌之後，再❻開始吃；而日本人則可能用湯匙同時❼舀起冰和❽配料，然後開始吃。

這對韓國人來說，或許會感到❾不可思議，可能會問日本人：「為什

學習影音

【詞彙】

❶ 混ぜない	❷ 文化	❸ 混ぜる
❹ 台湾式のかき氷	❺ スプーン	❻ 食べ始める
❼ 掬う	❽ 具	❾ 不思議
❿ 口の中	⓫ 徐々に	⓬ 混ざる
⓭ 混ぜて食べる	⓮ 傾向	⓯ 美味しい

〔攪拌的文化・不攪拌的文化〕(1)

MP3 129
❶～⑮

麼不攪拌再吃呢？」日本人可能會回答：「我喜歡讓冰和配料在 ❿ 口中 ⓫ 緩緩 ⓬ 融合」。

在韓國，有許多料理都需要事先攪拌，而韓國人吃東西時，通常也有 ⓭ 攪拌後再吃的 ⓮ 傾向。對韓國人而言，這樣子才是 ⑮ 美味。

【讀音・字義】

まぜない（□ぜない） 不攪拌	ぶんか（□□） 文化	まぜる（□ぜる） 攪拌
たいわんしき□□□のかきごおり□ 台灣式的刨冰	スプーン 湯匙	たべはじめる（□べ□める） 開始吃
すくう（□う） 舀起、撈起	ぐ（□） 配料、工具	ふしぎ（□□□） 不可思議的、奇怪的
くちのなか（□の□） 口中	じょじょに（□□に） 緩緩地	まざる（□ざる） 融合、攪混
まぜてたべる（□ぜて□べる） 攪拌後再吃	けいこう（□□） 傾向	おいしい（□□しい） 美味的

130 混(ま)ぜる文化(ぶんか)、混(ま)ぜない文化(ぶんか)（2）

日本人吃咖哩飯的時候，通常不會攪拌，而是一邊吃的同時，一邊享受 ❶ 沒有味道的米飯和 ❷ 咖哩醬在口中 ❸ 交融的樂趣。

因為沒有事先攪拌，所以 ❹ 吃完咖哩飯之後，只有 ❺ 盤子的 ❻ 某一側會有咖哩醬 ❼ 殘留痕跡，另一側則沒有。

至於吃 ❽ 義大利麵的時候，如果不攪拌，❾ 同時取用 ❿ 麵條和 ⓫ 佐醬

學習影音

【詞彙】

❶ 味の無い御飯	❷ カレールー	❸ 混じり合う
❹ 食べ終わった	❺ 皿	❻ 片側
❼ 痕が残る	❽ スパゲティ	❾ 一緒に取る
❿ 麺	⓫ ソース	⓬ 難しい
⓭ 一口分	⓮ 必要な分量	⓯ 乗せる

〔攪拌的文化・不攪拌的文化〕(2)

MP3 130
❶～⓯

會有⓬困難。因此，日本人會先取⓭一口份量的麵條，然後把⓮所需份量的佐醬⓯放在上面，再一起吃。

【讀音・字義】

あじ な ごはん □の□い□□ 沒有味道的米飯	カレールー 咖哩醬	ま あ □じり□う 交融、混合
た お □べ□わった 吃完	さら □ 盤子	かたがわ □□ 某一側、單側
あと のこ □が□る 殘留痕跡	スパゲティ 義大利麵	いっしょ と □□に□る 同時取用
めん □ 麵條	ソース 佐醬、醬汁	むずか □しい 困難的、費解的、棘手的
ひと くち ぶん □□□ 一口份量	ひつよう ぶんりょう □□な□□ 所需份量	の □せる 放在上面、載運

131 混ぜる文化、混ぜない文化（3）

曾聽一位日本人提起在台灣吃炸醬麵和麻醬麵時「不攪拌」的經驗。

吃的時候，他不攪拌，而是用❶筷子同時❷夾起❸有沾到調味醬的麵條，以及沒有沾到調味醬的麵條，然後一起❹放入口中。當兩者在口中❺化開的時候，他❻感受到❼至高無上的❽美味。

每次當他這樣吃的時候，經常會有老闆❾告訴他：「要拌一拌啊！」

學習影音

【詞彙】

❶ 箸	❷ 掴む	❸ 味が付いている
❹ 口に入れる	❺ 蕩ける	❻ 感じる
❼ この上無い	❽ 美味しさ	❾ 言ってくる
❿ 見られない	⓫ 隅	⓬ こっそり
⓭ 楽しむ	⓮ 自分	⓯ 食べ方

〔攪拌的文化・不攪拌的文化〕(3)

MP3 131
❶～⓯

因此，為了⑩不被發現，他都會選擇靠近⑪角落的座位，⑫默默地⑬享受⑭自己的⑮吃法。

整體看起來，雖然程度可能比不上韓國，不過相較於日本，台灣應該也可以算是「攪拌的文化」。

【讀音・字義】

はし □ 筷子	つか □む 夾起、抓住	あじ □が つ □いている 有沾到調味醬、有調味、入味
くち □に い □れる 放入口中	とろ □ける 化開、陶醉	かん □じる 感受
この うえ □ な □い 至高無上的	お □ い □しさ 美味、好吃的程度	い □ってくる 告訴
み □られない 不被發現、不被看見、看不見	すみ □ 角落	こっそり 默默地、悄悄地
たの □しむ 享受、期待	じ □ ぶん □ 自己	た □べ かた □ 吃法

132 無糖(むとう)のブラックコーヒーと甘(あま)いお菓子(かし)（1）

在日本，不論是 ❷ 紅茶或者 ❸ 咖啡，許多人都是 ❹ 喝「 ❺ 無糖」的。而且一直以來，日本的 ❻ 便利商店所販售的咖啡，或者其他種類的 ❼ 飲品，也多半都是「無糖」或「 ❽ 微糖」。

有些日本人甚至認為：「咖啡的話， ❾ 一定要喝無糖的；咖啡和 ❿ 茶一樣，一旦 ⓫ 加入砂糖，就會 ⓬ 變得分不清楚 ⓭ 原來的味道」。

學習影音

【詞彙】

❶ ブラックコーヒー	❷ 紅茶	❸ コーヒー
❹ 飲む	❺ 無糖	❻ コンビニ
❼ 飲み物	❽ 微糖	❾ 限る
❿ お茶	⓫ 砂糖を入れる	⓬ 分からなくなる
⓭ 本来の味	⓮ 甘くない	⓯ 人気

【無糖的❶黑咖啡和甜甜的糕點糖果】(1)

MP3 132
❶～⑮

在日本，從以前到現在，⑭不甜的飲料始終很⑮受歡迎。

【讀音・字義】

ブラックコーヒー	こうちゃ □□	コーヒー
黑咖啡	紅茶	咖啡
の □む	むとう □□	コンビニ
喝、吞、吸、壓倒、接受、忍住	無糖	便利商店
の　もの □み□	びとう □□	かぎ □る
飲品	微糖	一定、僅限、限定、限制
ちゃ お□	さとう　い □□を□れる	わ □からなくなる
茶	加入砂糖	變得分不清楚、變得不了解
ほんらい　あじ □□の□	あま □くない	にんき □□
原來的味道	不甜的	受歡迎

133 無糖(むとう)のブラックコーヒーと甘(あま)いお菓子(かし)(2)

在日本，喝❷烏龍茶或❸綠茶的時候，❹絕對不會加糖。

所以當日本人❺第一次來到台灣時，如果在便利商店買茶喝，可能會對雙方的❻文化差異感到❼吃驚。或許會❽認為：「台灣人真是❾愛吃甜食的人啊！」。

不過，在台灣似乎也有❿不喜歡甜食的人，只是過去不愛甜食者的⓫

學習影音

【詞彙】

❶ お菓子	❷ 烏竜茶	❸ 緑茶
❹ 絶対	❺ 初めて来た	❻ 文化の違い
❼ 驚く	❽ 思う	❾ 甘党
❿ 好きではない	⓫ ニーズ	⓬ 無視される
⓭ 受ける	⓮ 影響	⓯ 増える

〔無糖的黑咖啡和甜甜的❶糕點糖果〕(2)

MP3 133
❶～⑮

需求，似乎一直都⑫被忽視。近幾年不知道是否⑬受到日本的⑭影響，台灣的無糖和微糖飲品，也逐漸⑮增加了。

【讀音・字義】

かし お□□ 糕點糖果、點心	うーろんちゃ □□□ 烏龍茶	りょくちゃ □□ 綠茶
ぜったい □□ 絕對	はじ　き □めて□た 第一次來到	ぶんか　ちが □□の□い 文化差異
おどろ □く 吃驚、驚嚇	おも □う 認為、想	あまとう □□ 愛吃甜食的人
す □きではない 不喜歡	ニーズ 需求	むし □□される 被忽視
う □ける 受到、承接、接受、受歡迎	えいきょう □□ 影響	ふ □える 增加

134 無糖（むとう）のブラックコーヒーと甘（あま）いお菓子（かし）(3)

日本人習慣喝無糖的飲料，但是日本的 ❶ 和菓子卻 ❷ 極為甜膩，這又是為什麼呢？其實，如果 ❸ 食用方法 ❹ 不正確，就會覺得「和菓子」非常甜；如果食用方法正確，就不會有這樣的感覺。

例如，吃 ❺ 羊羹之類的時候，要先 ❻ 切成小巧薄片，然後 ❼ 一小塊一小塊地， ❽ 慢慢在口中一邊被 ❾ 苦澀的日本茶 ❿ 融化，一邊品嘗，這樣就是 ⓫ 恰到好處的滋味。

學習影音

【詞彙】

❶ 和菓子	❷ とても甘い	❸ 食べ方
❹ 正しくない	❺ 羊羹	❻ 薄く小さく切る
❼ 一切れずつ	❽ ゆっくり	❾ 苦い日本茶
❿ 溶かす	⓫ 丁度良い味	⓬ 一口で食べてしまう
⓭ 少しずつ	⓮ 時間を掛ける	⓯ 最高

〔無糖的黑咖啡和甜甜的糕點糖果〕(3)

MP3 134
❶～⓯

「和菓子」並非⓬一口吞下的東西，必須一邊喝茶，一邊⓭一點一點地⓮花時間品嘗。

有些日本人認為，甜食一定要配上無糖飲料；當甜食與無糖飲料在口中融合時，那樣的美味，是⓯最頂級的。

【讀音・字義】

わがし □□□ 和菓子	あま とても□い 極為甜膩的	た かた □べ□ 食用方法
ただ □しくない 不正確的	ようかん □□ 羊羹	うす ちい き □く□さく□る 切成小巧薄片
ひと き □□れずつ 一小塊一小塊地	ゆっくり 慢慢地、充裕地	にが にほんちゃ □い□□□ 苦澀的日本茶
と □かす 融化	ちょうど よ あじ □□□い□ 恰到好處的滋味	ひとくち た □□で□べてしまう 一口吞下
すこ □しずつ 一點一點地	じかん か □□を□ける 花時間	さいこう □□ 最頂級的、最高的、最棒的

135 銭湯（風呂屋）（1）

せんとう ふろや

在日本，有稱為「❶銭湯（せんとう）」或者「❷風呂屋（ふろや）」的❸公共澡堂。到「錢湯」時，大家都會在❹脫衣處❺脫衣服。脫衣處通常沒有❻個別隔間，所以❼彼此的❽裸體會❾完全看光光。

在日本的「錢湯」，常常會有❿歐巴桑為了⓫打掃之類的事情，⓬進入⓭男士的脫衣處。雖然稱她們為「歐巴桑」，但她們和台灣一般所稱的

學習影音

【詞彙】

❶ 銭湯	❷ 風呂屋	❸ 公衆浴場
❹ 脱衣場	❺ 服を脱ぐ	❻ 個室
❼ お互い	❽ 裸	❾ 丸見え
❿ 小母さん	⓫ 掃除	⓬ 入ってくる
⓭ 男子	⓮ 四十代	⓯ 若い

〔公共澡堂〕(1)

MP3 135
❶～⓯

「歐巴桑」不太一樣；其中有些人，還是⓮四十多歲的⓯年輕歐巴桑。

【讀音・字義】

せんとう □□ （日本的）公共澡堂	ふろや □□□ （日本的）公共澡堂	こうしゅうよくじょう □□□□ 公共澡堂
だついじょう □□□ 脫衣處	ふく ぬ □を□ぐ 脫衣服	こしつ □□ 個別隔間
たが お□い 彼此、互相	はだか □ 裸體、裸露、坦誠、一無所有	まるみ □□え 完全看光光、看得一清二楚
おば □□さん 歐巴桑、阿姨或伯母（對陌生人的稱呼）	そうじ □□ 打掃	はい □ってくる 進入（之後又離開）
だんし □□ 男士	よんじゅうだい □□□ 四十多歲	わか □い 年輕的

136 銭湯（風呂屋）(2)

（せんとう　ふろや）

有位日本男性 ❶ 第一次去公共澡堂時，看見進入男性脫衣處的歐巴桑不禁 ❷ 大吃一驚。他覺得很 ❸ 害羞，還用 ❹ 毛巾 ❺ 遮住身體；但是他發現 ❻ 年輕人也好，❼ 歐吉桑也罷，所有人都 ❽ 不遮住身體。雖然他身為日本人，但對於為什麼歐巴桑可以進入這樣的地方，也 ❾ 完全無法理解。

有些日本的 ❿ 游泳池也和公共澡堂一樣，會有歐巴桑為了打掃而進入男士的 ⓫ 更衣室。

學習影音

【詞彙】

❶ 初めて	❷ びっくりする	❸ 恥ずかしい
❹ タオル	❺ 体を隠す	❻ 若い人
❼ 小父さん	❽ 体を隠さない	❾ 全く理解できない
❿ プール	⓫ 更衣室	⓬ 誰も居ない
⓭ こっそり	⓮ 頻度	⓯ 堂々

〔公共澡堂〕(2)

MP3 136
❶～⓯

在台灣，⓬ 四下無人時，有時候也會有打掃的歐巴桑 ⓭ 偷偷地進入游泳池的男士更衣室。然而在日本，歐巴桑卻是以大約半小時一次的 ⓮ 頻率，只說了一句「失礼(しつれい)しま～す」（打擾啦～）就 ⓯ 光明正大地走進去。

日本游泳池的更衣室也沒有個別隔間，因此裸體一樣完全看光光。不過即使看到歐巴桑進來，也沒有人會用毛巾遮掩身體。

【讀音・字義】

はじ □めて 第一次、～之後才	びっくりする 大吃一驚	は □ずかしい 害羞的、丟臉的
タオル 毛巾	からだ　かく □を□す 遮住身體	わか　ひと □い□ 年輕人
お　じ □□さん 歐吉桑、叔叔或伯伯（對陌生人的稱呼）	からだ　かく □を□さない 不遮住身體	まった　り かい □く□□できない 完全無法理解
プール 游泳池	こう　い　しつ □□□ 更衣室	だれ　い □も□ない 四下無人
こっそり 偷偷地	ひん　ど □□ 頻率	どう どう □□ 光明正大地、莊嚴地

137 カプセルホテル（1）

日本有所謂的「❶膠囊旅館」。

雖然稱為「膠囊旅館」，但❷實際上，並沒有「像❸棺材那樣的膠囊」，而是一個個「彷彿❹洞穴的❺房間」，❻住宿的客人可以在裡面❼躺下❽睡覺。

學習影音

【詞彙】

❶ カプセルホテル	❷ 実際	❸ 棺桶
❹ 洞穴	❺ 部屋	❻ 宿泊客
❼ 横になる	❽ 寝る	❾ 狭い
❿ 立ち上がる	⓫ 穴の中	⓬ テレビ
⓭ ラジオ	⓮ 見られる	⓯ ビデオ

〔膠囊旅館〕(1)

MP3 137
❶ ~ ⓯

因為洞穴十分 ❾ 狹窄，所以在裡面沒辦法 ❿ 站起身來。 ⓫ 洞穴中通常附有 ⓬ 電視或 ⓭ 收音機，有些「膠囊旅館」還 ⓮ 可以觀賞 ⓯ 影片。

【讀音・字義】

カプセルホテル 膠囊旅館	じっ さい □□ 實際上、確實	かん おけ □□ 棺材
ほら あな □□ 洞穴	へ や □□ 房間	しゅくはくきゃく □□□ 住宿的客人
よこ □になる 躺下	ね □る 睡覺	せま □い 狹窄的、狹隘的
た あ □ち□がる 站起身來	あな なか □の□ 洞穴中	テレビ 電視
ラジオ 收音機、廣播	み □られる 可以觀賞、可以看見、被看到	ビデオ 影片

138 カプセルホテル（2）

對於「膠囊旅館」，許多人或許抱持著「絕對 ❶ 不想入住」的想法。

不過事實上，日本多數的「膠囊旅館」所提供的 ❷ 空調設備都堪稱 ❸ 機能完善，❹ 晚上也非常 ❺ 安靜，還 ❻ 可以使用 ❼ 三溫暖或是 ❽ 暖烘烘的 ❾ 浴室；有可以使用 ❿ 網路的房間，有可以看電視的房間，幾乎可以說是 ⓫ 無微不至。

學習影音

【詞彙】

❶ 泊まりたくない	❷ 空調	❸ 効く
❹ 夜	❺ 静か	❻ 利用できる
❼ サウナ	❽ 暖かい	❾ お風呂
❿ インターネット	⓫ 至れり尽くせり	⓬ 普通のホテル
⓭ 同じ	⓮ それ以上	⓯ 居心地良い

〔膠囊旅館〕(2)

MP3 138
❶～⓯

也有日本人認為，日本的「膠囊旅館」可以說跟 ⓬ 一般的旅館幾乎 ⓭ 沒有差別，甚至可能比一般的旅館 ⓮ 更加 ⓯ 舒適。

【讀音・字義】

と □まりたくない 不想入住	くうちょう □□ 空調設備	き □く 機能完善、有效、起作用
よる □ 晚上	しず □か 安靜的、平靜的、文靜的	り よう □□できる 可以使用
サウナ 三溫暖	あたた □かい 暖烘烘的	ふ ろ お□□ 浴室、泡澡
インターネット 網路	いた つ □れり□くせり 無微不至	ふ つう □□のホテル 一般的旅館
おな □じ 沒有差別的	い じょう それ□□ 更加	い ごこ ち よ □□□□い 舒適的

139 問屋（とんや）

在台灣，任何人都可以前往 ❶ 批發商 ❷ 購買商品。但是在日本，原本幾乎所有的批發商，都 ❸ 禁止 ❹ 一般的客人 ❺ 出入。

在日本，想要在批發商購物，多半必須先 ❻ 成為會員；要成為會員，多半必須繳交 ❼ 年費。批發商 ❽ 拒絕一般的客人出入，以 ❾ 保護其他 ❿ 零售商店的 ⓫ 利益。

學習影音

【詞彙】

❶ 問屋	❷ 商品を買う	❸ 禁じる
❹ 一般客	❺ 出入り	❻ 会員になる
❼ 年会費	❽ 拒否する	❾ 守る
❿ 小売店	⓫ 利益	⓬ 売ってくれる
⓭ 足を運ぶ	⓮ 衣服で有名	⓯ 問屋街

〔批發商〕

MP3 139
❶～⓯

不過近年來，⓬願意販賣商品給一般客人的批發商，也逐漸增加了。如果有機會到日本旅遊，不妨⓭走一趟「馬喰町（ばくろちょう）」或「横山町（よこやまちょう）」這兩個⓮以衣服聞名的⓯批發街。

【讀音・字義】

とん や □□ 批發商	しょうひん か □□を□う 購買商品	きん □じる 禁止
いっぱんきゃく □□□ 一般的客人	で い □□り 出入、收支、經常進出	かいいん □□になる 成為會員
ねんかい ひ □□□ 年費	きょ ひ □□する 拒絕	まも □る 保護、遵守、防守
こ うり てん □□□ 零售商店	り えき □□ 利益	う □ってくれる 願意販賣
あし はこ □を□ぶ 走一趟	い ふく ゆう めい □□で□□ 以衣服聞名	とん や がい □□□ 批發街

140 ゴルフの打(う)ち っ放(ぱな)しとバッティングセンター

在日本，到處都有「❶高爾夫揮桿練習場」。許多❷從公司下班要回家的❸上班族，都會前往❹練習；費用通常是 100 球 1000 日圓左右。

日本的上班族之中，很多人喜歡打高爾夫球。在❺休假日和❻客戶一起去打高爾夫，稱為「接待(せったい)ゴルフ」（❼應酬高爾夫）。在日本，也有很多人是因為❽社交的緣故，而打高爾夫球。

另外，日本還有所謂的「❾打擊練習場」，這可以說是「❿棒球版」

學習影音

【詞彙】

❶ ゴルフの打ちっ放し	❷ 会社帰り	❸ サラリーマン
❹ 練習	❺ 休みの日	❻ お客さん
❼ 接待ゴルフ	❽ 社交	❾ バッティングセンター
❿ 野球版	⓫ どんどん飛んでくる	⓬ 球
⓭ バット	⓮ 打ち返す	⓯ 学生

〔高爾夫揮桿練習場與打擊練習場〕

MP3 140
❶～⓯

的「高爾夫揮桿練習場」。要將 ⓫ 不斷飛來的 ⓬ 球，用 ⓭ 球棒 ⓮ 打回去。費用大約是 20 球 200 日圓。

上班族喜歡高爾夫，而「棒球打擊練習場」則很受 ⓯ 學生歡迎。

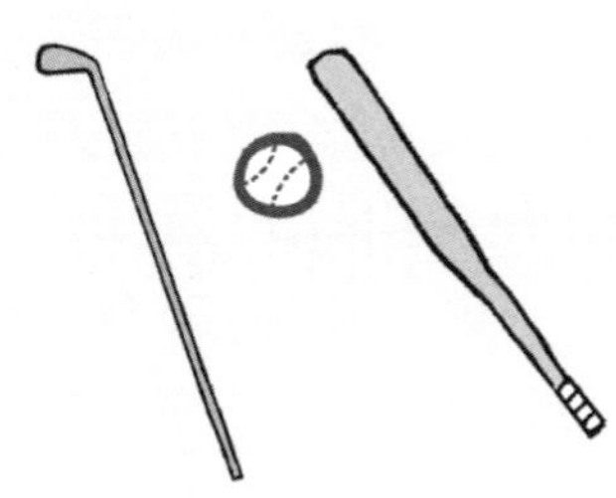

【讀音・字義】

う　ぱな ゴルフの□ちっ□し 高爾夫揮桿練習場	かいしゃがえ □□□り 從公司下班要回家	サラリーマン 上班族
れんしゅう □□ 練習	やす　ひ □みの□ 休假日	きゃく お□さん 客戶、客人
せったい □□ゴルフ 應酬高爾夫	しゃこう □□ 社交	バッティングセンター 打擊練習場
や　きゅうばん □□□ 棒球版	と どんどん□んでくる 不斷飛來	たま □ 球
バット 球棒	う　かえ □ち□す 打回去	がくせい □□ 學生

141 スポーツクラブ（1）

日本的❶健身俱樂部，❷大部分都有❸游泳池、❹健身房以及❺舞蹈教室。舞蹈教室會❻開設❼有氧舞蹈課程之類的活動。如果是比較大型的健身俱樂部，還可能有❽網球場。

健身俱樂部的❾費用，會因為使用方式而有差異。例如，有的健身俱樂部，如果是「⑩全部⑪時段，⑫能夠使用全部⑬設施」的⑭會員，⑮

學習影音

【詞彙】

❶ スポーツクラブ	❷ 殆ど	❸ プール
❹ ジム	❺ スタジオ	❻ 開く
❼ エアロビクス教室	❽ テニスコート	❾ 料金
⑩ 全て	⑪ 時間帯	⑫ 使える
⑬ 施設	⑭ 会員	⑮ 一箇月

〔健身俱樂部〕(1)

MP3 141
❶～⓯

一個月的費用大約是一萬日圓到一萬兩千日圓；如果是「全部時段，僅能使用游泳池」的會員，一個月的收費大約是七千日圓到九千日圓。

【讀音・字義】

スポーツクラブ 健身俱樂部	ほとん □ど 大部分、幾乎	プール 游泳池
ジム 健身房	スタジオ 舞蹈教室、工作室	ひら □く 開設、打開、開始、拉開差距
きょうしつ エアロビクス□□ 有氧舞蹈課程	テニスコート 網球場	りょうきん □□ 費用
すべ □て 全部	じ かん たい □□□ 時段	つか □える 能夠使用、可以使用
し せつ □□ 設施	かいいん □□ 會員	いっ か げつ □□□ 一個月

142 スポーツクラブ（2）

❶ 此外，有的健身俱樂部還會根據 ❷ 可以使用的時段， ❸ 詳細地 ❹ 區分費用。例如， ❺ 只限中午可以使用的會員、晚上 6 點之後可以使用的會員，以及 ❻ 只限星期六、日可以使用的會員……等等。 ❼ 各別的費用，也 ❽ 大不相同。舉例來說，「 ❾ 星期一到 ❿ 星期五的晚上 6 點以後，僅能使用游泳池」的會員，一個月的收費大約是五千日圓。

學習影音

【詞彙】

❶ そのほか	❷ 使用できる	❸ 細かく
❹ 分かれる	❺ 昼だけ	❻ 土日だけ
❼ それぞれ	❽ 大きく違う	❾ 月曜日
❿ 金曜日	⓫ 開店時間	⓬ 大体
⓭ 朝	⓮ 間	⓯ 閉店時間

〔健身俱樂部〕(2)

MP3 142
❶～⓯

在日本，健身俱樂部的⓫開始營業時間，⓬大致上是⓭早上 9 點到 10 點⓮之間；⓯打烊時間大約是晚上 10 點到 12 點之間。

【讀音・字義】

そのほか 此外	(しよう)□□できる 可以使用	(こま)□かく 詳細地
(わ)□かれる 區分、分開、分歧	(ひる)□だけ 只限中午	(どにち)□□だけ 只限星期六、日
それぞれ 各別	(おお)□きく(ちが)□う 大不相同	(げつようび)□□□ 星期一
(きんようび)□□□ 星期五	(かいてんじかん)□□□□ 開始營業時間	(だいたい)□□ 大致上
(あさ)□ 早上	(あいだ)□ 之間、間隔、期間、關係	(へいてんじかん)□□□□ 打烊時間

143 AV男優（だんゆう）

對於 ❶ AV 男演員這個工作，似乎許多人都有些 ❷ 誤會，以為這應該是一份 ❸ 輕鬆又好賺的差事。不過，據說這其實是個 ❹ 艱苦難熬，而且 ❺ 薪資低廉的工作。在日本，AV 男演員在 ❻ 成名之前，只能領到很低的薪水。

身為 AV 男演員，不但要接受 ❼ 腰部擺動方式的訓練，也會 ❽ 被要求體力。另外，也聽說很多的 AV ❾ 導演都是 ❿ 很恐怖的人。因此，AV 男演

學習影音

【詞彙】

❶ AV男優	❷ 勘違い	❸ 美味しい仕事
❹ きつい	❺ 給料が安い	❻ 有名になるまで
❼ 腰の振り方の訓練	❽ 体力を要求される	❾ 監督
❿ 怖い人	⓫ 辛い	⓬ 止める
⓭ メーカーのサイト	⓮ 募集要項が載っている	⓯ 試してみる

〔AV 男演員〕

MP3 143
❶ ~ ⓯

員其實非常 ⓫ 艱辛，據說大部分的人，都是很快就 ⓬ 放棄了。

日本的 AV ⓭ 業者的網站上，常常會 ⓮ 刊登招募要點。對自己的體力有自信的人，或許可以 ⓯ 試試看。

【讀音・字義】

だんゆう AV□□	かんちが □□い	お い　し ごと □□しい□□
AV 男演員	誤會	輕鬆又好賺的差事
きつい	きゅうりょう やす □□が□い	ゆう めい □□になるまで
艱苦難熬、強的、緊的、嚴格的	薪資低廉	成名之前
こし ふ かた くんれん □の□り□の□□	たいりょく ようきゅう □□を□□される	かん とく □□
腰部擺動方式的訓練	被要求體力	導演、總教練、管理人、監督
こわ ひと □い□	つら □い	や □める
很恐怖的人	艱辛的、棘手的、冷酷的	放棄、停止、取消、戒掉
メーカーのサイト	ぼしゅうようこう の □□□□が□っている	ため □してみる
業者的網站	刊登招募要點	試試看

144 水商売（1）

所謂的「❶水商売」是什麼呢？這個詞，雖然可以用來指❷餐館、❸飲酒場所等的❹買賣，不過一般而言，通常都是指❺小酒館等，由❻女性❼接待❽男性顧客這一類的喝酒場所。

日本男性很喜歡這樣的地方，許多人會到那裡❾抒發壓力。❿陪酒小姐會對客人展現⓫親切的態度，努力使客人⓬常來光顧。

學習影音

【詞彙】

❶ 水商売	❷ 飲食店	❸ 酒場
❹ 商売	❺ スナック	❻ 女性
❼ 接待する	❽ 男性客	❾ ストレスを発散する
❿ ホステス	⓫ 親しい態度	⓬ 何時も来てもらう
⓭ 熱を上げる	⓮ 貯金を使い果たす	⓯ ストーカー行為

〔特種行業〕(1)

MP3 144
❶～⓯

有時候，也會有男性客人⓭迷戀陪酒小姐，甚至為此⓮花光存款，或出現⓯跟蹤狂行為。

【讀音・字義】

みずしょうばい □□□ （日本的）特種行業	いんしょくてん □□□ 餐館	さか ば □□ 飲酒場所
しょうばい □□ 買賣、職業	スナック 小酒館、小吃、零食	じょ せい □□ 女性
せっ たい □□する 接待	だん せい きゃく □□□ 男性顧客	はっさん ストレスを□□する 抒發壓力
ホステス 陪酒小姐、女主人	した たい ど □しい□□ 親切的態度	い つ き □□も□てもらう 常來光顧
ねつ あ □を□げる 迷戀	ちょきん つか は □□を□い□たす 花光存款	こう い ストーカー□□ 跟蹤狂行為

145 水商売（2）

みずしょうばい

在陪酒小姐之中，有許多都是國中時期就是❶不良少女，後來也沒有繼續升學；或者高中一畢業就立刻出社會工作。陪酒小姐的工作，❷學歷❸並非必要，而是❹講求實力的世界。

另一方面，除了女性接待男性的飲酒場所，也有❺以女性為對象的特種行業，稱為「ホストクラブ」（❻男公關俱樂部）。

學習影音

【詞彙】

❶ 不良少女	❷ 学歴	❸ 必要としない
❹ 実力の世界	❺ 女性を相手にする	❻ ホストクラブ
❼ ハンサムな若い男	❽ お金持ち	❾ 中年の主婦
❿ 擬似恋愛	⓫ 気分	⓬ 気が付く
⓭ 背負う	⓮ 莫大な借金	⓯ 羽目

〔特種行業〕(2)

MP3 145
❶～⓯

「ホストクラブ」是由❼英俊的年輕男子陪伴女性飲酒作樂的場所。而女性客人多半是❽有錢人的❾中年主婦。在這樣的女性客人之中，似乎也有不少人陷入「❿假想戀愛」的⓫心境，等到⓬回過神來，才發現自己已經落入⓭背負⓮龐大債務的⓯窘境。

【讀音・字義】

ふりょうしょうじょ □□□□ 不良少女	がくれき □□ 學歷	ひつよう □□としない 並非必要
じつりょく せかい □□の□□ 講求實力的世界	じょせい あいて □□を□□にする 以女性為對象	ホストクラブ 男公關俱樂部
わか おとこ ハンサムな□い□ 英俊的年輕男子	かねも お□□ち 有錢人	ちゅうねん しゅふ □□の□□ 中年主婦
ぎじれんあい □□□□ 假想戀愛	きぶん □□ 心境、身心狀況、氣氛、性情	き つ □が□く 回過神來、察覺、細心
せお □□う 背負	ばくだい しゃっきん □□な□□ 龐大債務	はめ □□ 窘境

146 ストリップ（1）

日本，真的是一個非常❶奇怪的國家。儘管日本人在❷精神方面有著非常❸保守的想法，但同時卻又存在著❹脫衣舞和❺色情行業，❻關於性的態度，可以說是相當❼大方。日本人究竟是保守還是❽開放，有時候實在讓人難以理解。

1947 年的時候，在日本舉辦了一個名為「名画（めいが）アルバム」（名畫畫集）

學習影音

【詞彙】

❶ 不思議	❷ 精神的	❸ 保守的
❹ ストリップ	❺ 風俗業	❻ 性に関する
❼ 大らか	❽ オープン	❾ 催し物
❿ 実物の裸の女性	⓫ 扮する	⓬ 西洋の裸体画
⓭ 展示される	⓮ ストリップショー	⓯ 始まり

〔脫衣舞〕(1)

MP3 146
❶～⓯

的 ❾ 活動。在這個活動之中，由 ❿ 真人的裸體女性 ⓫ 扮演 ⓬ 西洋的裸體畫，並在活動現場 ⓭ 被展示。據說，這個活動就是 ⓮ 脫衣舞秀的 ⓯ 起源。

【讀音・字義】

ふしぎ □□□ 奇怪的、不可思議的	せいしんてき □□□ 精神方面的	ほしゅてき □□□ 保守的
ストリップ 脫衣舞	ふうぞくぎょう □□□ 色情行業	せい □に かん □する 關於性
おお □らか 大方的、豁達的	オープン 開放的、開業、開放	もよお □し もの □ 活動
じつぶつ □□の はだか □の じょせい □□ 真人的裸體女性	ふん □する 扮演	せいよう □□の らたいが □□□ 西洋的裸體畫
てんじ □□される 被展示	ストリップショー 脫衣舞秀	はじ □まり 起源、開始、開端

147 ストリップ（2）

後來，從 1948 年開始，❶ 引入 ❷ 舞蹈等元素，形成了與現今形式 ❸ 相近的脫衣舞秀。

原本，脫衣舞秀的演出是 ❹ 私密部位不讓人看見。不過，從 1970 年代開始，就變成「❺ 全部讓人一覽無遺」的做法了。

而近年來，由於其他色情行業以及 ❻ 成人片的 ❼ 普及，使得脫衣舞秀

學習影音

【詞彙】

❶ 取り入れる	❷ 踊り	❸ 近い
❹ 秘部を見せない	❺ 全てを見せる	❻ アダルトビデオ
❼ 普及	❽ 入場者	❾ 減る
❿ 劇場	⓫ 閉鎖される	⓬ 成功する
⓭ 客の獲得	⓮ 順調	⓯ 営業を続けている

〔脫衣舞〕(2)

MP3 147
❶～⓯

的 ❽ 入場客人逐漸 ❾ 減少。許多的脫衣舞 ❿ 劇場，都逃不過 ⓫ 被關閉的命運。然而，也有部分的劇場 ⓬ 成功 ⓭ 獲得客源，目前仍然 ⓮ 順利的 ⓯ 持續營業著。

【讀音・字義】

とい □り□れる 引入、收進、採用、收穫	おど □り 舞蹈	ちか □い 相近的
ひぶ み □□を□せない 私密部位不讓人看見	すべ み □てを□せる 全部讓人一覽無遺	アダルトビデオ 成人片
ふきゅう □□ 普及	にゅうじょうしゃ □□□ 入場客人	へ □る 減少、磨損
げきじょう □□ 劇場	へいさ □□される 被關閉	せいこう □□する 成功
きゃく かくとく □の□□ 獲得客源	じゅんちょう □□ 順利的	えいぎょう つづ □□を□けている 持續營業著

148 耳掻き店（みみかきてん）

在日本，稱為「❶掏耳店」的❷奇怪店家持續❸增加。在掏耳店裡，❹客人可以從❺人數眾多的❻女店員當中，❼指名自己❽喜歡的一位，❾請對方幫自己掏耳朵。

掏耳店的女店員們，多半都穿著❿浴衣。幫客人掏耳朵的時候，客人會把女店員的⓫膝蓋當成枕頭，枕在對方的膝蓋上；請對方幫自己掏耳

學習影音

【詞彙】

❶ 耳掻き店	❷ 変なお店	❸ 増える
❹ お客	❺ 大勢	❻ 女性店員
❼ 指名する	❽ 好み	❾ 耳掻きをしてもらう
❿ 浴衣	⓫ 膝枕	⓬ 話を聞いてもらう
⓭ 程度	⓮ 風俗営業	⓯ Hな事

〔掏耳店〕

MP3 148
❶～⓯

朵，並且⓬請對方聽自己說話。掏耳店的費用，據說通常是一個小時 5 千日圓左右的⓭程度。

雖然女性店員只有幫忙客人掏耳朵，不算是⓮色情行業，不過，應該也可以說是一種「不做⓯色情的事的色情行業」吧。

【讀音・字義】

みみ か てん □□き□ 掏耳店	へん みせ □なお□ 奇怪店家	ふ □える 增加
きゃく お□ 客人	おおぜい □□ 人數眾多	じょせいてんいん □□□□ 女店員
し めい □□する 指名	この □み 喜歡	みみ か □□きをしてもらう 請對方幫自己掏耳朵
ゆ かた □□ 浴衣	ひざまくら □□ 膝蓋當成枕頭	はなし き □を□いてもらう 請對方聽自己說話
てい ど □□ 程度	ふう ぞく えいぎょう □□□□ 色情行業	エッチ こと □な□ 色情的事

149 外国人（1）

がいこくじん

在過去，日本並❶不接受❷移民，所以外國人如果想要長住日本，基本上就是跟日本人❸結婚，或者❹歸化成為日本人，以取得在日本的「❺永久居留權」。

不過近年來，居住在日本的❻外國人❼不斷增加，其中又以❽中國人增加得特別❾明顯。據說，如果包括「已經歸化日本」的中國人，以及「中日❿混血兒」，光是在首都圈，中國人就有數十萬人之多。原本，在

學習影音

【詞彙】

❶ 受け入れない	❷ 移民	❸ 結婚する
❹ 帰化する	❺ 永住権	❻ 外国人
❼ 増加しつつある	❽ 中国人	❾ 著しい
❿ ハーフの子供	⓫ 朝鮮・韓国人	⓬ 食料品店
⓭ 旅行会社	⓮ インターネットカフェ	⓯ 自動車学校

〔外國人〕(1)

MP3 149
❶～⓯

日本的外國人占比，以⓫朝鮮・韓國人最高，但後來變成中國人的占比最高。

隨著中國人的增加，日本也開始出現中國的⓬食品雜貨店、針對中國人提供服務的⓭旅行社，還有中國人專用的⓮網咖，以及中國人專用的⓯汽車駕訓班等等。

【讀音・字義】

う　い □け□れない 不接受	い みん □□ 移民	けっ こん □□する 結婚
き　か □□する 歸化	えいじゅうけん □□□ 永久居留權	がい こく じん □□□ 外國人
ぞう　か □□しつつある 不斷增加	ちゅうごく じん □□□ 中國人	いちじる □しい 明顯的、顯著的
こ　ども ハーフの□□ 混血兒	ちょうせん　かんこくじん □□・□□□ 朝鮮・韓國人	しょくりょうひん てん □□□□ 食品雜貨店
りょ こう がい しゃ □□□□ 旅行社	インターネットカフェ 網咖	じ どう しゃ がっ こう □□□□□ 汽車駕訓班

150 外国人（2）

がいこくじん

在日本的外國人之中，除了中國人、朝鮮・韓國人之外，也有不少❶巴西人、❷菲律賓人以及❸越南人。

在日本，如果是擁有❹日本國籍的❺日裔人士，或者雖然沒有日本國籍，但具有日裔身份的話，基本上❻就業是沒有什麼問題的。

在日本的❼南美人，大部分都是日本和南美國家的❽雙重國籍者，或者是具有日本國籍的日裔人士，及其❾配偶與小孩。

學習影音

【詞彙】

❶ ブラジル人	❷ フィリピン人	❸ ベトナム人
❹ 日本国籍	❺ 日系人	❻ 就労する
❼ 南米人	❽ 二重国籍者	❾ 配偶者
❿ 農村	⓫ 嫁不足	⓬ 深刻
⓭ 外国人花嫁	⓮ 主な出身地	⓯ タイ

〔外國人〕(2)

MP3 150
❶～⓯

此外，在日本的⓾農村地區，「⓫媳婦不足」的問題相當⓬嚴重，而⓭女性外籍配偶的人數也逐漸增加。

在日本，女性外籍配偶的⓮主要出身地，大多是中國、菲律賓、韓國、⓯泰國等。

【讀音・字義】

ブラジル□（じん） 巴西人	フィリピン□（じん） 菲律賓人	ベトナム□（じん） 越南人
□□□□（に ほん こく せき） 日本國籍	□□□（にっ けい じん） 日裔人士	□□する（しゅう ろう） 就業、開始工作
□□□（なん べい じん） 南美人	□□□□□（に じゅう こく せき しゃ） 雙重國籍者	□□□（はい ぐう しゃ） 配偶
□□（のう そん） 農村	□□□（よめ ぶ そく） 媳婦不足	□□（しん こく） 嚴重的、嚴肅的、深刻的
□□□□□（がい こく じん はな よめ） 女性外籍配偶	□な□□□（おも しゅっ しん ち） 主要出身地	タイ 泰國

151 ストレス社会(しゃかい)なのに皆(みんな)長生(ながい)き、元気(げんき)な老人達(ろうじんたち)(1)

日本是一個❷充滿壓力的國家，不論是在❸職場，或者在❹外面❺與他人的交際往來，任何場合都可能讓日本人❻感到壓力。就連❼朋友們也常常會❽互相傷害，像這樣的時候，都會讓日本人感到壓力。

有些國家的人，朋友之間可能比較不會傷害對方的❾自尊。然而，日本人❿對於對方，卻通常都是⓫毫不留情的。

學習影音

【詞彙】

❶ 皆	❷ ストレスの多い国	❸ 仕事場
❹ 外	❺ 他人との付き合い	❻ ストレスを感じる
❼ 友人同士	❽ 傷付け合う	❾ プライド
❿ 相手に対する	⓫ 容赦しない	⓬ 礼儀正しい
⓭ ストレートな面	⓮ 間違い	⓯ きつく責める

〔壓力社會下，年長者們卻 ❶ 大家都長壽、健康〕(1)

MP3 151
❶ ～ ⓯

在日本人非常 ⓬ 有禮貌的另一面，也有非常 ⓭ 直接的一面。對於對方的 ⓮ 錯誤，日本人往往會 ⓯ 嚴厲指責。

【讀音・字義】

みんな □ 大家、全員、全部	おお　くに ストレスの□い□ 充滿壓力的國家	し　ごと　ば □□□ 職場、工作的地方
そと □ 外面、家以外的地方	たにん　つ　あ □□との□き□い 與他人的交際往來	かん ストレスを□じる 感到壓力
ゆう　じん　どう　し □□□□ 朋友們	きず　つ　あ □□け□う 互相傷害	プライド 自尊
あい　て　たい □□に□する 對於對方	よう　しゃ □□しない 毫不留情、不饒恕	れい　ぎ　ただ □□□しい 有禮貌的
めん ストレートな□ 直接的一面	ま　ちが □□い 錯誤、過失	せ きつく□める 嚴厲指責

152 ストレス社会(しゃかい)なのに皆(みんな)長生(ながい)き、元気(げんき)な老人達(ろうじんたち)(2)

雖然日本是一個這樣的 ❶ 壓力社會，但是不知為何，日本人的 ❷ 壽命卻經常是 ❸ 全世界最長的。而且日本人不僅壽命長，許多 ❹ 年長者也都 ❺ 活力充沛，十分 ❻ 硬朗、健康。

日本的電視節目中，曾經介紹許多硬朗的年長者。例如，前往 ❼ 阿爾卑斯山的最高峰，並 ❽ 滑雪 24 公里的 99 歲的 ❾ 老爺爺；每天 ❿ 跑步 1 公

學習影音

【詞彙】

❶ ストレス社会	❷ 寿命	❸ 世界一長い
❹ 老人	❺ 活動的	❻ 元気
❼ アルプスの最高峰	❽ スキーで滑る	❾ 御爺ちゃん
❿ ランニングをする	⓫ 自動車を運転する	⓬ 街中
⓭ 御婆ちゃん	⓮ 歩く	⓯ 結構速い

〔壓力社會下，年長者們卻大家都長壽、健康〕(2)

MP3 152
❶～⓯

里的 104 歲的老爺爺；以及 101 歲還依然⓫開車的老爺爺等等。

不只是電視節目的介紹，一般在日本⓬街頭所看到的老爺爺、⓭老奶奶，⓮走路往往也都⓯相當快速，健康有活力。

【讀音・字義】

ストレス□□（しゃかい） 壓力社會	□□（じゅみょう） 壽命	□□□□い（せかいいちなが） 全世界最長的
□□（ろうじん） 年長者	□□□（かつどうてき） 活力充沛的、方便行動的	□□（げんき） 硬朗、健康的、有精神的
アルプスの□□□（さいこうほう） 阿爾卑斯山的最高峰	スキーで□る（すべ） 滑雪	□□ちゃん（おじい） 老爺爺（對陌生人的稱呼）
ランニングをする 跑步	□□□を□□する（じどうしゃ うんてん） 開車	□□（まちじゅう） 街頭
□□ちゃん（おばあ） 老奶奶（對陌生人的稱呼）	□く（ある） 走路	□□□い（けっこうはや） 相當快速的

153 ストレス社会(しゃかい)なのに皆長生(みんなながい)き、元気(げんき)な老人達(ろうじんたち) (3)

❶ 許多日本人都希望自己能夠 ❷ 長壽，而且這樣的 ❸ 願望似乎非常 ❹ 強烈。根據日本的某項 ❺ 調查，對於「你 ❻ 想要活 ❼ 到幾歲？」這樣的 ❽ 問題，日本人的 ❾ 答案的平均值，據說男性是 79 歲、女性是 78 歲。而台灣也曾經有這樣的調查，當時的結果是：男性 68 歲、女性 78 歲。兩相 ❿ 比較之下，男性的 ⓫ 差異比較 ⓬ 大。

學習影音

【詞彙】

❶ 多い	❷ 長生きする	❸ 願望
❹ 強い	❺ 調査	❻ 生きたい
❼ 何歳まで	❽ 質問	❾ 答えの平均値
❿ 比べる	⓫ 差	⓬ 大きい
⓭ 見慣れている	⓮ 国に拘らず	⓯ 逞しい

〔壓力社會下，年長者們卻大家都長壽、健康〕(3)

MP3 153
❶ ～ ⓯

或許，因為日本人⓭平常見慣活力充沛的年長者，所以才會強烈地希望長壽。至於日本和台灣的女性都希望長壽，可能是因為⓮不論哪一個國家，女性多半都⓯非常堅強的緣故吧。

【讀音・字義】

おお □い 許多的	なが い □□きする 長壽	がんぼう □□ 願望
つよ □い 強烈的、強的、強健的、堅強的	ちょう さ □□ 調查	い □きたい 想要活
なんさい □□まで 到幾歲	しつもん □□ 問題、疑問	こた へいきん ち □えの□□□ 答案的平均值
くら □べる 比較、較量	さ □ 差異、差距	おお □きい 大的
み な □□れている 平常見慣	くに かかわ □に□らず 不論哪一個國家	たくま □しい 非常堅強的、健壯的、旺盛的

154 高齢化社会、年金問題（1）

こうれいかしゃかい、ねんきんもんだい

一位在台灣居住了 11 年的日本人，當他 ❶ 回國回到日本之後，他有這樣的感覺：在日本的 ❷ 街道，以及 ❸ 電車內所 ❹ 看到的人們當中，❺ 年輕人的 ❻ 比例 ❼ 大幅減少。

日本的年輕人越來越少，而 ❽ 中年後期到 ❾ 高齢者的人數，則是 ❿ 大幅增長。這樣的情況 ⓫ 很清楚地，⓬ 一看就能察覺。

學習影音

【詞彙】

❶ 帰国する	❷ 道	❸ 電車の中
❹ 見掛ける	❺ 若者	❻ 割合
❼ 大きく減る	❽ 中年後期	❾ 高齢者
❿ 大幅に増える	⓫ はっきり	⓬ 見て分かる
⓭ 社会の高齢化	⓮ 急激	⓯ 進む

〔高齡化社會・年金問題〕(1)

MP3 154
❶～⓯

在日本，⓭社會的高齡化正在⓮急劇⓯進行。據說在 2015 年時，日本已是每 4 人之中，就有一位是 65 歲以上的年長者。

【讀音・字義】

き こく □□する 回國	みち □ 街道	でんしゃ なか □□の□ 電車內
み か □□ける 看到、目擊	わかもの □□ 年輕人	わりあい □□ 比例
おお へ □きく□る 大幅減少	ちゅうねんこうき □□□□ 中年後期	こうれいしゃ □□□ 高齡者
おおはば ふ □□に□える 大幅增長	はっきり 很清楚地、明確地、清爽地	み わ □て□かる 一看就能察覺
しゃかい こうれいか □□の□□□ 社會的高齡化	きゅうげき □□ 急劇的	すす □む 進行、前進、進步、晉升

155 高齢化社会、年金問題（2）

（こうれいかしゃかい、ねんきんもんだい）

日本有所謂的「❶年金制度」。只要在❷受雇期間，❸每個月❹繳納❺規定的金額，到了❻晚年，就可以每個月❼領取年金。然而問題是，高齡者越來越多，❽支付年金的年輕人卻越來越少。因此在日本有人認為，如果繼續這樣下去，在❾不久的將來，年金制度將會❿破滅。

於是，有人提出⓫解決方法——⓬提高⓭退休年齡，以及提高⓮開始領取年金的年齡。

學習影音

【詞彙】

❶ 年金制度	❷ 雇用されている期間	❸ 毎月
❹ 納める	❺ 規定の金額	❻ 老後
❼ 受け取る	❽ 払う	❾ 近い将来
❿ 破綻する	⓫ 解決策	⓬ 引き上げる
⓭ 定年退職の年齢	⓮ 年金受給開始年齢	⓯ 現れ始める

〔高齡化社會・年金問題〕(2)

MP3 155
❶ ~ ⓯

以往，日本企業一般的退休年齡是 60 歲，不過，已經 ⓯ 開始出現某些企業，要將退休年齡提高至 65 歲；甚至也可能在不久的將來，再提高到 70 歲以上。伴隨著提高退休年齡，不少人認為，開始領取年金的年齡，也應該提高。

【讀音・字義】

ねんきんせいど □□□□ 年金制度	こよう　きかん □□されている□□ 受雇期間	まいつき □□ 每個月
おさ □める 繳納、完畢	きてい　きんがく □□の□□ 規定的金額	ろうご □□ 晚年
う　と □け□る 領取、接、收、解讀、理解	はら □う 支付、去除、驅離	ちか　しょうらい □い□□ 不久的將來
はたん □□する 破滅、破掉	かいけつさく □□□ 解決方法	ひ　あ □き□げる 提高、拉起、提拔、撤回、返回
ていねんたいしょく　ねんれい □□□□の□□ 退休年齡	ねんきんじゅきゅうかいしねんれい □□□□□□□□ 開始領取年金的年齡	あらわ　はじ □れ□める 開始出現

156 高齢化社会、年金問題（3）

（こうれいかしゃかい、ねんきんもんだい）

很多人認為，採用這樣的❶方法，❷種種的問題就❸能夠一次同時解決。日本的❹年輕勞動者❺不斷減少，藉由雇用高齡者，不僅❻可以彌補年輕勞動者的減少，也能夠解決年金問題。

然而，如果真的採取這樣的方法，不僅日本人❼一生當中❽花費在工作的時間將會增加，❾可以領取年金的❿期間，也會跟著⓫縮短。

學習影音

【詞彙】

❶ 方法	❷ 様々な問題	❸ 一度に解決できる
❹ 若者の労働者	❺ どんどん	❻ 補える
❼ 一生の中	❽ 仕事に費やす時間	❾ 年金を貰える
❿ 期間	⓫ 短くなる	⓬ 考える
⓭ 働く	⓮ 幸せ	⓯ 苦にならない

〔高齡化社會・年金問題〕(3)

MP3 156
❶～⓯

不過，對於普遍⓬認為「⓭工作就是⓮幸福」（働(はたら)くことは幸(しあわ)せなことだ）的日本人來說，對於這樣的事情，或許⓯不以為苦吧。

【讀音・字義】

ほうほう □□ 方法	さまざま もんだい □□な□□ 種種的問題	いちど かいけつ □□に□□できる 能夠一次同時解決
わかもの ろうどうしゃ □□の□□□ 年輕勞動者	どんどん 不斷地	おぎな □える 可以彌補
いっしょう なか □□の□ 一生當中	しごと つい じかん □□に□やす□□ 花費在工作的時間	ねんきん もら □□を□える 可以領取年金
き かん □□ 期間、期限	みじか □くなる 縮短	かんが □える 認為、考慮、思考、料想、打算
はたら □く 工作、生效	しあわ □せ 幸福、幸運	く □にならない 不以為苦

157 農村(のうそん)での高齢化(こうれいか)、過疎化(かそか)（1）

在日本的❶農村地區，「❷過疏化」正❸持續進行。所謂的「過疏化」，是指❹人口❺不斷減少的現象。

在日本的鄉下地方，❻多數的年輕人因為對於❼鄉下的生活❽感到厭煩，所以❾高中畢業之後，往往就立刻❿離開鄉下。在鄉下地方，幾乎沒有年輕人⓫想要從事的工作；而且，年輕人多半都⓬鍾情於⓭都市。

學習影音

【詞彙】

❶ 農村	❷ 過疎化	❸ 進んでいる
❹ 人口	❺ どんどん減っていく	❻ 多くの若者
❼ 田舎の生活	❽ 嫌気が差す	❾ 高校を卒業する
❿ 出て行く	⓫ 遣りたい仕事	⓬ 好き
⓭ 都会	⓮ 残る	⓯ 年寄りばかり

〔農村高齢化、過疎化〕(1)

MP3 157
❶ ~ ⓯

鄉下的人口不斷減少，最後就變成 ⓮ 遺留下來的 ⓯ 只有年長者。

【讀音・字義】

のうそん □□ 農村	かそか □□□ 過疎化	すす □んでいる 持續進行
じんこう □□ 人口	へ どんどん□っていく 不斷減少	おお　わかもの □くの□□ 多數的年輕人
いなか　せいかつ □□の□□ 鄉下的生活	いやけ　さ □□が□す 感到厭煩	こうこう　そつぎょう □□を□□する 高中畢業
で　い □て□く 離開	や　しごと □りたい□□ 想要從事的工作	す □き 鍾情、喜歡
とかい □□ 都市	のこ □る 遺留、留下、剩餘、殘留、留傳	としよ □□りばかり 只有年長者

158 農村(のうそん)での高齢化(こうれいか)、過疎化(かそか)（2）

一旦出現「過疏化」的現象，❶ 公車或 ❷ 鐵路也會 ❸ 被廢止，只能利用 ❹ 自家車輛進行移動。❺ 醫療機構也會逐漸 ❻ 被縮減規模，❼ 商店街也會逐漸 ❽ 消失。在日本，「過疏化」現象 ❾ 特別嚴重的，就是「東北地方」和「山陰地方」。

而「過疏化」的結果，則是造成日本的 ❿ 農業和 ⓫ 漁業 ⓬ 衰退。目

學習影音

【詞彙】

❶ バス	❷ 鉄道	❸ 廃止される
❹ 自家用車	❺ 医療機関	❻ 規模が縮小される
❼ 商店街	❽ 無くなる	❾ 特に激しい
❿ 農業	⓫ 漁業	⓬ 衰退する
⓭ 後継者	⓮ 全然足らない	⓯ 現状

〔農村高齢化、過疏化〕(2)

MP3 158
❶～⓯

前，日本從事農業及漁業的人口都已經高齡化，但⓭後繼者卻⓮完全不足，這就是當今日本農漁業的⓯現況。

【讀音・字義】

バス 公車	てつどう □□ 鐵路	はいし □□される 被廢止
じかようしゃ □□□□ 自家車輛	いりょうきかん □□□□ 醫療機構	きぼ しゅくしょう □□が□□される 被縮減規模
しょうてんがい □□□ 商店街	な □くなる 消失、不見、耗盡	とく はげ □に□しい 特別嚴重的、特別激烈的
のうぎょう □□ 農業	ぎょぎょう □□ 漁業	すいたい □□する 衰退
こうけいしゃ □□□ 後繼者	ぜんぜんた □□□らない 完全不足	げんじょう □□ 現況

159 ストーカー（1）

所謂的「跟蹤狂」（stalker），是指「❶對他人糾纏不放的❷犯罪行為」，或者「做出這種犯罪行為的人」。通常，「跟蹤狂」多半是對某位❸異性❹抱持好感，為了向對方❺示好，或者是向對方示好的心意❻被拒絕，卻仍然想要向對方示好，因而做出「跟蹤狂」的行為。

從 1990 年代開始，「跟蹤狂」這個❼用語，已經在日本❽固定下來。但是，有些人仍然對「跟蹤狂」一詞有所❾誤解，誤以為所謂的❿跟蹤狂

學習影音

【詞彙】

❶ 他者に付き纏う	❷ 犯罪	❸ 異性
❹ 好意を抱く	❺ 好意を示す	❻ 拒否される
❼ 言葉	❽ 定着する	❾ 誤解する
❿ ストーカー行為	⓫ 好みではない	⓬ アプローチ
⓭ 被害届を出される	⓮ 攻撃する	⓯ 誇張する

〔跟蹤狂〕(1)

MP3 159
❶～⓯

行為，是指「自己⓫不喜歡的人對自己的⓬追求」。以至於有些人即使沒有做出「跟蹤狂行為」，卻⓭被提出受害申訴。

此外，還有人為了⓮攻擊追求者，因而⓯誇大自己的受害情況，並提出受害申訴。類似這樣的情況，在日本也都有發生。

【讀音・字義】

たしゃ つ まと □□に□き□う 對他人糾纏不放	はんざい □□ 犯罪行為	い せい □□ 異性
こう い いだ □□を□く 抱持好感	こう い しめ □□を□す 示好	きょ ひ □□される 被拒絕
こと ば □□ 用語、話語、語言、語彙、措辭	ていちゃく □□する 固定下來、扎根	ご かい □□する 誤解
こう い ストーカー□□ 跟蹤狂行為	この □みではない 不喜歡	アプローチ 追求、接近、通道
ひ がいとどけ だ □□□を□される 被提出受害申訴	こう げき □□する 攻擊	こ ちょう □□する 誇大

160 ストーカー（2）

在日本，「跟蹤狂行為」過去只能以❶輕微犯罪法來加以❷取締。後來，制定了名為「❸跟蹤狂管制法」的❹法規。目前，「跟蹤狂」已經是當作一種犯罪行為來❺被處理。

不過也有人❻認為，這是一個很❼微妙的問題。因為，如果一旦稍微❽強硬追求，就會被當成「跟蹤狂」的話，那麼，是不是就會變成不可以

學習影音

【詞彙】

❶ 軽犯罪法	❷ 取り締まる	❸ ストーカー規制法
❹ 法律	❺ 扱われる	❻ 思う
❼ 微妙な問題	❽ 強引	❾ 必要
❿ 法律を作る	⓫ 対処する	⓬ 疑問
⓭ 好きな相手	⓮ 情熱的	⓯ 受け入れられない

〔跟蹤狂〕(2)

MP3 160
❶～⓯

有「追求」的行動呢？對於是否有 ❾ 必要特別 ❿ 立法，來 ⓫ 處理這樣的事情，也有人感到 ⓬ 疑問。

全世界許多國家的人，在追求 ⓭ 心儀的對象時，應該都是非常 ⓮ 熱情的吧。如果在其他國家也有這樣的法律，或許也是會讓人 ⓯ 無法接受。

【讀音・字義】

けいはんざいほう □□□□ 輕微犯罪法	と　し □り□まる 取締、管理、監督	きせいほう ストーカー□□□ 跟蹤狂管制法
ほう りつ □□ 法規、法律	あつか □われる 被處理	おも □う 認為、想
び みょう　もんだい □□な□□ 微妙的問題	ごう いん □□ 強硬的、強行的	ひつ よう □□ 必要
ほう りつ　つく □□を□る 立法	たい しょ □□する 處理、應對	ぎ もん □□ 疑問
す　あい て □きな□□ 心儀的對象	じょうねつてき □□□ 熱情的	う　い □け□れられない 無法接受、不被接受

161 クレーマー（1）

日文裡，有「❶クレーマー」（claimer）這個❷用語，是指❸購買❹企業的❺產品之後，對買來的產品❻過度❼提出抱怨、申訴的人。這樣的人就稱為「クレーマー」，也可以稱為「❽苦情屋（くじょうや）」。

在日本，找碴的奧客大致有兩種。

一種是以❾要求❿金錢為⓫目的的⓬類型；另一種則是在⓭人格方

學習影音

【詞彙】

❶ クレーマー	❷ 言葉	❸ 購入する
❹ 企業	❺ 製品	❻ 必要以上
❼ クレームを付ける	❽ 苦情屋	❾ 要求する
❿ 金銭	⓫ 目的	⓬ タイプ
⓭ 人格	⓮ 異常	⓯ 気が済まない

〔愛找碴的奧客〕(1)

MP3 161
❶～⓯

面有些⓮異常，他們並不要求金錢，只是如果不抱怨一下，就會覺得⓯嚥不下這口氣。

【讀音・字義】

クレーマー 愛找碴的奧客	ことば □□ 用語、話語、語言、語彙、措辭	こうにゅう □□する 購買
きぎょう □□ 企業	せいひん □□ 產品	ひつよういじょう □□□□ 過度
つ クレームを□ける 提出抱怨、申訴	くじょうや □□□ 愛找碴的奧客	ようきゅう □□する 要求
きんせん □□ 金錢	もくてき □□ 目的	タイプ 類型
じんかく □□ 人格	いじょう □□ 異常	き　す □が□まない 嚥不下這口氣

162 クレーマー（2）

由於 ❶ 網際網路的 ❷ 發達，讓愛找碴的奧客們， ❸ 獲得了 ❹ 新的抱怨 ❺ 管道。

❻ 以前，奧客們的主要申訴方式就是 ❼ 電話。但隨著網路發達，只要利用 ❽ 電子郵件之類的，就能夠 ❾ 輕易提出抱怨。

如果企業 ❿ 不接受要求的話，愛找碴的奧客們還可以利用 ⓫ 影音網站

學習影音

【詞彙】

❶ インターネット	❷ 発達	❸ 得る
❹ 新しい	❺ 手段	❻ 昔
❼ 電話	❽ メール	❾ 簡単
❿ 要求を呑まない	⓫ 動画サイト	⓬ ブログ
⓭ 内容	⓮ 伝える	⓯ 多くの人

〔愛找碴的奧客〕(2)

MP3 162
❶～⓯

或者⓬部落格等，將自己申訴的⓭內容，透過網路輕易地⓮傳達給⓯許多的人知道。

【讀音・字義】

インターネット 網際網路	はったつ □□ 發達	え □る 獲得、領會
あたら □しい 新的	しゅだん □□ 管道、手段、方法	むかし □ 以前
でんわ □□ 電話	メール 電子郵件、郵件	かんたん □□ 輕易的、簡單的
ようきゅう　の □□を□まない 不接受要求	どうが □□サイト 影音網站	ブログ 部落格
ないよう □□ 內容	つた □える 傳達、表達、傳授	おお　ひと □くの□ 許多的人

163 クレーマー (3)

1999 年時，日本曾經發生一起「東芝奧客 ❶ 事件」。當時，一名 ❷ 男子購買了東芝企業的 ❸ 錄影帶放映機，但放入自己的 ❹ 影帶觀看時，卻 ❺ 出現雜訊，讓他 ❻ 覺得不滿，因而提出申訴。

後來，東芝企業替男子的放映機 ❼ 裝上零件。雖然零件只要幾百塊日圓，但東芝企業卻對男子說「做了花費 10 萬日圓左右的 ❽ 改造」。

男子對於東芝企業的 ❾ 謊言 ❿ 感到憤怒。而且，那明明是 ⓫ 自己的所

學習影音

【詞彙】

❶ 事件	❷ 男	❸ ビデオデッキ
❹ テープ	❺ ノイズが入る	❻ 不満に思う
❼ 部品を取り付ける	❽ 改造	❾ 嘘
❿ 怒る	⓫ 自分の所有物	⓬ 何も言わない
⓭ 担当者	⓮ お客	⓯ 激怒する

〔愛找碴的奧客〕(3)

MP3 163
❶～⓯

有物，但東芝企業在要改造之前，卻對自己⓬沒有任何告知，這又導致他更加憤怒。

當這名男子打電話到東芝企業時，⓭負責人員回應說：「像你這樣的人，不是⓮客人，而是找碴的奧客」，使得這名男子⓯極為憤怒。

【讀音・字義】

じけん □□ 事件	おとこ □ 男子	ビデオデッキ 錄影帶放映機
テープ 影帶、卡帶、封帶	はい ノイズが□る 出現雜訊	ふまん おも □□に□う 覺得不滿
ぶひん と つ □□を□り□ける 裝上零件	かいぞう □□ 改造	うそ □ 謊言、錯誤
おこ □る 感到憤怒、罵人	じぶん しょゆうぶつ □□の□□□ 自己的所有物	なに い □も□わない 沒有任何告知、什麼也不說
たんとうしゃ □□□ 負責人員	きゃく お□ 客人	げきど □□する 極為憤怒

164 クレーマー（4）

男子將東芝企業負責人員的回應進行 ❶ 錄音，並在自己的 ❷ 網站上 ❸ 公開。結果，很多人都知道了這件事，在 ❹ 雜誌上也 ❺ 被取材報導，甚至引發了對東芝製品的 ❻ 抵制購買運動。

原本，雜誌的 ❼ 報導比較 ❽ 同情這名男子；但當他之後不接受東芝企業的 ❾ 和解提案，雜誌也開始 ❿ 指責該名男子。正是從這起事件開始，

學習影音

【詞彙】

❶ 録音する	❷ ウェブサイト	❸ 公開する
❹ 雑誌	❺ 取り上げられる	❻ 不買運動
❼ 報道	❽ 同情する	❾ 和解案
❿ 非難する	⓫ 広く知られる	⓬ 顧客の苦情
⓭ 誠意を持つ	⓮ 対応する	⓯ モラル

〔愛找碴的奧客〕(4)

MP3 164
❶ ~ ⓯

「クレーマー」一詞在日本變得 ⓫ 廣為人知。

日本企業對於 ⓬ 顧客的抱怨，通常都會 ⓭ 抱持誠意來 ⓮ 應對。不過近年來，行為缺乏 ⓯ 道德的顧客越來越多，已經變成一個問題。

【讀音・字義】

ろくおん □□する 錄音	ウェブサイト 網站	こうかい □□する 公開
ざっし □□ 雜誌	と　あ □り□げられる 被取材報導、被奪取、被拿起	ふばいうんどう □□□□ 抵制購買運動
ほうどう □□ 報導	どうじょう □□する 同情	わかいあん □□□ 和解提案
ひなん □□する 指責	ひろ　し □く□られる 廣為人知	こきゃく　くじょう □□の□□ 顧客的抱怨
せいい　も □□を□つ 抱持誠意	たいおう □□する 應對	モラル 道德

165 日本(にほん)のパソコン（1）

如果在日本❶購買個人電腦，通常❷從一開始，電腦裡面就會❸被安裝著 50 個左右的❹軟體。這些軟體是❺另外附贈的東西，整台電腦感覺就像是❻福袋一樣。

在電腦❼出廠之初的狀態，❽電腦桌面上就會看到這些軟體的❾捷徑，❿滿滿地排列在電腦桌面上。其中，通常會有⓫製作賀年卡的軟體、

學習影音

【詞彙】

❶ パソコンを買う	❷ 最初から	❸ インストールされている
❹ ソフト	❺ お負け	❻ 福袋
❼ 初期状態	❽ デスクトップ	❾ ショートカット
❿ ぎっしりと並ぶ	⓫ 年賀状作成	⓬ 写真
⓭ CDに入れて保存する	⓮ 家計簿	⓯ 電車時刻表

〔日本的個人電腦〕(1)

MP3 165
❶～⓯

可以把 ⓬ 照片 ⓭ 存入 CD 保存的軟體、⓮ 家計簿的軟體，以及 ⓯ 電車時刻表的軟體等等，軟體的種類各式各樣都有。

【讀音・字義】

パソコンを□う（か） 購買個人電腦	□□から（さい しょ） 從一開始	インストールされている 被安裝著
ソフト 軟體、壘球、柔軟的	お□け（ま） 另外附贈的東西	□□（ふくぶくろ） 福袋
□□□□（しょ き じょうたい） 出廠之初的狀態、初期狀態	デスクトップ 電腦桌面、桌上型電腦	ショートカット 捷徑、短髮髮型
ぎっしりと□ぶ（なら） 滿滿地排列	□□□□□（ねん が じょうさく せい） 製作賀年卡	□□（しゃ しん） 照片
CDに□れて□□する（い　ほぞん） 存入 CD 保存	□□□（か けい ぼ） 家計簿	□□□□□（でん しゃ じ こくひょう） 電車時刻表

166 日本のパソコン（2）

にほん

據說，曾經有一位日本人 ❶ 想要一台新電腦，朋友就 ❷ 勸他 ❸ 自己組裝，結果他說：「自己組裝 ❹ 不行啦！怎麼可以少了免費附贈的軟體呢？」。

日本人有時候真的是很 ❺ 奇怪，雖然 ❻ 大部分的軟體都 ❼ 不使用，但是如果電腦 ❽ 沒有附加 ❾ 大量的軟體，日本人可能就 ❿ 不買。

學習影音

【詞彙】

❶ 欲しがる	❷ 勧める	❸ 自作する
❹ 駄目	❺ 変	❻ 殆ど
❼ 使わない	❽ 付いていない	❾ 沢山
❿ 買わない	⓫ 求める	⓬ シンプル
⓭ 要らない	⓮ その分	⓯ 安くしてくれる

〔日本的個人電腦〕(2)

MP3 166
❶～⓯

如果是一切⓫追求⓬簡單的人，或許會認為：「我⓭不需要這些附贈的東西，能不能把⓮相當於那些的部分，價錢⓯算便宜一點給我？」。不過，在日本或許很少有這樣的人。

【讀音・字義】

ほ □しがる 想要	すす □める 勸、勸告	じ さく □□する 自己組裝、自己製作、自耕
だ め □□ 不行的	へん □ 奇怪的	ほとん □ど 大部分、幾乎
つか □わない 不使用	つ □いていない 沒有附加	たく さん □□ 大量、許多
か □わない 不買	もと □める 追求、渴望、要求、購入	シンプル 簡單的
い □らない 不需要	ぶん その□ 相當於那些的部分	やす □くしてくれる 算便宜一點給我

167 日本(にほん)の家電(かでん)（1）

就像之前提到的，在日本購買電腦時，通常會附贈大量幾乎不使用的軟體。同樣的，日本的家電往往也有許多❶用不到的功能。

舉例來說，有些❷音響只要❸按下按鍵，就會❹開啟電源，❺自動變成❻設定好的音量，並且開始❼播放❽設定好的曲目；有的音響可以把❾廣播節目的❿音樂和⓫談話，兩者⓬分開錄音；有的音響在播放音樂

學習影音

【詞彙】

❶ 使いもしない機能	❷ ステレオ	❸ ボタンを押す
❹ スイッチが入る	❺ 自動的	❻ セットされた音量
❼ 再生する	❽ セットされた曲	❾ ラジオ番組
❿ 音楽	⓫ トーク	⓬ 録り分ける
⓭ 画像を表示する	⓮ 気持ちに合わせる	⓯ 選ぶ

〔日本的家電〕(1)

MP3 167
❶～⓯

時，可以⓭顯示圖像；還有些音響可以讓使用者⓮配合心情⓯挑選音樂。

【讀音・字義】

つか □いもしない □□ (きのう) 用不到的功能	ステレオ 音響、立體聲	ボタンを□す (お) 按下按鍵
スイッチが□る (はい) 開啟電源	□□□ (じどうてき) 自動的	セットされた□□ (おんりょう) 設定好的音量
□□する (さいせい) 播放、再生、重生、更生	セットされた□ (きょく) 設定好的曲目	ラジオ□□ (ばんぐみ) 廣播節目
□□ (おんがく) 音樂	トーク 談話	□り□ける (と、わ) 分開錄音
□□を□□する (がぞう、ひょうじ) 顯示圖像	□□ちに□わせる (きも、あ) 配合心情	□ぶ (えら) 挑選

168 日本の家電（2）

（にほん　かでん）

不只是音響，日本的❶家電，幾乎都有類似這種感覺的附加功能。甚至連日本人可能都認為，日本家電的❷多餘功能，實在是❸太多了。

不過，如果家電沒有附加❹各式各樣的功能，許多日本人就不買，這一點也是❺事實。或許，這也是日本人的❻民族性。

相較之下，台灣的家電通常沒有多餘的功能，❼價格也比較便宜。日本的❽製造商在國外❾販售的❿產品，和在日本國內販售的產品⓫截然

學習影音

【詞彙】

❶ 家電	❷ 余計	❸ 多過ぎる
❹ 色々	❺ 事実	❻ 国民性
❼ 値段	❽ メーカー	❾ 売る
❿ 製品	⓫ 全然違う	⓬ 海外向け
⓭ 一般的に好まれる	⓮ 仕様	⓯ 良く理解している

〔日本的家電〕(2)

MP3 168
❶～⓯

不同。⓬ 專門為國外設計的產品，通常沒有多餘的功能，而是採取在國外 ⓭ 普遍受到青睞的 ⓮ 製作方式。

日本的製造商，對於受日本人青睞的產品，以及普遍受國外青睞的產品的差異，似乎 ⓯ 非常了解。

【讀音・字義】

かでん □□ 家電	よけい □□ 多餘的、更加的	おおす □□ぎる 太多
いろいろ □□ 各式各樣的	じじつ □□ 事實	こくみんせい □□□ 民族性
ねだん □□ 價格	メーカー 製造商	う □る 販售、揚名、出賣
せいひん □□ 產品	ぜんぜんちが □□□う 截然不同	かいがいむ □□□け 專門為國外設計
いっぱんてき この □□□に□まれる 普遍受到青睞	しよう □□ 製作方式、做法、規格	よ りかい □く□□している 非常了解

169 賭博(とばく)も売春(ばいしゅん)も禁止(きんし)なのに堂々(どうどう)と営業(えいぎょう)している現状(げんじょう)（1）

在日本，❸ 賭博這件事，雖然 ❹ 在法律上受到禁止；然而，卻好像 ❺ 到處都有賭博。

在日本的 ❻ 柏青哥店，❼ 依據 ❽ 客人贏得的小鋼珠數目，❾ 可以獲得獎品。只要把獎品 ❿ 拿去通常位在柏青哥店附近 ⓫ 較隱密的地方的 ⓬ 獎品交易所，就能夠把獎品 ⓭ 兌換成現金。

學習影音

【詞彙】

❶ 堂々	❷ 現状	❸ 賭博
❹ 法律で禁止される	❺ 至る所	❻ パチンコ屋
❼ 応じる	❽ 出玉数	❾ 景品が貰える
❿ 持って行く	⓫ 裏	⓬ 景品交換所
⓭ 現金に換える	⓮ 全く関係無い	⓯ 偶々

〔禁止賭博和賣春，卻❶光明正大營業的❷現狀〕(1)

MP3 169
❶～⓯

表面上呈現出來的是——「柏青哥店和獎品交易所，是由⓮完全不相干的人所經營，獎品交易所只是⓯碰巧開在柏青哥店附近而已」。

【讀音・字義】

どう どう □□ 光明正大的、莊嚴的	げんじょう □□ 現狀	と ばく □□ 賭博
ほうりつ きんし □□で□□される 在法律上受到禁止	いた ところ □る□ 到處	や パチンコ□ 柏青哥店
おう □じる 依據、回應、回答	で だま すう □□□ 客人贏得的小鋼珠數目	けいひん もら □□が□える 可以獲得獎品
も い □って□く 拿去	うら □ 較隱密的地方、背面、後面、幕後	けい ひん こう かん じょ □□□□□ 獎品交易所
げん きん か □□に□える 兌換成現金	まった かん けい な □く□□□い 完全不相干	たま たま □□ 碰巧、偶爾

170 賭博(とばく)も売春(ばいしゅん)も禁止(きんし)なのに堂々(どうどう)と営業(えいぎょう)している現状(げんじょう)(2)

「柏青哥店」和「獎品交易所」，一個是「❶供應獎品」的❷生意，一個是「❸收購獎品」的生意，只要❹各自以❺公司的名義❻取得營業執照，就❼完全沒有❽違法性。

如果❾說得更詳細一點，則是另外還有一間，把「獎品交易所」收購的獎品，再❿賣回給柏青哥店的公司。

學習影音

【詞彙】

❶ 出す	❷ 商売	❸ 買い取る
❹ それぞれ	❺ 会社	❻ 営業許可を取る
❼ 全く無い	❽ 違法性	❾ もっと詳しく言う
❿ 売り戻す	⓫ 一軒	⓬ 近く
⓭ 建前上	⓮ 別の者	⓯ 経営する

〔禁止賭博和賣春，卻光明正大營業的現狀〕(2)

MP3 170
❶～⓯

也就是說，在⓫一間柏青哥店的⓬附近，通常會有兩間⓭表面上是由有別於柏青哥店的⓮另外的人所⓯經營的公司（即「獎品交易所」和「把獎品賣回柏青哥店的公司」）。

【讀音・字義】

だ □す 供應、拿出、露出	しょうばい □□ 生意、買賣、職業	か　と □い□る 收購、買下
それぞれ 各自	かいしゃ □□ 公司	えいぎょうきょ か　と □□□□を□る 取得營業執照
まった　な □く□い 完全沒有	い ほう せい □□□ 違法性	くわ　い もっと□しく□う 說得更詳細一點
う　もど □り□す 賣回	いっけん □□ 一間、一戶	ちか □く 附近
たて まえ じょう □□□ 表面上	べつ　もの □の□ 另外的人	けい えい □□する 經營

171 賭博(とばく)も売春(ばいしゅん)も禁止(きんし)なのに堂々(どうどう)と営業(えいぎょう)している現状(げんじょう)(3)

除了柏青哥店之外，日本還有❶麻將愛好者經常❷聚集的「❸麻將館」。

在麻將館裡，雖然大家都在玩著❹賭博麻將，但普遍存在的現況卻是——「在麻將館裡❺賭錢或不賭錢，是❻個人❼擅自作主的事情，因為❽店家❾不知情，所以和店家沒有任何關係」。

學習影音

【詞彙】

❶ 麻雀好き	❷ 集まる	❸ 雀荘
❹ 賭け麻雀	❺ お金を賭ける	❻ 個人
❼ 勝手に遣る	❽ お店	❾ 知らない
❿ 競輪	⓫ 競馬	⓬ 競艇
⓭ 公営のギャンブル	⓮ 特例	⓯ 認められる

〔禁止賭博和賣春，卻光明正大營業的現狀〕(3)

MP3 171
❶～⓯

除此之外，日本還有 ❿ 自行車競賽、⓫ 賽馬、⓬ 汽艇競賽等的「⓭ 公營賭博」，這些賭博是屬於 ⓮ 特例，在法律上也 ⓯ 受到認可。

【讀音・字義】

まーじゃん ず □□□き 麻將愛好者	あつ □まる 聚集	じゃんそう □□ 麻將館
か まーじゃん □け□□ 賭博麻將	かね か お□を□ける 賭錢	こ じん □□ 個人
かっ て や □□に□る 擅自作主	みせ お□ 店家	し □らない 不知情
けい りん □□ 自行車競賽	けい ば □□ 賽馬	きょうてい □□ 汽艇競賽
こうえい □□のギャンブル 公營賭博	とく れい □□ 特例	みと □められる 受到認可

172 賭博(とばく)も売春(ばいしゅん)も禁止(きんし)なのに堂々(どうどう)と営業(えいぎょう)している現状(げんじょう)(4)

除了賭博之外，日本也禁止❶賣春。不過，仍然也有賣春的行為。

賣春的行為，如果是在沒有取得執照的情況下❷營業，就會❸遭受取締。然而，如果是以「幫客人❹清洗身體」的❺特殊澡堂的名義，而取得營業執照的話，即使進行賣春的行為，只要說「在❻服務客人的過程中，對客人❼萌生❽戀愛的感情，因此才做了其他的服務，和店家無關」，像

學習影音

【詞彙】

❶ 売春	❷ 営業する	❸ 取締りを受ける
❹ 体を洗う	❺ 特殊浴場	❻ サービス
❼ 生まれる	❽ 恋愛感情	❾ 言い訳
❿ 通る	⓫ 捕まらない	⓬ 表面上
⓭ 実際	⓮ 変な理屈	⓯ 許される

〔禁止賭博和賣春，卻光明正大營業的現狀〕(4)

MP3 172
❶～⓯

這樣的❾藉口也❿行得通，⓫不會遭到逮捕。

日本雖然⓬表面上禁止賭博和賣春，但⓭事實上卻是——⓮奇怪的理由也行得通，賭博和賣春在日本是⓯受到允許的。

【讀音・字義】

ばいしゅん □□ 賣春	えいぎょう □□する 營業	とりしま　う □□りを□ける 遭受取締
からだ　あら □を□う 清洗身體	とくしゅよくじょう □□□□ 特殊澡堂	サービス 服務
う □まれる 萌生、誕生、產生	れんあいかんじょう □□□□ 戀愛的感情	い　わけ □い□ 藉口、辯解
とお □る 行得通、通過、通行、經過	つか □まらない 不會遭到逮捕	ひょうめんじょう □□□ 表面上
じっさい □□ 事實、實際、確實	へん　りくつ □な□□ 奇怪的理由	ゆる □される 受到允許、被允許

173 昔話（むかしばなし）、時代劇（じだいげき）（1）

大家知道日本的「❶傳說故事」嗎？日本所謂的「傳說故事」是指❷專門以小孩子為對象的❸民間故事。大家應該都知道《❹桃太郎》吧。

如果是❺西方的故事，未必都是❻快樂結局；不過，日本的傳說故事則多半都是快樂的結局。日本的傳說故事裡，❼壞人❽必定❾倒楣淒慘，❿好人必定⓫受到回報，幾乎沒有類似西方的《人魚公主》那樣的結局。

學習影音

【詞彙】

❶ 昔話	❷ 子供向け	❸ 民話
❹ 桃太郎	❺ 西洋のお話	❻ ハッピーエンド
❼ 悪い者	❽ 必ず	❾ 酷い目に遭う
❿ 正しい者	⓫ 報われる	⓬ 教訓を与える
⓭ 正しい事をする	⓮ 間違った事をする	⓯ 天罰が下る

〔傳說故事・時代劇〕(1)

MP3 173
❶～⓯

日本的傳說故事，具有對小孩子⓬給予訓誡的功能，訓誡孩子們——「⓭做正當的事必定受到回報，⓮做錯誤的事必定⓯遭受天譴」。

【讀音・字義】

むかしばなし □□ 傳說故事、往事	こ ども む □□□け 專門以小孩子為對象	みん わ □□ 民間故事
もも た ろう □□□ 桃太郎	せいよう はなし □□のお□ 西方的故事	ハッピーエンド 快樂結局
わる もの □い□ 壞人	かなら □ず 必定、總是	ひど め あ □い□に□う 倒楣淒慘
ただ もの □しい□ 好人	むく □われる 受到回報	きょうくん あた □□を□える 給予訓誡
ただ こと □しい□をする 做正當的事	まちが こと □□った□をする 做錯誤的事	てんばつ くだ □□が□る 遭受天譴

174 昔話（むかしばなし）、時代劇（じだいげき）(2)

這種「善有善報，惡有惡報」❶ 模式的 ❷ 故事情節，在《❸ 水戶黃門》之類的日本 ❹ 時代劇裡，也經常 ❺ 可以看到。

在世界上其他國家的人看來，對於日本的傳說故事、或是時代劇的 ❻ 千篇一律，或許會 ❼ 感到厭煩。然而，對於日本人來說，這樣的故事卻 ❽ 很受歡迎。如果好人 ❾ 輸給了壞人，就會讓日本人覺得 ❿ 心裡不痛快。

學習影音

【詞彙】

❶ パターン	❷ ストーリー	❸ 水戸黄門
❹ 時代劇	❺ 見られる	❻ ワンパターン
❼ うんざりする	❽ 受ける	❾ 負ける
❿ 胸がすっとしない	⓫ 人魚姫	⓬ 悲しい
⓭ 結末（エンディング）	⓮ 全く理解できない	⓯ 受け入れられない

〔傳說故事・時代劇〕(2)

MP3 174
❶～⓯

對於《⓫人魚公主》這樣⓬悲慘的⓭結局，有些日本人不僅⓮完全無法理解，也⓯無法接受。

【讀音・字義】

パターン 模式、類型、圖案	ストーリー 故事情節、故事	みとこうもん □□□□ 水戶黃門
じだいげき □□□ 時代劇	み □られる 可以看到、被看到	ワンパターン 千篇一律、重複不變
うんざりする 感到厭煩	う □ける 很受歡迎、受到、承接、接受	ま □ける 輸給、落敗、屈服
むね □がすっとしない 心裡不痛快	にんぎょひめ □□□ 人魚公主	かな □しい 悲慘的、悲傷的
けつまつ □□(エンディング) 結局、結尾	まった りかい □く□□できない 完全無法理解	う い □け□れられない 無法接受、不被接受

175 日本トイレ事情（1）

當外國人到日本時，似乎都會對日本的❷廁所感到吃驚。在日本，會有可以❸噴出溫水、幫使用者❹清洗屁股；或是❺安裝著❻電暖器，可以❼溫暖屁股的❽馬桶。類似這樣的馬桶，在店家之類的地方，幾乎都有❾被設置。在全世界的許多國家，這樣的馬桶似乎仍然比較少見。

在 YouTube 網站上，日本的廁所也❿被加以介紹，而且還有「⓫好厲

學習影音

【詞彙】

❶ 事情	❷ トイレ	❸ 温水が出る
❹ お尻を洗う	❺ 付いている	❻ ヒーター
❼ 暖める	❽ 便器	❾ 設置される
❿ 紹介される	⓫ 凄い	⓬ 欲しい
⓭ 気持ち悪い	⓮ 多数	⓯ コメント

〔日本的廁所❶狀況〕(1)

MP3 175
❶～⓯

害」、「⓬好想要」、「屁股被馬桶沖洗，⓭感覺好噁心」等等⓮許多的⓯評論。

【讀音・字義】

じじょう □□ 狀況、緣故	トイレ 廁所	おんすい　で □□が□る 噴出溫水
しり　あら お□を□う 清洗屁股	つ □いている 安裝著	ヒーター 電暖器
あたた □める 溫暖、加溫	べんき □□ 馬桶	せっち □□される 被設置
しょうかい □□される 被加以介紹	すご □い 好厲害、厲害的	ほ □しい 好想要、想要的
き　も　わる □□ち□い 感覺好噁心、感覺不舒服的	たすう □□ 許多、大部分	コメント 評論、註釋

176 日本(にほん)トイレ事情(じじょう)(2)

許多日本女性都認為，❶ 上廁所時的 ❷ 聲音被別人聽到，是一件非常丟臉的事。甚至不只女性，有些日本男性也會覺得很丟臉。

在日本的 ❸ 女生廁所裡，常常安裝著一種名為「❹ 音姫(おとひめ)」、會 ❺ 發出水聲的 ❻ 機器；只要 ❼ 按下按鈕，「音姬」就會發出「水流的聲音」，可以 ❽ 掩蓋上廁所時的聲音。在 ❾《浦島太郎》的故事裡面，有一位 ❿ 名字叫做「乙姬(おとひめ)」的 ⓫ 公主。而日本廁所裡的「音姬」的 ⓬ 命名，就是 ⓭ 詼諧

學習影音

【詞彙】

❶ 用を足す	❷ 音を聞かれる	❸ 女子トイレ
❹ 音姫	❺ 水の音が出る	❻ 機械
❼ ボタンを押す	❽ 隠す	❾ 浦島太郎の物語
❿ 名前	⓫ 姫様	⓬ ネーミング
⓭ 捩る	⓮ トイレットペーパー	⓯ 注意する

〔日本的廁所狀況〕(2)

MP3 176
❶ ~ ⓯

模仿《浦島太郎》裡的「乙姬」而來的（「音姬」和「乙姬」的日文發音相同）。

另外，在日本，幾乎所有的洗手間裡，都有⓮廁所衛生紙。不過，在車站等的廁所，偶爾也可能沒有衛生紙，這一點還請大家⓯留意。

【讀音・字義】

ようた □を□す 上廁所、處理完事情	おと き □を□かれる 聲音被別人聽到	じょ し □□トイレ 女生廁所
おと ひめ □□ 音姬	みず おと で □の□が□る 發出水聲	き かい □□ 機器
お ボタンを□す 按下按鈕	かく □す 掩蓋、遮住、隱藏、隱瞞	うらしま たろう ものがたり □□□□の□□ 《浦島太郎》的故事
な まえ □□ 名字	ひめ さま □□ 公主	ネーミング 命名
もじ □る 詼諧模仿	トイレットペーパー 廁所衛生紙	ちゅう い □□する 留意、當心、給忠告

177 日本(にほん)ではお客様(きゃくさま)は神様(かみさま)

因為日本人一向認為「❶顧客就是神」，所以顧客❷不論做什麼，店家通常都❸不會生氣。（當然，如果顧客把❹商品❺擅自打開來看之類的，還是會❻被提醒，仍然是有一個❼限度的。）即使客人只是看看商品，最後❽什麼都不買就離開，也不會❾被令人不舒服的眼神盯著看。

在全球許多國家，通常商品❿購入後，雖然可以⓫更換為其他的商

學習影音

【詞彙】

❶ お客様は神様	❷ 何を遣っても	❸ 怒らない
❹ 商品	❺ 勝手に開けて見る	❻ 注意される
❼ 限度	❽ 何も買わない	❾ 嫌な目で見られる
❿ 購入後	⓫ 交換する	⓬ 返品する
⓭ 買い物をする	⓮ 常に	⓯ 念頭に置く

〔在日本，顧客就是神〕

MP3 177
❶～⓯

品，但是可能無法⓬退貨。而在日本，一般則是「可以不更換商品，購入的商品可以直接退貨」。

在日本⓭購物的時候，請記得「顧客就是神」，⓮經常把這句話⓯放在心上吧。

【讀音・字義】

きゃくさま かみさま お□□は□□ 顧客就是神	なに や □を□っても 不論做什麼	おこ □らない 不會生氣
しょうひん □□ 商品	かって あ み □□に□けて□る 擅自打開來看	ちゅうい □□される 被提醒
げんど □□ 限度	なに か □も□わない 什麼都不買	いや め み □な□で□られる 被令人不舒服的眼神盯著看
こうにゅうご □□□ 購入後	こうかん □□する 更換、交換	へんぴん □□する 退貨
か もの □い□をする 購物	つね □に 經常、總是	ねんとう お □□に□く 放在心上

178 日本(にほん)では値切(ねぎ)りはできるか

一般而言，日本人不太有❶殺價這樣的❷習慣。在日本，❸做生意的人通常不會因為不同的客人，而❹改變價格；因為商品的價格是❺從一開始就❻既定的，所以基本上是沒辦法殺價的。

不過，如果是❼個人經營的❽蔬果店，或者是❾傳統的商店之類的，假如顧客殺價的話，店家有時候也會稍微❿降價給顧客。

學習影音

【詞彙】

❶ 値切り	❷ 習慣	❸ 商売をする者
❹ 値段を変える	❺ 最初から	❻ 決まっている
❼ 個人で遣る	❽ 八百屋	❾ 昔乍らの商店
❿ 値引きする	⓫ 電化製品のチェーン	⓬ 購入金額
⓭ 点数（ポイント）	⓮ 次回の買い物	⓯ 頼む

〔在日本，可以殺價嗎？〕

MP3 178
❶ ～ ⓯

如果是在 ⓫ 電器用品的連鎖店，則會根據顧客的 ⓬ 購買金額而附贈 ⓭ 點數；等到 ⓮ 下一次購物的時候，顧客就可以依據點數而獲得降價。不過，如果是外國人的話，似乎只要稍微 ⓯ 拜託，即使沒有點數，店家可能也會願意降價。

【讀音・字義】

ねぎ □□り 殺價	しゅうかん □□ 習慣	しょうばい　もの □□をする□ 做生意的人
ねだん　か □□を□える 改變價格	さいしょ □□から 從一開始	き □まっている 既定、決定、得體
こじん　や □□で□る 個人經營	やおや □□□ 蔬果店	むかしなが　しょうてん □□らの□□ 傳統的商店
ねび □□きする 降價	でんかせいひん □□□□のチェーン 電器用品的連鎖店	こうにゅうきんがく □□□□ 購買金額
てんすう □□（ポイント） 點數	じかい　か　もの □□の□い□ 下一次購物	たの □む 拜託、仰仗、託付

179 型遅れ電気製品はお買い得

（かたおく でんきせいひん か どく）

日本的❷電器用品，幾乎每個月都會❸發售新產品。一旦新產品發售，之前的產品就會開始❹低價出售，而且❺價格遽降的程度，可以說是相當❻極端。舉例來說，原本 5 萬日圓以上的產品，只要新產品推出，價格也可能降到 1 萬 5 千日圓左右。

日本有所謂的「❼比價網站」，可以❽查詢各種產品或❾服務的❿

學習影音

【詞彙】

❶ 型遅れ	❷ 電気製品	❸ 新製品を発売する
❹ 安い値段で売る	❺ 値崩れ	❻ 極端
❼ 価格比較サイト	❽ 調べる	❾ サービス
❿ 平均価格	⓫ 最安値	⓬ チェックする
⓭ 狙う	⓮ 最新	⓯ お買い得

〔❶舊型電器用品買了划算〕

MP3 179
❶～⑮

平均價格，以及⑪最低價格。有些人會天天利用比價網站，⑫確認自己想要買的產品的價格，並⑬看準價格遽降的時候，再出手購買。

在日本，⑭最新的產品通常十分昂貴，因此，購買已經降價的稍早前推出的產品，往往都是「⑮買了划算」。

【讀音・字義】

かたおく □□れ 舊型	でんきせいひん □□□□ 電器用品	しんせいひん　はつばい □□□を□□する 發售新產品
やす　ねだん　う □い□□で□る 低價出售	ねくず □□れ 價格遽降	きょくたん □□ 極端的
かかくひかく □□□□サイト 比價網站	しら □べる 查詢、調查、檢查、審問	サービス 服務
へいきんかかく □□□□ 平均價格	さいやすね □□□ 最低價格	チェックする 確認、核對、檢查
ねら □う 看準、瞄準	さいしん □□ 最新	か　どく お□い□ 買了划算

180 日本(にほん)でのクレジットカード対応状況(たいおうじょうきょう)（1）

在日本，❷ 無法使用 ❸ 信用卡的店家 ❹ 還算不少。像 ❺ 超市這樣的地方，有一些也無法使用信用卡。至於 ❻ 小型的店家，似乎也是多半都無法使用信用卡。

那麼，❼ 為何會如此 ❽ 不便呢？那是因為，相較於台灣人，日本人使用信用卡的人數是比較 ❾ 少的。日本人多半都是「 ❿ 極為小心謹慎，連石

學習影音

【詞彙】

❶ 対応状況	❷ 使えない	❸ クレジットカード
❹ 結構有る	❺ スーパー	❻ 小さいお店
❼ 何故	❽ 不便	❾ 少ない
❿ 石橋を叩いて渡る	⓫ 心配性な性格	⓬ 一般的
⓭ 危険	⓮ 認識	⓯ 強い

〔日本國內的信用卡❶對應狀況〕(1)

MP3 180
❶～⓯

橋也要敲一敲再通過」這樣的⓫愛操心的性格。⓬一般而言，日本人多半覺得信用卡是一種⓭危險的東西，而且，這樣的⓮認知非常⓯強烈。

【讀音・字義】

たい おう じょう きょう □□□□ 對應狀況	つか □えない 無法使用	クレジットカード 信用卡
けっ こう あ □□□る 還算不少	スーパー 超市	ちい みせ □さいお□ 小型的店家
な ぜ □□ 為何	ふ べん □□ 不便的	すく □ない 少的
いしばし たた わた □□を□いて□る 極為小心謹慎，連石橋也要敲一敲再通過	しんぱいしょう せいかく □□□な□□ 愛操心的性格	いっ ぱん てき □□□ 一般而言、一般的
き けん □□ 危險的	にん しき □□ 認知、理解	つよ □い 強烈的、強的、強健的、堅強的

181

日本(にほん)でのクレジットカード対応状況(たいおうじょうきょう)（2）

日本人所擔心的危險，首先，是信用卡可能會有 ❶ 詐欺的問題。即使在 ❷ 原本的價格 ❸ 之外，又 ❹ 被額外加價，也 ❺ 很難察覺；而且，還有 ❻ 盜錄卡片、❼ 卡號外流等危險。

除此之外，信用卡還有 ❽ 破產的問題。也有許多日本人 ❾ 擔心，會不會 ❿ 不知不覺地 ⓫ 超過 ⓬ 自己的限度，而需要 ⓭ 借款呢？在日本，甚至

學習影音

【詞彙】

❶ 詐欺の問題	❷ 本来の値段	❸ 以外
❹ 上乗せされる	❺ 気が付きにくい	❻ スキミング
❼ カード番号の流出	❽ 破産	❾ 心配になる
❿ 知らず知らず	⓫ 超える	⓬ 自分の限界
⓭ 借金をする	⓮ 麻薬	⓯ 広く受け入れられる

〔日本國內的信用卡對應狀況〕(2)

MP3 181
❶～⓯

還有「信用卡是⓮毒品」（カードは麻薬）的說法。

因為這樣的理由，所以信用卡在日本，並不像在台灣這樣⓯被廣為接納。

【讀音・字義】

さぎ　もんだい □□の□□ 詐欺的問題	ほんらい　ねだん □□の□□ 原本的價格	いがい □□ 之外
うわの □□せされる 被額外加價	き　つ □が□きにくい 很難察覺	スキミング 盜錄卡片
ばんごう　りゅうしゅつ カード□□の□□ 卡號外流	はさん □□ 破產	しんぱい □□になる 擔心
し　し □らず□らず 不知不覺地	こ □える 超過	じぶん　げんかい □□の□□ 自己的限度
しゃっきん □□をする 借款	まやく □□ 毒品、麻藥	ひろ　う　い □く□け□れられる 被廣為接納

182 過剰包装（かじょうほうそう）

有人說，日本是一個「❶服務過度」的國家。而這一點，從商品的包裝，也可以❷看得出來。

對日本人來說，一旦看到自己購買的商品❸被包裝得很精美，就會有一種「❹身為消費者有❺受到尊重」的感覺。於是，販賣商品的一方，為了服務消費者❻使其滿意，便會對商品進行「❼過度的包裝」。

雖然也有許多日本人認為，「過度包裝」實在是❽一大無益之事。然

學習影音

【詞彙】

❶ サービス過剰	❷ 見て取れる	❸ 綺（奇）麗に包装される
❹ 消費者として	❺ 尊重される	❻ 満足させる
❼ 過剰な包装	❽ 大きな無駄	❾ 他店との競争
❿ 止められない	⓫ エコロジー	⓬ 叫ばれる
⓭ 時代	⓮ 減る	⓯ 至る所で見られる

〔過度包裝〕

MP3 182
❶～⓯

而，從做生意者的立場來看，對商品「過度包裝」，也是為了❾與其他店家競爭的做法，所以❿不能夠取消。

現今，是⓫環保⓬受到高聲呼籲的⓭時代，「過度包裝」的現象，可以說稍微⓮減少了一些。不過，無益的包裝在日本仍然⓯到處可見。

【讀音・字義】

サービス□□（かじょう） 服務過度	□（み）て□（と）れる 看得出來	□（き）(□（き）)□（れい）に□□（ほうそう）される 被包裝得很精美
□□□（しょうひしゃ）として 身為消費者	□□（そんちょう）される 受到尊重	□□（まんぞく）させる 使其滿意
□□（かじょう）な□□（ほうそう） 過度的包裝	□（おお）きな□□（むだ） 一大無益之事	□□（たてん）との□□（きょうそう） 與其他店家競爭
□（や）められない 不能夠取消、無法停止	エコロジー 環保、生態學	□（さけ）ばれる 受到高聲呼籲
□□（じだい） 時代	□（へ）る 減少、磨損	□（いた）る□（ところ）で□（み）られる 到處可見

183 ぼったくり

所謂的「ぼったくり」（敲竹槓），是指在原本的費用上 ❶ 額外加價，❷ 索取 ❸ 超乎一般程度的高額費用。雖然，在日本極少發生「敲竹槓」的情形，但似乎還是有一些這樣的店家存在。

據說，在日本可能發生「敲竹槓」的店家，大多是 ❹ 色情行業或者 ❺ 酒館。曾聽說有這樣的事情：在色情行業的店家，❻ 一開始說是 5 千日圓，但 ❼ 之後卻被索取各種費用，變成 2 萬 5 千日圓。而酒館的話，則是

學習影音

【詞彙】

❶ 上乗せする	❷ 請求する	❸ 法外に高い料金
❹ 風俗業	❺ 飲み屋	❻ 最初
❼ 後	❽ 一晩	❾ 怖い御兄さん
❿ 閉じ込める	⓫ お金を引き出させる	⓬ 支払わせる
⓭ 治安	⓮ 安全	⓯ 気を付ける

〔敲竹槓〕

MP3 183
❶～⓯

聽說顧客只是喝了 ❽ 一個晚上的酒，卻被索取超過 30 萬日圓的費用。據說，如果顧客當下說「沒錢」，馬上就會出現 ❾ 恐怖的大哥，把客人 ❿ 關進店裡，等到第二天早上，再一起前往 ATM， ⓫ 強制要求提領現金， ⓬ 強制要求支付費用。

雖然，日本是一個 ⓭ 治安相對良好、 ⓮ 安全的國家，不過如果在上述場所，最好還是 ⓯ 小心為上。

【讀音・字義】

うわ の □□せする 額外加價	せいきゅう □□する 索取、請求、要求	ほうがい たか りょうきん □□に□い□□ 超乎一般程度的高額費用
ふう ぞく ぎょう □□□ 色情行業	の や □み□ 酒館	さい しょ □□ 一開始
あと □ 之後、日後、後面	ひと ばん □□ 一個晚上	こわ お にい □い□□さん 恐怖的大哥
と こ □じ□める 關進	かね ひ だ お□を□き□させる 強制要求提領現金	し はら □□わせる 強制要求支付
ち あん □□ 治安	あん ぜん □□ 安全的	き つ □を□ける 小心、留意

184 外食

（がいしょく）

在日本，如果❶在外用餐的話，往往❷會花更多錢。當然，台灣的❸外食也❹不便宜，不過台灣有自助餐，或是 50 元的❺便當等等，有許多比較便宜的東西。但是，日本的外食，幾乎沒有什麼便宜的食物；外食之中最便宜的，大概就是吉野家之類的❻牛肉蓋飯。

如果從日本人和台灣人的❼收入來看，日本的外食，可說是❽相對昂貴的。對日本人而言，「❾節制外食」這件事，在❿省錢這方面，是相當

學習影音

【詞彙】

❶ 外で食事をする	❷ 高く付く	❸ 外食
❹ 安くない	❺ 弁当	❻ 牛丼
❼ 収入	❽ 相対的に高い	❾ 控える
❿ お金を節約する	⓫ 貯金できる金額	⓬ 勘違いする
⓭ 屋台に並んでいる	⓮ 不況	⓯ 切り詰める

〔外食〕

MP3 184
❶～⓯

重要的；「外食」與「不外食」，兩者⓫能夠儲蓄的金額，完全不同。

如果日本人來台灣旅行，並且前往夜市，可能許多日本人都會⓬誤會：「台灣還有那麼多人⓭在攤位前面排隊，雖說⓮不景氣，但其實也不是很嚴重的不景氣吧」。因為，當日本人面臨不景氣時，通常會先從外食的費用開始⓯節約。

【讀音・字義】

そと　しょくじ □で□□をする 在外用餐	たか　つ □く□く 會花更多錢	がいしょく □□ 外食
やす □くない 不便宜的	べんとう □□ 便當	ぎゅうどん □□ 牛肉蓋飯
しゅうにゅう □□ 收入	そうたいてき　たか □□□に□い 相對昂貴的、相對高的	ひか □える 節制、待命、迫近、拉住
かね　せつやく お□を□□する 省錢	ちょきん　きんがく □□できる□□ 能夠儲蓄的金額	かんちが □□いする 誤會
やたい　なら □□に□んでいる 在攤位前面排隊	ふきょう □□ 不景氣	き　つ □り□める 節約、剪短

185 安定した電力供給、高い電気代（1）

（あんてい　でんりょくきょうきゅう　たか　でんきだい）

日本的❶電力供應非常❷穩定，幾乎不會有❸跳電之類的情形。據說，❹先進國家的❺年度平均停電時間，英國、美國、法國等約為 60 分鐘，而日本則是 9 分鐘。

也曾聽說，有一位日本人在自己的房間裡放了一台❻音響。因為音響並沒有跳電時的❼備用電源裝置，所以只要❽拔除電源，音響的❾時鐘就

學習影音

【詞彙】

❶ 電力供給	❷ 安定する	❸ 電圧低下
❹ 先進国	❺ 年間平均停電時間	❻ ステレオ
❼ 予備電源装置	❽ 電源を抜く	❾ 時計
❿ 戻る	⓫ 出国する	⓬ 時刻を合わせる
⓭ 帰国する	⓮ 正常	⓯ 作動する

〔穩定的電力供應・昂貴的電費〕(1)

MP3 185
❶～⓯

會 ❿ 歸回 00：00。這位日本人在 ⓫ 出國之前，先將音響的時鐘 ⓬ 校正時間，等到一年後 ⓭ 回國，發現時鐘仍然保持 ⓮ 正常 ⓯ 運作。由此可見日本的電力供應，算是十分穩定。

【讀音・字義】

でんりょくきょうきゅう □□□□ 電力供應	あんてい □□する 穩定	でんあつていか □□□□ 跳電
せんしんこく □□□ 先進國家	ねんかんへいきんていでんじかん □□□□□□□□ 年度平均停電時間	ステレオ 音響、立體聲
よびでんげんそうち □□□□□□ 備用電源裝置	でんげんぬ □□を□く 拔除電源	とけい □□ 時鐘
もど □る 歸回、返回、復原、物歸原主	しゅっこく □□する 出國	じこくあ □□を□わせる 校正時間
きこく □□する 回國	せいじょう □□ 正常的	さどう □□する 運作

186 安定した電力供給、高い電気代（2）

日本的❶電力設備，幾乎可以說是❷萬全到太過萬全的地步。這樣的狀況❸被反映在❹電費上的結果，就是日本的電費❺非常昂貴。因為電力的❻使用者，必須❼支付❽花費在設施上的費用。即使❾考量日本人和台灣人的❿收入差異，日本的電費，還是比台灣貴上許多。

日本的⓫消費者⓬對於品質極為講究，而企業服務消費者⓭使其滿

學習影音

【詞彙】

❶ 電力設備	❷ 万全	❸ 反映される
❹ 電気代	❺ とても高い	❻ 使用者
❼ 払う	❽ 施設に掛かる費用	❾ 考慮する
❿ 収入の差	⓫ 消費者	⓬ 品質に煩い
⓭ 満足させる	⓮ 要求する	⓯ 物価

〔穩定的電力供應・昂貴的電費〕(2)

MP3 186
❶～⓯

意，也向消費者⓮要求高額的費用。其實不只是電費，日本的⓯物價普遍昂貴，或許也是由於日本人對於品質過於講究的緣故。

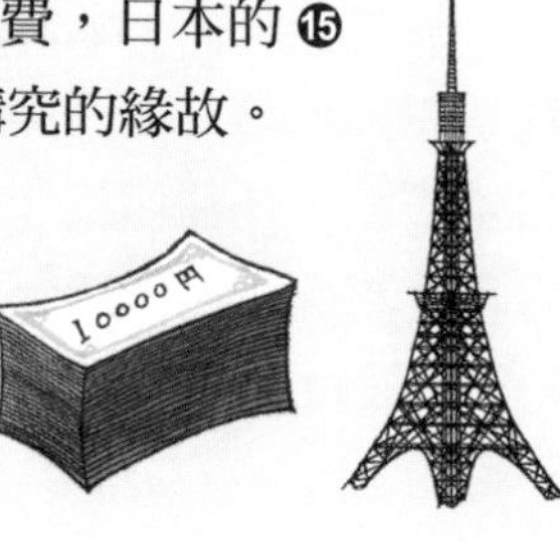

【讀音・字義】

でんりょくせつび □□□□ 電力設備	ばんぜん □□ 萬全的	はんえい □□される 被反映
でんきだい □□□ 電費	たか とても□い 非常昂貴的	しようしゃ □□□ 使用者
はら □う 支付、去除、驅離	しせつ か ひよう □□に□かる□□ 花費在設施上的費用	こうりょ □□する 考量、考慮
しゅうにゅう さ □□の□ 收入差異	しょうひしゃ □□□ 消費者	ひんしつ うるさ □□に□い 對於品質極為講究的
まんぞく □□させる 使其滿意	ようきゅう □□する 要求	ぶっか □□ 物價

187 その他(た)の日本(にほん)の物価(ぶっか)（1）

雖然，許多人都說日本的 ❶ 物價昂貴，但其實，日本的 ❷ 化妝品、 ❸ 電器用品、 ❹ 服飾等等，有時候也是 ❺ 十分便宜的。在台灣 ❻ 有在販售的日本製品，往往價格十分昂貴，不過如果是在日本購買的話，通常 ❼ 能夠以相當便宜的價格購入。

至於日本 ❽ 超市的 ❾ 食品價格，如果把 ❿ 米、 ⓫ 肉類、 ⓬ 茶等等 ⓭

學習影音

【詞彙】

❶ 物価が高い	❷ 化粧品	❸ 電化製品
❹ 服	❺ とても安い	❻ 売っている
❼ かなり安く買える	❽ スーパー	❾ 食品の値段
❿ 米	⓫ 肉	⓬ お茶
⓭ 除く	⓮ 考慮する	⓯ 所得の違い

〔日本的其他物價〕(1)

MP3 187
❶～⓯

排除的話，與台灣超市的食品價格相較之下，大約只有貴一點點而已。要是⓮考量到日本人和台灣人⓯所得的差異，甚至可以說，日本的超市還比較便宜。

【讀音・字義】

ぶっ か たか □□が□い 物價昂貴	け しょうひん □□□ 化妝品	でん か せいひん □□□□ 電器用品、電氣化用品
ふく □ 服飾	やす とても□い 十分便宜的	う □っている 有在販售
やす か かなり□く□える 能夠以相當便宜的價格購入	スーパー 超市	しょくひん ね だん □□の□□ 食品價格
こめ □ 米	にく □ 肉類	ちゃ お□ 茶
のぞ □く 排除、去除	こう りょ □□する 考量、考慮	しょ とく ちが □□の□い 所得的差異

188 その他(た)の日本(にほん)の物価(ぶっか)（2）

米和肉類的話，如果❷同樣地考量日本人和台灣人的所得差異，則是日本❸稍微貴一些。❹此外，在日本所販售的茶，幾乎都是❺日本原產的，所以價格會比台灣販售的茶昂貴許多。台灣人可以❻輕輕鬆鬆❼喝茶，與此❽對比之下，茶在日本則是屬於❾高價的產品，甚至有一點像是❿奢侈品的⓫感覺。

學習影音

【詞彙】

❶ その他	❷ 同じように	❸ 少し高い
❹ それから	❺ 日本産	❻ 気軽
❼ お茶を飲む	❽ 比べる	❾ 高い物
❿ 贅沢品	⓫ 感じ	⓬ ガソリンの価格
⓭ 交通機関	⓮ サービスの水準	⓯ 交通費

〔日本的❶其他物價〕(2)

MP3 188
❶～⓯

在日本，⓬汽油的價格比台灣稍微貴一點，但如果考量所得的差異，日本的油價可以說比台灣便宜許多。

至於交通方面，因為日本⓭交通工具的⓮服務水準很高，所以⓯交通費也十分昂貴。即使考量所得的差異，日本的交通費還是高於台灣。

【讀音・字義】

た その□ 其他	おな □じように 同樣地	すこ　たか □し□い 稍微貴一些的
それから 此外、接著、此後、還有	に ほん さん □□□ 日本原產	き がる □□ 輕輕鬆鬆的、輕率的
ちゃ　の お□を□む 喝茶	くら □べる 對比、比較、較量	たか　もの □い□ 高價的產品
ぜいたく ひん □□□ 奢侈品	かん □じ 感覺	か かく ガソリンの□□ 汽油的價格
こう つう き かん □□□□ 交通工具	すいじゅん サービスの□□ 服務水準	こう つう ひ □□□ 交通費

189 トイレの紙(かみ)は流(なが)して処理(しょり)

以前，幾乎日本所有的 ❸ 家庭，都是使用 ❹ 抽水肥式的廁所。 ❺ 從那時候開始，日本人就一直是把 ❻ 使用過的紙，直接 ❼ 丟棄到廁所裡。 ❽ 後來，雖然 ❾ 抽水式馬桶 ❿ 日漸普及，不過「使用過的紙要丟入廁所」的 ⓫ 習慣，卻一直 ⓬ 沒有改變。

因此，當日本人前往國外，發現某些國家的人，通常是把使用過的紙丟

學習影音

【詞彙】

❶ 流す	❷ 処理	❸ 家庭
❹ 汲み取り式トイレ	❺ その時から	❻ 使用済みの紙
❼ 捨てる	❽ その後	❾ 水洗式トイレ
❿ 徐々に普及する	⓫ 習慣	⓬ 変わらない
⓭ ゴミ箱	⓮ 次に使用する	⓯ 見られる

〔廁所衛生紙要❶沖掉❷處理〕

MP3 189
❶～⓯

在⓭垃圾桶時，往往會感到非常驚訝。日本人（尤其是女性）如果在國外必須使用那樣的廁所，不免會擔心當⓮下一個使用的人如廁時，自己使用過的衛生紙，可能⓯會被看到。

【讀音・字義】

なが □す 沖掉、使其流動	しょり □□ 處理	かてい □□ 家庭
く　と　しき □み□り□トイレ 抽水肥式的廁所	とき その□から 從那時候開始	しようず　かみ □□□みの□ 使用過的紙
す □てる 丟棄、拋棄、擱置、放棄	ご その□ 後來	すいせんしき □□□トイレ 抽水式馬桶
じょじょ　ふきゅう □□に□□する 日漸普及	しゅうかん □□ 習慣	か □わらない 沒有改變
ばこ ゴミ□ 垃圾桶	つぎ　しよう □に□□する 下一個使用	み □られる 會被看到、可以看到

190 学生服（1）

（がくせいふく）

日本❶國高中生的制服之中，男生的「❷立領學生服」（❸通稱「❹學蘭服」）是以❺歐洲的❻軍服為❼基礎，女生的「❽水手服」則是以歐洲❾海軍的❿制服為基礎，而⓫被製作而成的。

有些日本人覺得，只要⓬穿上「水手服」，⓭不論是誰，都會⓮看起來很可愛。

學習影音

【詞彙】

❶ 中高生	❷ 詰襟学生服	❸ 通称
❹ 学ラン	❺ ヨーロッパ	❻ 軍服
❼ 基	❽ セーラー服	❾ 海軍
❿ 制服	⓫ 作られた	⓬ 着る
⓭ 誰でも	⓮ 可愛く見える	⓯ 学校

〔學生制服〕(1)

MP3 190
❶～⓯

不過目前在日本，仍以「學蘭服」和「水手服」作為制服的⓯學校，已經減少了許多。

【讀音・字義】

ちゅうこうせい □□□ 國高中生	つめえりがくせいふく □□□□□ 立領學生服	つうしょう □□ 通稱
がく □ラン 學蘭服	ヨーロッパ 歐洲	ぐんぷく □□ 軍服
もと □ 基礎、根基	ふく セーラー□ 水手服	かいぐん □□ 海軍
せいふく □□ 制服	つく □られた 被製作而成	き □る 穿上
だれ □でも 不論是誰	かわい　み □く□える 看起來很可愛	がっこう □□ 學校

191 学生服（2）

（がくせいふく）

在 1980 年代，日本的國高中正處於「❶混亂的時代」。當時，女學生❷流行把水手服的❸裙子❹弄得很長，好像要❺拖到地面一樣；或者反過來，把裙子❻弄得很短。為了❼對付那樣的❽違規水手服，許多學校於是❾廢除水手服，改為❿採用「⓫西裝外套制服」。

據說採用「西裝外套制服」的原因，是因為「西裝外套制服」⓬很難

學習影音

【詞彙】

❶ 荒れた時代	❷ 流行する	❸ スカート
❹ 長くする	❺ 引き摺る	❻ 短くする
❼ 対抗する	❽ 違反	❾ 廃止する
❿ 採用する	⓫ ブレザー	⓬ 改造しにくい
⓭ 現れる	⓮ 今	⓯ ステータス

〔學生制服〕(2)

MP3 191
❶ ~ ⓯

改造，而且就算進行改造，穿起來也不會更可愛。不過後來，還是 ⓭ 出現了經過改造的「西裝外套制服」。

⓮ 如今，對那些當時沒有廢除水手服的學校來說，水手服有時候反而成為一種 ⓯ 身份的象徵。

【讀音・字義】

あ□れた じだい□□ 混亂的時代	りゅうこう□□する 流行	スカート 裙子
なが□くする 弄得很長	ひ□きず□る 拖到地面、刻意拖長、硬拉著去	みじか□くする 弄得很短
たいこう□□する 對付、對抗	いはん□□ 違規、違反	はいし□□する 廢除
さいよう□□する 採用	ブレザー 西裝外套制服	かいぞう□□しにくい 很難改造
あらわ□れる 出現、顯露	いま□ 如今、現在、剛才、馬上	ステータス 身份的象徵、社會地位、狀態

192 御守り

（おまもり）

參訪日本的❶神社時，應該有不少外國人會把❷護身符❸買回去，作為自己去過神社的❹紀念。不過，大家知道在護身符❺裡面，究竟❻裝著什麼嗎？

其實，日本神社的護身符裡面，幾乎都裝著❼寫有一些東西的❽紙張或是❾木片。據說那些紙張或木片，都是在神社內❿受過祈福加持的東

學習影音

【詞彙】

❶ 神社	❷ 御守り	❸ 買って帰る
❹ 記念	❺ 中	❻ 入っている
❼ 書いてある	❽ 紙	❾ 板
❿ 祈祷された	⓫ 神力を持つ	⓬ 信じる
⓭ 効力	⓮ 開けてはいけない	⓯ 神力が逃げてしまう

#〔護身符〕

MP3 192
❶～⓯

西，因此被視為⓫具有神力。

如果⓬相信護身符的⓭效力，千萬切記⓮不可以打開它。據說只要一打開護身符，就會導致⓯神力消失。

【讀音・字義】

じんじゃ □□	おまも □□り	か　かえ □って□る
神社	護身符	買回去
きねん □□	なか □	はい □っている
紀念	裡面、中間	裝著
か □いてある	かみ □	いた □
寫有	紙張	木片、木板、板片
きとう □□された	しんりき　も □□を□つ	しん □じる
受過祈福加持	具有神力	相信
こうりょく □□	あ □けてはいけない	しんりき　に □□が□げてしまう
效力	不可以打開	神力消失

193 家紋（かもん）

在日本，各個家族幾乎都有❶自己家族的家徽。所謂的「家徽」，是❷象徵著整個家族，像是「❸標誌」一樣的東西。據說，日本有上萬種的家徽，其中最有名的，就是「❹德川家的葵紋家徽」；只要是日本人，❺無人不知、無人不曉。

現存的日本家徽，幾乎都是大約一千年前的「平安時代」中期就出現的。在日本，以前的人為了便於與他人做出❻區別，便在❼牛車或衣服上

學習影音

【詞彙】

❶ 一族の家紋	❷ 象徴する	❸ マーク
❹ 徳川家の葵の家紋	❺ 誰でも知っている	❻ 区別
❼ 牛車	❽ 武士	❾ 先祖が守ってくれる
❿ 武器	⓫ 旗	⓬ 寺
⓭ 家系	⓮ 神紋	⓯ 寺紋

〔家徽〕

MP3 193
❶～⓯

放上家徽。後來，因為❽武士相信❾祖先會守護自己，於是便開始將家徽使用於❿武器，或是⓫旗子之類的東西上。

此外，有些神社或⓬寺廟⓭門第也有自己的家徽，分別稱為「⓮神徽」和「⓯寺徽」。

【讀音・字義】

いちぞく かもん □□の□□ 自己家族的家徽	しょうちょう □□する 象徵	マーク 標誌、記號
とくがわけ あおい かもん □□□の□の□□ 德川家的葵紋家徽	だれ し □でも□っている 無人不知、無人不曉	くべつ □□ 區別、差異
ぎっしゃ □□ 牛車	ぶし □□ 武士	せんぞ まも □□が□ってくれる 祖先會守護自己
ぶき □□ 武器	はた □ 旗子	てら □ 寺廟
かけい □□ 門第、血統	しんもん □□ 神徽	じもん □□ 寺徽

194 芸者（げいしゃ）

可能有許多外國人，都認為日本的藝妓就是 ❶ 妓女吧？其實，日本的藝妓並不是妓女，而是類似早期的「 ❷ 伴遊」這樣的角色。藝妓的工作，是在 ❸ 宴席上 ❹ 斟酒、 ❺ 跳舞，以及和客人 ❻ 玩遊戲，負責 ❼ 接待客人。

一名 ❽ 一流的藝妓，通常有一位固定的「 ❾ 老爺」（在藝妓的世界裡，所謂的「老爺」就相當於 ❿ 贊助者）。「老爺」多半是 ⓫ 當地的商業

學習影音

【詞彙】

❶ 売春婦	❷ コンパニオン	❸ 宴会の席
❹ お酒を注ぐ	❺ 踊る	❻ ゲームをする
❼ 接待する	❽ 一流の芸者	❾ 旦那
❿ スポンサー	⓫ その土地の財界人	⓬ 気に入った
⓭ 面倒を一生見る	⓮ 体を売る	⓯ 遊女

〔藝妓〕

MP3 194
❶～⓯

大老，一旦「老爺」發現⓬中意的藝妓，往往就會對她⓭照顧一輩子。

通常，藝妓不做⓮出賣身體的事，只為固定的「老爺」效力。當然，似乎也有一些賣身的藝妓；但其實賣春並非藝妓的工作，而是「⓯遊女（ゆうじょ）」的工作。所謂的「遊女」，才是日本早期的妓女。

【讀音・字義】

ばいしゅん ふ □□□ 妓女	コンパニオン 伴遊	えんかい せき □□の□ 宴席
さけ そそ お□を□ぐ 斟酒	おど □る 跳舞	ゲームをする 玩遊戲
せったい □□する 接待	いちりゅう げいしゃ □□の□□ 一流的藝妓	だん な □□ 老爺
スポンサー 贊助者	と ち ざいかいじん その□□の□□□ 當地的商業大老	き い □に□った 中意（了的）
めんどう いっしょう み □□を□□□る 照顧一輩子	からだ う □を□る 出賣身體	ゆう じょ □□ 遊女（日本早期的妓女）

195 自衛隊（1）

じえいたい

日本人並沒有❶服兵役的義務。日本的「❷自衛隊」是一種❸職業，還可以領到❹相當不錯的薪水。

在日本，許多地方都❺貼有自衛隊❻招募隊員的海報，幾乎❼一年到頭都在招募隊員。此外，還有「負責❽網羅年輕人加入自衛隊」這樣的❾職務；在日本的一些車站附近，偶爾就會遇到這種職務的人。

學習影音

【詞彙】

❶ 兵役の義務	❷ 自衛隊	❸ 職業
❹ なかなかいい給料	❺ 貼ってある	❻ 隊員募集のポスター
❼ 年中	❽ スカウトする	❾ 役職
❿ 入隊する	⓫ 厳しい訓練	⓬ どんどん止めていく
⓭ 優秀な人材	⓮ 人材不足	⓯ 悩まされる

〔自衛隊〕(1)

MP3 195
❶～⓯

⓾ 入伍進自衛隊的年輕人們，在 ⓫ 嚴格的訓練之下，往往會 ⓬ 接連打退堂鼓，最後只剩下 ⓭ 優秀的人材。由於真正堪用的人材很少，所以自衛隊總是因為 ⓮ 人材匱乏，而 ⓯ 被迫傷腦筋。

【讀音・字義】

へいえき　ぎむ □□の□□ 服兵役的義務	じ えい たい □□□ 自衛隊	しょくぎょう □□ 職業
きゅうりょう なかなかいい□□ 相當不錯的薪水	は □ってある 貼有	たいいん ぼしゅう □□□□のポスター 招募隊員的海報
ねんじゅう □□ 一年到頭、一整年、總是、年間	スカウトする 網羅	やくしょく □□ 職務
にゅうたい □□する 入伍、入隊	きび　くんれん □しい□□ 嚴格的訓練	や どんどん□めていく 接連打退堂鼓
ゆうしゅう　じんざい □□な□□ 優秀的人材	じんざい ぶ そく □□□□ 人材匱乏	なや □まされる 被迫傷腦筋

196 自衛隊（2）

（じえいたい）

日本有一所「❶防衛大學」，從那裡❷畢業之後，就可以成為自衛隊的「❸幹部候補生（預備幹部）」。「防衛大學」是一所❹很難考的大學，要❺進入裡面就讀並❻不容易。

在自衛隊裡面，基本上沒有什麼❼遇見女性的❽機會。自衛隊的❾隊員們，總是在❿尋求與女性的⓫邂逅，對於⓬聯誼之類的活動，常會⓭

學習影音

【詞彙】

❶ 防衛大学校	❷ 卒業する	❸ 幹部候補生
❹ 難しい大学	❺ 入る	❻ 簡単ではない
❼ 女性と出会う	❽ 切っ掛け	❾ 隊員
❿ 求める	⓫ 出会い	⓬ 合コン
⓭ 積極的	⓮ 参加する	⓯ 飢えている

〔自衛隊〕(2)

MP3 196
❶～⓯

積極 ⓮ 參加。自衛隊員們對於女性，常是 ⓯ 處於很渴望的狀態。

【讀音・字義】

ぼう えい だい がっ こう □□□□□ 防衛大學	そつぎょう □□する 畢業	かん ぶ こう ほ せい □□□□□ 幹部候補生（預備幹部）
むずか だいがく □しい□□ 很難考的大學	はい □る 進入、進入成為一員、容納	かん たん □□ではない 不容易
じょせい で あ □□と□□う 遇見女性	き か □っ□け 機會、契機	たいいん □□ 隊員
もと □める 尋求、渴望、要求、購入	で あ □□い 邂逅	ごう □コン 聯誼
せっきょくてき □□□ 積極的	さん か □□する 參加	う □えている 處於很渴望的狀態

197 カラオケを発明(はつめい)した人(ひと)

從前，日本有一位「❶酒店伴奏者」，名叫井上大佑(いのうえだいすけ)。曾經有一位客人拜託他，「因為想要在員工旅遊時使用，請幫忙製作只有放入❷伴奏的卡帶」。

後來，井上大佑致力於發展這樣的❸錄音卡帶，❹想出可以配合❺歌唱者，改變伴奏的❻音階或❼節奏的東西，也就是所謂的「❽卡拉OK」。如此一來，客人就不必❾受制於伴奏者的❿演奏曲目，可以唱自

學習影音

【詞彙】

❶ 酒場の流し	❷ 伴奏	❸ 録音テープ
❹ 思い付く	❺ 歌う人	❻ 音階
❼ テンポ	❽ カラオケ	❾ 左右される
❿ レパートリー	⓫ 立ち上げる	⓬ レンタルする
⓭ ビジネスモデル	⓮ 発明者	⓯ 特許を申請する

〔發明卡拉 OK 的人〕

MP3 197
❶～⓯

己喜歡的歌。後來，井上大佑更⓫成立了⓬出租卡拉 OK 機器的事業。

雖然身為「卡拉 OK」設備及⓭商業模式的⓮發明者，但井上大佑並未⓯申請專利。據說，如果透過這項專利，他當時或許可以獲得一年 100 億日圓左右的專利收入。

【讀音・字義】

さかば　なが □□の□し 酒店伴奏者	ばんそう □□ 伴奏	ろくおん □□テープ 錄音卡帶
おも　つ □い□く 想出	うた　ひと □う□ 歌唱者	おんかい □□ 音階
テンポ 節奏	カラオケ 卡拉 OK	さ　ゆう □□される 受制於、被影響、被支配
レパートリー 演奏曲目、演出劇目	た　あ □ち□げる 成立、啟動、設立	レンタルする 出租
ビジネスモデル 商業模式	はつめいしゃ □□□ 發明者	とっきょ　しんせい □□を□□する 申請專利

198 PANASONIC（パナソニック）とSHARP（シャープ）（1）

PANASONIC 原本的公司名稱是「松下電器産業（まつしたでんきさんぎょう）」，❶創立者為松下幸之助（まつしたこうのすけ）。這位松下先生曾在電力公司工作，後來根據當時想到的❷點子，研發新產品，並❸創立了製造電器用品的公司。他是以「提供❹大眾價格便宜的產品」為❺宗旨。

SHARP 原本的公司名稱是「早川電気工業（はやかわでんきこうぎょう）」，創立者為早川徳次（はやかわとくじ）。早川先生原本經營的，是❻製造自己研發的❼自動鉛筆，以及特殊❽皮帶扣

學習影音

【詞彙】

❶ 創業者	❷ アイデア	❸ 起業する
❹ 大衆	❺ モットー	❻ 製造する
❼ シャープペンシル	❽ ベルトのバックル	❾ 関東大震災
❿ 九死に一生を得る	⓫ 妻子を失う	⓬ 新しい事業
⓭ 出直す	⓮ 独創的	⓯ 世界初

〔PANASONIC 和 SHARP〕(1)

MP3 198
❶～⓯

環的公司。在❾關東大地震時他❿歷經九死一生，卻⓫失去妻兒；為了開創⓬新的事業，⓭重振旗鼓、重新開始，他開始製造收音機，進入了家電產品的領域。在日本，以往 SHARP 是以⓮獨創性的產品研發而聞名，曾創造出許多⓯世界首創的商品。

【讀音・字義】

そうぎょうしゃ □□□ 創立者	アイデア 點子	き ぎょう □□する 創立、創業
たいしゅう □□ 大眾	モットー 宗旨、座右銘	せいぞう □□する 製造
シャープペンシル 自動鉛筆	ベルトのバックル 皮帶扣環	かん とう だい しん さい □□□□□ 關東大地震
きゅう し　いっしょう　え □□に□□を□る 歷經九死一生	さい し　うしな □□を□う 失去妻兒	あたら　じ ぎょう □しい□□ 新的事業
で なお □□す 重振旗鼓、重新開始、再來	どく そう てき □□□ 獨創性的	せ かい はつ □□□ 世界首創

199 PANASONIC（パナソニック）とSHARP（シャープ）（2）

由於早期 SHARP 時常 ❶ 研發出 ❷ 領先 ❸ 時代的 ❹ 產品，因此 ❺ 被評論為「早川（はやかわ）は早（はや）かった」（早川 ❻ 早一步）。相對於此，PANASONIC 卻較 ❼ 擅長 ❽ 模仿 ❾ 其他公司研發的產品，因此 ❿ 被揶揄為「松下電器（まつしたでんき）は"まねした電器（でんき）"」（松下電器是"模仿電器"）。「まねした」和「真似（まね）した」發音相同，「真似（まね）した」是「真似（まね）する」（模仿）的「普通形過去式」；

學習影音

【詞彙】

❶ 開発する	❷ 先取りする	❸ 時代
❹ 製品	❺ 言われる	❻ 早かった
❼ 得意	❽ 真似する	❾ 他社
❿ 揶揄される	⓫ 然し	⓬ 進んでいる
⓭ 反面	⓮ 壊れやすい	⓯ なかなか壊れない

〔PANASONIC 和 SHARP〕(2)

MP3 199
❶～⓯

那句話是拿「松下（まつした）」和「真似（まね）した」的諧音來開玩笑。

⓫ 然而，SHARP 的產品在 ⓬ 先進的 ⓭ 另一面，卻被評論為 ⓮ 不耐用、容易損壞；至於 PANASONIC 的產品，則被認為 ⓯ 堅固耐用、不易損壞。

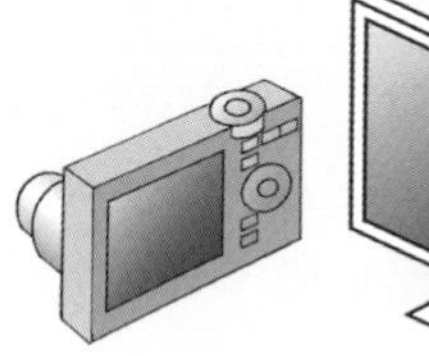

【讀音・字義】

かいはつ □□する 研發、開發、啟發	さき ど □□りする 領先、搶先、預收	じ だい □□ 時代
せいひん □□ 產品	い □われる 被評論、被稱為	はや □かった 早一步
とく い □□ 擅長的、得意的	ま ね □□する 模仿	た しゃ □□ 其他公司
や ゆ □□される 被揶揄	しか □し 然而	すす □んでいる 先進、持續進行
はんめん □□ 另一面	こわ □れやすい 不耐用、容易損壞	こわ なかなか□れない 堅固耐用、不易損壞

200 日本人(にほんじん)と近視(きんし)

大家去日本的時候，如果發現❶戴眼鏡的日本人很少，就覺得「日本人❷視力良好」的話，那可就❸大錯特錯了。其實，日本人❹近視的❺比例也❻絕對❼不低。據說日本的大學生之中，有將近❽八成的人都有近視。但日本人不論男女，基本上都❾不太喜歡戴眼鏡。日本的年輕人❿之間，比起眼鏡，⓫隱形眼鏡更⓬受歡迎。日本人一直到國中左右，一般都

學習影音

【詞彙】

❶ 眼鏡を掛ける	❷ 目がいい	❸ 大間違い
❹ 近視	❺ 割合	❻ 決して
❼ 低くない	❽ 八割	❾ 余り好きじゃない
❿ 間	⓫ コンタクトレンズ	⓬ 人気
⓭ かなり減る	⓮ 多さ	⓯ 逆に

〔日本人和近視〕

MP3 200
❶～⓯

是戴眼鏡；到了高中，使用隱形眼鏡的人越來越多；到了大學，戴眼鏡的人更是⓭大幅減少。

因此，當日本人來到台灣，看到台灣戴眼鏡的人⓮數量之多，可能⓯反而會覺得很驚訝。

【讀音・字義】

めがね　か □□を□ける 戴眼鏡	め □がいい 視力良好	おお　まちが □□□い 大錯特錯
きんし □□ 近視	わりあい □□ 比例	けっ □して 絕對
ひく □くない 不低的	はちわり □□ 八成	あま　す □り□きじゃない 不太喜歡
あいだ □ 之間、間隔、期間、關係	コンタクトレンズ 隱形眼鏡	にんき □□ 受歡迎
へ かなり□る 大幅減少	おお □さ 數量之多	ぎゃく □に 反而、反過來

201 試験の願掛け（1）

在日本，❶ 早期的人們在 ❷ 考試之前，是 ❸ 不可以使用某些 ❹ 詞彙的，因為 ❺ 那些詞彙會 ❻ 使人聯想到其他的事情。例如：

（1）【落ちる】（ ❼ 掉落、脫落）：

會使人聯想到「試験に落ちる」（ ❽ 考試落第）。

（2）【滑る】（ ❾ 滑行、滑倒）：

會使人聯想到「試験に滑る」（ ❿ 考試滑跤失敗）。

學習影音

【詞彙】

❶ 昔の人	❷ 試験の前	❸ 使ってはいけない
❹ 言葉	❺ それら	❻ 連想させる
❼ 落ちる	❽ 試験に落ちる	❾ 滑る
❿ 試験に滑る	⓫ 現代の人	⓬ 気にしない
⓭ そんな事	⓮ 願掛けをする	⓯ 沢山

〔考試的祈願〕(1)

MP3 201
❶～⓯

而⓫現今的人們，多半⓬不在意⓭那樣的事情了。不過，即使在目前的日本，為了考試而⓮祈福許願的人，仍然⓯很多。

【讀音・字義】

むかし ひと □の□ 早期的人們	し けん まえ □□の□ 考試之前	つか □ってはいけない 不可以使用
こと ば □□ 詞彙、話語、語言、語彙、措辭	それら 那些	れん そう □□させる 使人聯想到
お □ちる 掉落、脫落	し けん お □□に□ちる 考試落第	すべ □る 滑行、滑倒
し けん すべ □□に□る 考試滑跤失敗	げんだい ひと □□の□ 現今的人們	き □にしない 不在意
こと そんな□ 那樣的事情	がん か □□けをする 祈福許願	たく さん □□ 很多

202 試験の願掛け（2）

日本常見的考試祈願有：

（1）【五を書く】（❶寫 5）：這是❷最常被實行的祈願方式。就是在❸手上「寫❹數字 5」，因為「五を書く」的發音和「合格」（❺考試合格）很接近。【五を書く→ごをかく→合格】這樣的❻意思。

（2）【パスタを食べる】（❼吃義大利麵）：在考試的❽前一天吃義大利麵。因為「パスタ」（義大利麵）的發音和「パスだ」（通過）很接近。【パスタ→パスだ（會 pass）→試験にパスだ（❾會通過考試）】這樣的意思。

學習影音

【詞彙】

❶ 五を書く	❷ 一番良く行われる	❸ 手
❹ 数字	❺ 合格	❻ 意味
❼ パスタを食べる	❽ 前日	❾ 試験にパスだ
❿ 合格祈願グッズ	⓫ 五角鉛筆	⓬ 五角形
⓭ 蛸のグッズ	⓮ 置く	⓯ 置くとパス

〔考試的祈願〕(2)

MP3 202
❶～⓯

此外，日本還有 ❿ 祈願合格幸運物：

（1）【五角鉛筆（ごかくえんぴつ）】（ ⓫ 五角鉛筆）：一種「 ⓬ 五角形」的鉛筆。因為「五角（ごかく）」的發音和「合格（ごうかく）」很接近。【五角（ごかく）→ごかく→合格（ごうかく）】。

（2）【たこのグッズ】（ ⓭ 章魚幸運物）：「章魚」的外來語是「オクトパス」（octopus），發音和「置（お）くとパス」（只要 ⓮ 擱著就能通過 ＝ ⓯ 輕鬆通過）相同。【オクトパス→おくとパス→置（お）くとパス】。

【讀音・字義】

ご　か □を□く 寫 5	いちばん よ　おこな □□□く□われる 最常被實行	て □ 手
すう　じ □□ 數字	ごう かく □□ 考試合格	い　み □□ 意思、意義、含意
た パスタを□べる 吃義大利麵	ぜん じつ □□ 前一天	し　けん □□にパスだ 會通過考試
ごうかく き がん □□□□グッズ 祈願合格幸運物	ご かく えん ぴつ □□□□ 五角鉛筆	ご かく けい □□□ 五角形
たこ □のグッズ 章魚幸運物	お □く 擱著、放在、配置、設置、留下	お □くとパス 輕鬆通過、只要擱著就能通過

203 色々(いろいろ)な自動販売機(じどうはんばいき)（1）

當外國人到日本時，似乎都會對於為數眾多的 ❶ 自動販賣機，感到非常驚訝。據說，是因為那樣的畫面，看起來好像是到處都放著 ❷ 保險金庫一樣。

在日本，最常看到的，就是 ❸ 飲料的自動販賣機。但除此之外，還有一些 ❹ 形形色色、 ❺ 與眾不同的物品的自動販賣機。例如： ❻ 棉花糖、

學習影音

【詞彙】

❶ 自動販売機	❷ 金庫	❸ 飲料
❹ 色々	❺ 変わった物	❻ 綿菓子
❼ 唐（空）揚げ	❽ 蛸焼き	❾ 食券
❿ 農産物	⓫ 温泉水	⓬ 髭剃り
⓭ 旅行保険	⓮ ポルノ雑誌	⓯ 大人の玩具

〔形形色色的自動販賣機〕（1）

MP3 203
❶～⓯

❼日式炸雞塊、❽章魚燒、❾餐券；或者❿農產品、⓫溫泉水、⓬刮鬍刀；甚至還有⓭旅遊保險、⓮色情雜誌、⓯成人玩具等等的自動販賣機。

【讀音・字義】

じ どう はん ばい き □□□□□ 自動販賣機	きん こ □□ 保險金庫	いんりょう □□ 飲料
いろいろ □□ 形形色色的	か　もの □わった□ 與眾不同的物品	わた が し □□□ 棉花糖
から から あ □（□）□げ 日式炸雞塊	たこ や □□き 章魚燒	しょっけん □□ 餐券
のう さん ぶつ □□□ 農產品	おん せん すい □□□ 溫泉水	ひげ そ □□り 刮鬍刀
りょ こう ほ けん □□□□ 旅遊保險	ざっ し ポルノ□□ 色情雜誌	お と な　お もちゃ □□の□□ 成人玩具

204 色々（いろいろ）な自動販売機（じどうはんばいき）（2）

日本也有 ❶ 香菸的自動販賣機，所以即使 ❷ 未成年，也能夠買到香菸，以至變成了一個大問題。

於是後來，日本出現了裝設著 ❸ 照相機，可以 ❹ 判斷購買者 ❺ 年齡的香菸自動販賣機。然而，這樣的機器也 ❻ 被指出有 ❼ 精準度的問題。例如：有 ❽ 娃娃臉的 ❾ 成年人想要買菸時，卻可能 ❿ 被拒絕；高中生只要

學習影音

【詞彙】

❶ 煙草	❷ 未成年	❸ カメラ
❹ 判断する	❺ 年齢	❻ 指摘される
❼ 精度の問題	❽ 童顔	❾ 成人
❿ 拒否される	⓫ 顰めっ面をする	⓬ うどん
⓭ お金を入れる	⓮ 碗に入った	⓯ 出来立て

〔形形色色的自動販賣機〕(2)

MP3 204
❶～⓯

⓫ 皺眉頭，就可以買到香菸等等。

另外，還有一種與眾不同的，那就是 ⓬ 烏龍麵的販賣機。只要 ⓭ 投入錢幣，大約經過 3 分鐘，就會出現一碗 ⓮ 裝在碗裡、 ⓯ 剛剛煮好的烏龍麵。

【讀音・字義】

たばこ □□ 香菸	みせいねん □□□ 未成年	カメラ 照相機
はんだん □□する 判斷	ねんれい □□ 年齡	してき □□される 被指出
せいど　もんだい □□の□□ 精準度的問題	どうがん □□ 娃娃臉	せいじん □□ 成年人
きょひ □□される 被拒絕	しか　つら □めっ□をする 皺眉頭	うどん 烏龍麵
かね　い お□を□れる 投入錢幣	わん　はい □に□った 裝在碗裡（了的）	で き た □□□て 剛剛煮好、剛剛做好

205 変(へん)な校則(こうそく)（1）

在日本境內，有不少的❶小學、❷國中及❸高中，都有一些❹奇怪的校規。在日本的❺廣播電台節目裡，這些奇怪的校規經常❻成為討論話題。以下為大家介紹❼一部分的奇怪校規：

校規 即使和❽家人❾一起，也禁止前往❿購物中心。

—— 為什麼和家人一起去也不可以呢？學校似乎⓫太過嚴苛了。

學習影音

【詞彙】

❶ 小学校	❷ 中学校	❸ 高校
❹ 変な校則	❺ ラジオの番組	❻ 話題になる
❼ 一部	❽ 家族	❾ 一緒
❿ ショッピングセンター	⓫ 厳し過ぎる	⓬ 旅行に行く
⓭ 先生に報告する	⓮ 夏休み	⓯ 休暇中

〔奇怪的校規〕(1)

MP3 205
❶～⓯

校規 和家人一起 ⓬ 去旅遊時，必須 ⓭ 向老師報告。
—— 難道就連 ⓮ 暑假等 ⓯ 假期中的家人旅遊，也必須報告嗎？

【讀音・字義】

しょうがっこう □□□ 小學	ちゅうがっこう □□□ 國中	こうこう □□ 高中
へん　こうそく □な□□ 奇怪的校規	ばんぐみ ラジオの□□ 廣播電台節目	わだい □□になる 成為討論話題
いちぶ □□ 一部分	かぞく □□ 家人	いっしょ □□ 一起、同時、一樣
ショッピングセンター 購物中心	きび　す □し□ぎる 太過嚴苛	りょこう　い □□に□く 去旅遊
せんせい　ほうこく □□に□□する 向老師報告	なつやす □□み 暑假	きゅうかちゅう □□□ 假期中

206 変な校則（2）

校規 禁止 ❶ 穿制服 ❷ 進入旅館。

—— 如果從制服 ❸ 換裝成 ❹ 便服的話，就可以在 ❺ 放學途中前往 ❻ 愛情賓館嗎？

校規 ❼ 外出時，只要 ❽ 離開家裡 ❾ 超過 ❿ 兩根電線桿的距離，就必須穿制服。

—— 外出也必須穿制服嗎？而且，「兩根電線桿」又是怎麼來的呢？

學習影音

【詞彙】

❶ 制服を着用する	❷ ホテルに入る	❸ 着替える
❹ 普段着	❺ 学校の帰り	❻ ラブホテル
❼ 出掛ける	❽ うちを出る	❾ 超える
❿ 電信柱二本	⓫ 廊下を歩く	⓬ 離れる
⓭ 壁	⓮ 五十センチ以上	⓯ 不明

〔奇怪的校規〕(2)

MP3 206
❶～⓯

校規 ⓫ 走過走廊時，必須 ⓬ 遠離 ⓭ 牆壁 ⓮ 至少 50 公分。
—— 為什麼非得遠離牆壁至少 50 公分行走呢？理由 ⓯ 不明。

【讀音・字義】

せいふく ちゃくよう □□を□□する 穿制服	はい ホテルに□る 進入旅館	き が □□える 換裝
ふ だん ぎ □□□ 便服	がっこう かえ □□の□り 放學途中	ラブホテル 愛情賓館
で か □□ける 外出	で うちを□る 離開家裡	こ □える 超過
でんしんばしら に ほん □□□□□ 兩根電線桿	ろう か ある □□を□く 走過走廊	はな □れる 遠離、離開、疏遠
かべ □ 牆壁	ごじゅっ いじょう □□センチ□□ 至少 50 公分	ふ めい □□ 不明的

207 変な校則（3）

（へん　こうそく）

校規 ❶ 原則上，❷ 女學生的 ❸ 書包上，至少要 ❹ 掛上一個 ❺ 布偶。

—— 在書包上掛布偶，有什麼意義呢？難道是要女學生明白，❻ 形象可愛、討人喜歡是很 ❼ 重要的嗎？

校規 ❽ 禁止女學生把頭髮理成 ❾ 平頭。

—— 就算沒有特別 ❿ 規定，應該也很少有女生會理平頭吧……。

學習影音

【詞彙】

❶ 原則として	❷ 女子生徒	❸ 通学鞄
❹ 付ける	❺ 縫い包み	❻ 可愛らしい
❼ 大切	❽ 禁止する	❾ 坊主頭
❿ 規定する	⓫ 他のクラス	⓬ 話す
⓭ 交流する	⓮ つまらない	⓯ 学校生活

〔奇怪的校規〕(3)

MP3 207
❶～⓯

校規 禁止進入 ⓫ 其他班級，並和其他班級的學生 ⓬ 說話。
—— 想和別班 ⓭ 交流一下也不行嗎？真是 ⓮ 無趣的 ⓯ 校園生活啊！

【讀音・字義】

げんそく □□として 原則上	じょしせいと □□□□ 女學生	つうがくかばん □□□ 書包
つ □ける 掛上、裝上、具備、尾隨	ぬ　ぐる □い□み 布偶、布偶裝	か　わい □□らしい 形象可愛、討人喜歡的
たいせつ □□ 重要的、珍貴的	きんし □□する 禁止	ぼうずあたま □□□ 平頭
きてい □□する 規定	た □のクラス 其他班級	はな □す 說話、商量
こうりゅう □□する 交流	つまらない 無趣、沒價值、沒意義、不划算	がっこうせいかつ □□□□ 校園生活

208 変(へん)な校則(こうそく)（4）

校規 禁止 ❶ 無照駕駛 ❷ 耕耘機。

—— 這應該是 ❸ 鄉下學校的校規吧。

校規 ❹ 偷 ❺ 西瓜則 ❻ 停學，偷 ❼ 哈密瓜則 ❽ 退學。

—— 應該是位於西瓜和哈密瓜 ❾ 產地的學校的校規吧，或許是 ❿ 過去貧困時代所訂的校規。

學習影音

【詞彙】

❶ 無免許運転	❷ 耕耘機	❸ 田舎
❹ 盗む	❺ 西瓜	❻ 停学
❼ メロン	❽ 退学	❾ 産地
❿ 貧しかった時代	⓫ 持ち込む	⓬ ゲーム機
⓭ 火炎瓶	⓮ 刀剣類	⓯ 化粧品

〔奇怪的校規〕(4)

MP3 208
❶～⓯

校規 以下物品禁止⓫攜入學校：⓬遊戲機、⓭汽油彈、⓮刀劍類、⓯化妝品、……
—— 汽油彈和刀劍類，一般應該不會有人帶那種東西到學校吧……。

【讀音・字義】

むめんきょうんてん □□□□□ 無照駕駛	こううんき □□□ 耕耘機	いなか □□ 鄉下、家鄉
ぬす □む 偷、剽竊、偷偷摸摸、偷閒	すいか □□ 西瓜	ていがく □□ 停學
メロン 哈密瓜	たいがく □□ 退學	さんち □□ 產地
まず　じだい □しかった□□ 過去貧困時代	も　こ □ち□む 攜入	き ゲーム□ 遊戲機
かえんびん □□□ 汽油彈	とうけんるい □□□ 刀劍類	けしょうひん □□□ 化妝品

209 変(へん)な校則(こうそく)（5）

校規 禁止 ❶ 游泳通過 ❷ 附近的河川來 ❸ 上下學。

—— 難道是曾經有人因為 ❹ 能夠抄近路之類的 ❺ 理由，而游泳 ❻ 渡河上學嗎？

校規 在 ❼ 本校 ❽ 騎腳踏車上下學的話，除了在「〇〇 ❾ 腳踏車店」 ❿ 購買的車子 ⓫ 之外，其他都 ⓬ 不許可。

學習影音

【詞彙】

❶ 泳ぐ	❷ 近くの川	❸ 通学する
❹ 近道できる	❺ 理由	❻ 川を渡る
❼ 本校	❽ 自転車通学	❾ 自転車店
❿ 購入する	⓫ 以外	⓬ 不可
⓭ 指定	⓮ 父兄	⓯ 苦情が出る

〔奇怪的校規〕(5)

MP3 209
❶～⓯

——「○○ 腳踏車店」是學校 ⓭ 指定的腳踏車店嗎？ ⓮ 家長可能會
⓯ 產生不滿吧。

【讀音・字義】

およ □ぐ 游泳	ちか　かわ □くの□ 附近的河川	つう がく □□する 上下學
ちか みち □□できる 能夠抄近路	り ゆう □□ 理由	かわ　わた □を□る 渡河
ほん こう □□ 本校	じ てん しゃ つう がく □□□□□ 騎腳踏車上下學	じ てん しゃ てん □□□□ 腳踏車店
こうにゅう □□する 購買	い がい □□ 之外	ふ か □□ 不許可、成績不及格
し てい □□ 指定	ふ けい □□ 家長、父親和兄長	く じょう　で □□が□る 產生不滿

210 変な校則（6）

（へん　こうそく）

校規 ❶ 上廁所時，如果 ❷ 不小心手上 ❸ 沾到尿液，不准在 ❹ 褲子上 ❺ 擦拭。

—— ❻ 老師如果想要 ❼ 逮捕這種 ❽ 違規者，應該也很 ❾ 困難吧？

校規 ❿ 上下學的途中，不准 ⓫ 大笑。

—— 讓人 ⓬ 不太明瞭 ⓭ 意圖的一條校規。是因為對學校而言， ⓮ 酷帥的學校 ⓯ 形象非常重要嗎？

學習影音

【詞彙】

❶ 用を足す	❷ 誤って	❸ 尿が付く
❹ ズボン	❺ 拭く	❻ 先生
❼ 捕まえる	❽ 違反者	❾ 難しい
❿ 通学路	⓫ 大笑いする	⓬ 良く分からない
⓭ 意図	⓮ クール	⓯ イメージ

〔奇怪的校規〕(6)

MP3 210
❶～⓯

不知道在其他國家，有沒有像這樣子的奇怪校規呢？

【讀音・字義】

ようを たす □を□す 上廁所、處理完事情	あやまって □って 不小心	にょうが つく □が□く 沾到尿液
ズボン 褲子	ふく □く 擦拭	せんせい □□ 老師
つかまえる □まえる 逮捕、抓住	いはんしゃ □□□ 違規者	むずかしい □しい 困難的、費解的、棘手的
つうがくろ □□□ 上下學的途中	おおわらいする □□いする 大笑	よくわからない □く□からない 不太明瞭
いと □□ 意圖	クール 酷帥的	イメージ 形象

日語大全 05

日本文化單字大全：日本人、日本社會，到底是如何？
（附贈：全書 210 單元 QR code 學習影音＋單字日中順讀 MP3）

初版 1 刷　2018 年 8 月 7 日

作者	檸檬樹日語教學團隊・福長浩二
封面設計・版型設計	陳文德・洪素貞
責任編輯	黃甯
協力編輯	簡子媛
發行人	江媛珍
社長・總編輯	何聖心
出版者	檸檬樹國際書版有限公司 檸檬樹出版社 E-mail：lemontree@booknews.com.tw 地址：新北市 235 中和區中安街 80 號 3 樓 電話・傳真：02-29271121・02-29272336
法律顧問	第一國際法律事務所 余淑杏律師 北辰著作權事務所 蕭雄淋律師
全球總經銷・印務代理 網路書城	知遠文化事業有限公司 http://www.booknews.com.tw 博訊書網 電話：02-26648800　傳真：02-26648801 地址：新北市222深坑區北深路三段155巷25號5樓
港澳地區經銷	和平圖書有限公司 電話：852-28046687　傳真：850-28046409 地址：香港柴灣嘉業街12號百樂門大廈17樓
定價	台幣 560 元／港幣 187 元
劃撥帳號・戶名	19726702・檸檬樹國際書版有限公司 ・單次購書金額未達300元，請另付50元郵資 ・信用卡・劃撥購書需7-10個工作天

日本文化單字大全：日本人、日本社會，到底是如何？/ 檸檬樹日語教學團隊, 福長浩二 著.
-- 初版. -- 新北市 : 檸檬樹, 2018.08
面；　公分. -- (日語大全系列 ; 5)
ISBN 978-986-94387-2-8 (精裝附光碟片)
1. 日語　2. 詞彙
803.12　　106010855